20864

ye

CHARLES-MARTEL,

POËME ÉPIQUE.

DE L'IMPRIMERIE D'ADR. MOÉSSARD.

CHARLES-MARTEL,

POËME ÉPIQUE

EN DOUZE CHANTS;

PAR E.-F.-M. DUPRÉ DELOIRE.

TOME PREMIER.

PARIS,

BARBA, ÉDITEUR,

COUR DES FONTAINES, N.º 7.

1829.

PRÉFACE.

Ce Poëme, commencé en 1803, est l'ouvrage de ma vie entière. Long-temps avant d'en avoir trouvé le sujet, j'en avais étudié les modèles; et lorsque, parmi les hauts faits qui illustrent nos annales, je méditai celui que j'ai osé traiter, frappé de sa grandeur et de son importance, je regrettai que des mains plus exercées et plus habiles n'en eussent pas déjà présenté le tableau. Quel plus grand spectacle, en effet, l'histoire peut-elle offrir à l'admiration des siècles, que cette lutte mémorable, non pas de deux nations voisines et rivales combattant pour des intérêts qu'un traité pourrait régler avant comme après la guerre, mais d'une partie du monde contre l'autre, de l'opulente et voluptueuse Asie contre la fière et sauvage Europe, de l'oppression contre la liberté, de l'Islamisme contre la Chrétienté,

du Koran contre l'Évangile, et, par une conséquence
nécessaire, du despotisme et de la barbarie contre les
sciences et la civilisation : une lutte où l'existence
civile, politique et morale des peuples de l'Occident
est essentiellement compromise; où la croyance, les
lois, les mœurs, les usages, le culte, la patrie, ces
grands intérêts des hommes, leur conservation ou leur
ruine, est le résultat nécessaire d'un bon ou d'un
mauvais succès.

Ce n'est pas qu'à l'époque de ce grand évènement
les Orientaux, sous le rapport des sciences et des arts,
ne fussent en général supérieurs aux nations occiden-
tales. Ces nobles priviléges de l'esprit humain, com-
plètement ignorés parmi nous, avaient fait chez eux des
progrès remarquables, et furent cultivés long-temps
encore, pendant que nos ancêtres s'énorgueillissaient
d'une profonde et stupide ignorance. Mais l'expérience
a prouvé que les préceptes du Koran sont aussi contraires au développement de l'esprit que ceux de l'É-
vangile lui sont favorables. Les premiers ont courbé
les hommes sous un orgueilleux despotisme, qui ne
crée que des maîtres barbares ou des esclaves tremblans; les autres, en proclamant l'égalité religieuse,

apprirent aux Chrétiens à se traiter en frères, et infusè-
rent dans les cœurs cette charité bienveillante qui a
poli l'Europe et développé toutes ses vertus. Les Asia-
tiques étaient plus avancés que nous dans cette honorable carrière, parce qu'ils y marchaient depuis long-
temps, tandis qu'elle nous était inconnue : depuis
long-temps l'impulsion était donnée chez eux; tous
les arts, toutes les sciences, toutes les connaissances
avaient anciennement germé dans ces contrées, berceau
du genre humain, et y avaient jeté des racines profondes; parce que ce mouvement des esprits, qui
semble se propager suivant le cours du soleil avec une
lenteur que l'intervalle de tant de siècles nous permet
à peine d'apercevoir, n'était pas encore parvenu jusqu'à nous, et qu'à nos yeux le jour de la civilisation
était à peine à son aurore. Mais il est facile de reconnaître que partout où Mahomet a semé la doctrine du
fatalisme et de l'esclavage, un fanatique despotisme a
étouffé les fruits utiles du travail et de l'industrie, et
remplacé leurs productions par les résultats d'une stu-
pidité barbare.

Tel est le sort qui nous était réservé, si les ambitieux projets des Musulmans se fussent réalisés en

Europe. Comme à Byzance, à Smyrne, à Athènes, à Alexandrie, ces antiques métropoles des sciences, le droit du sabre aurait fondé l'empire de la force; la tyrannie n'eût point chassé les Muses, qui n'habitaient pas encore nos climats, mais les aurait empêchées d'y paraître; et demeurés ensevelis dans les ténèbres où ils croupissaient alors, les peuples opprimés, ignorant à jamais la douce liberté de l'Évangile, seraient aujourd'hui courbés sous le joug qui défigure les belles contrées où le Koran s'est établi comme loi fondamentale de l'État.

C'est de ce point de vue élevé que j'ai dû considérer mon sujet: de là, une perspective immense s'est développée sous mes yeux. L'intérêt qu'inspirent les Français ne se borne pas à une localité rétrécie; il s'étend à l'Europe civilisée, à toutes les nations chrétiennes, au monde entier, dont ils conservent la lumière et assurent la liberté. Tous les amis des arts, tous ceux qui cultivent les sciences, qui en apprécient les bienfaits, qui sont appelés à en jouir, ne peuvent être indifférens à une action dont le résultat doit produire de telles conséquences; et quand le sort de l'univers dépend d'une victoire, il est impossible de refuser son

admiration et sa reconnaissance au héros dont les talens et le courage ont su la remporter.

La bataille de Tours, où Charles-Martel brisa le
glaive de la puissance musulmane et la força à reconnaître les Pyrénées comme la barrière de son invasion
en Europe, est donc le plus grand évènement que l'histoire moderne puisse fournir aux chants de l'épopée.
Ce haut fait important fut apprécié sans doute par les
peuples qui en furent témoins; le sentiment de leur
délivrance dut faire, dans tous les cœurs, une impression profonde; les malheurs mêmes de l'Espagne, de-
meurée soumise aux armes étrangères, et ne s'affran-
chissant partiellement que par de longs et pénibles
efforts, dûrent leur faire sentir toute l'étendue de ce
bienfait : mais quelle place tient-il dans l'histoire con-
temporaine? Délivrés tout-à-coup du joug terrible
qui menaçait de les écraser, les peuples ont-ils consigné
leur reconnaissance dans des documens ou des témoignages publics * ? ont-ils élevé des monumens, et

---

* Ce signe (?) manquait encore à la typographie. Les lecteurs qui
connaissent l'importance des pauses, en sentiront l'utilité, lorsque, par
exemple, dans une suite de phrases interrogatives, la dernière complète
le sens; ou lorsque la phrase interrogative provoque une réponse qui la
suit immédiatement, et autres cas analogues. L'auteur espère qu'on lui
pardonnera cette innovation, dont il s'est fait une longue habitude.

consacré à la vénération de la postérité le nom des
braves qui, versant leur sang dans cette grande cause,
ont payé de leur vie l'affranchissement et la gloire de
leur patrie? Il faut le dire avec douleur : la gros-
sière ignorance de ces temps n'en a rien transmis à la
mémoire; elle a jeté sur tout le voile le plus épais; elle
a tout couvert des mêmes ténèbres : à peine quelques
documens imparfaits ont été conservés dans les archives
des couvens, qui n'étaient pas destinées à les transmettre; et si, dans les siècles suivans, des écrivains laborieux n'en avaient bravé la poussière, si les savans dis-
ciples de saint Benoît n'en avaient disputé les fragmens
à l'insouciance et aux vers qui en faisaient leur pâture,
cette victoire, dont nous éprouvons encore les bienfaits, cette victoire importante, à laquelle il n'a manqué qu'un historien, ne trouverait pas un souvenir!

Je ne pourrais donner ici quelques détails à cet
égard, sans sortir des bornes que je me suis prescrites
dans une préface. On trouvera, dans les notes ajoutées
à chaque chant, les éclaircissemens que j'ai cru nécessaires, pour faire distinguer ce qui est historique d'avec
la fiction; et, en les donnant tels que je les ai trouvés
dans les documens originaux, on pourra juger de leur

forme et de leur mérite. J'aurais préféré laisser l'ouvrage entier dans le vague de l'incertitude; une lecture ainsi faite ne serait peut-être pas sans charmes. C'est ce qui nous attache, en grande partie, à celle des poëmes antiques, et je doute que saint Augustin eût donné des larmes aux malheurs de Didon, si une note indiscrète l'avait averti qu'ils n'étaient que le fruit de l'imagination du poëte, et que les vers de Virgile n'étaient dictés que par une fiction. Mais on a voulu des notes, on a voulu cette préface : notre siècle, dit-on, cherche le positif; il ne s'attache qu'au vrai; hors de là, tout lui paraît futile. Je ne sais pas si notre siècle y gagne. Il faut aider au souvenir du lecteur, lui éviter des recherches, soulager sa paresse. J'ai meilleure opinion de lui; mais on le veut, je me résigne.

Je dois prévenir ici, que l'histoire me fournit un trop petit nombre de personnages pour composer une épopée. Lors même qu'elle nomme les principaux acteurs, elle se tait sur les motifs et les suites de leurs actions. J'ai donc été forcé de suppléer à son silence; et en m'emparant de tout ce que j'ai trouvé dans nos chroniques, il m'est resté beaucoup d'espace pour la fiction, et j'en ai profité sans scrupule. Le fait principal est hors de doute. La victoire de Charles – Martel sur Abdérame est attestée par tous les documens : les autres faits, qui l'ont préparée ou accompagnée, sont peut-être indiqués d'une manière trop imparfaite pour que l'historien en fasse la base de ses récits; mais ils appartiennent au poëte, et c'est à son imagination à remplir de détails vraisemblables les nombreuses lacunes qu'il rencontre dans l'histoire.

Pour atteindre à ce but, j'ai dû faire de nombreuses recherches. Je n'ai rien négligé de ce qui pouvait m'instruire des mœurs, des opinions, des usages, des costumes, enfin de la physionomie morale et physique des peuples que j'avais à peindre, et j'ai tiré parti de leurs annales toutes les fois que j'en ai trouvé l'occasion. J'ai été merveilleusement secondé, je dois le dire, par la différence même de ces mœurs. La teinte de barbarie qui se mêle partout à une sorte de magnanimité chevaleresque, est un caractère des hommes de ce siècle que j'ai dû conserver précieusement. Les héros d'un poëme ne sauraient, sans ridicule, avoir les formes polies de nos sociétés; mais une noble franchise fut toujours l'attribut de nos braves, et je suis heureux d'avoir pu montrer le Français du huitième siècle, tel que l'Europe le voit de nos jours, unissant les plaisirs à la gloire, la fierté à l'honneur, et la générosité au courage.

Ce caractère se rapproche de celui des Arabes, qui n'est pas sans noblesse, mais les traits en sont différens; d'ailleurs, le mélange des nations diverses qui dès-lors avaient embrassé l'islamisme, et qui pouvaient être réunies sous les drapeaux d'Abdérame, m'a permis d'introduire des personnages qui ne sont point sans tache, ce qui donne à mes héros une supériorité morale propre à fixer sur eux l'intérêt du lecteur. Un autre avantage inhérent au sujet, c'est la diversité des noms propres, qui ne laissent aucune incertitude sur le rôle de l'acteur mis en scène, avantage qu'Homère et Virgile n'eurent pas, et que le Tasse, le premier, le plus grand des poëtes modernes, a trop souvent négligé.

On s'apercevra facilement que l'admirable ouvrage de ce grand homme m'a servi principalement de modèle. J'avais à peindre, comme lui, la guerre des Musulmans et des Chrétiens, le triomphe de la Croix sur

le Croissant, les mêmes mœurs et les mêmes contrastes.
Heureux si, en évitant quelques défauts que la critique
lui reproche, j'ai pu imiter quelques-unes de ses nombreuses beautés. L'époque qu'il a décrite, plus voisine
de son siècle et fertile en documens historiques, se
prêtait moins à la fiction et au merveilleux que celle
où, favorisé par l'obscurité des temps et le silence des
écrivains, j'ai dû chercher dans un autre ordre de choses
ces machines, conditions indispensables d'une épopée.
Je n'aurais pu adopter le même merveilleux sans m'exposer à une comparaison qui n'eût pas été à mon avantage, et surtout, parce que l'emploi de ce moyen doit
être encore plus en harmonie avec les idées du temps
où vit le poëte, que de celui où se passe l'action. On
écrit pour ses contemporains; ils sont nos premiers
juges, et c'est leur suffrage qu'il nous importe d'abord
d'obtenir. Il ne faut donc se permettre aucune licence
qui s'éloigne trop des préjugés et des goûts de son
temps; je dis préjugés, parce que les idées varient par
la succession des années, et que souvent le goût admet
dans un temps ce qu'il réprouve dans un autre : or, la
même chose ne pouvant être à-la-fois bonne et mau-
vaise, il faut bien que la manière de sentir éprouve

des changemens, et c'est ce que je nomme ici préjugé qui détermine le goût des temps. Ainsi, pour justifier cette assertion par des exemples, l'emploi des divinités de la fable, si naturel dans Homère et Virgile, parce que nous nous reportons au temps de ces poëtes, nous blesse dans le Camoëns. Par la même raison, l'intervention des anges et des démons, que la convenance et la nécessité excusent dans Milton, a été blâmée dans le Tasse, lorsqu'on n'a pas réfléchi aux idées dominantes de son siècle. Quoique suivant une autre route, je ne m'attends pas à plus d'indulgence ; mais je ne crois pas devoir donner ici les raisons du merveilleux que j'ai choisi. C'est une affaire de goût plus que de sentiment ; chacun a sa manière de voir : tout autre choix m'eût exposé à autant de critiques ; il me serait facile de justifier ma préférence. Je n'en prendrai pas la peine, persuadé que le succès peut seul amener ce résultat.

Les notes me dispenseront de faire ici l'histoire du héros que j'ai chanté. On y trouvera tout ce qu'il faut en connaître pour l'éclaircissement du texte. Je ferai seulement remarquer que l'action tout entière du poëme n'embrasse qu'une durée d'environ quinze jours, indiqués par une succession rapide d'événemens, qui tous concourent au même but, ce qui suffit pour l'unité épique.

Puisse ce fruit d'un long travail mériter le suffrage des hommes éclairés, si nombreux dans un siècle et dans un pays où les discussions des tribunes législatives donnent une activité journalière à tous les esprits. Ils accueilleront peut-être une œuvre littéraire propre à les délasser des fréquentes agitations de la politique. Je m'applaudis d'y avoir échappé en me réfugiant au sein des Muses. C'est là que, dans un monde idéal, occupé de littérature et d'arts, sans désirs et sans ambition, j'ai trouvé le peu de bonheur que j'ai pu mêler à la trame de ma vie. Triste condition de l'humanité, souvent réduite à fermer les yeux sur le présent, pour se reporter à un passé imaginaire, ou se repaître d'espérances chimériques !

CHARLES-MARTEL.

CHARLES-MARTEL.

―――

CHANT PREMIER.

―――

Je chante les vertus, les combats et la gloire
Du Guerrier qui chassa des rives de la Loire
Des Sarrasins vaincus les nombreux bataillons,
Et de leur sang, à Tours, inonda nos sillons :
Sa main brisa le joug qui menaçait la France;
Des Chrétiens consternés relevant l'espérance,

Dans l'Europe tremblante il soutint à-la-fois
Et l'empire des lis et celui de la croix :
En vain des Musulmans l'impétueuse audace
Des déserts et des flots avait franchi l'espace;
L'Espagne ravagée, aux yeux de l'Univers,
Sans espoir de vengeance, en vain traînait leurs fers;
Charles, par sa victoire, arrêta leur furie,
Abattit leur orgueil et sauva la patrie.
Gloire immortelle, ô France! à ce chef de héros
Qui d'un long avenir t'assura le repos!
Quand l'Arabe sur toi portait ses mains avares,
Quand un démon guidait ces essaims de barbares,
La voix du Fanatisme ou de l'Ambition
Aurait-elle tonné sur cette nation,
Et celle de l'Honneur vainement entendue
Pour tes fils belliqueux eût-elle été perdue?
Non! tes braves guerriers, alors comme aujourd'hui,
En leur terrible épée avaient mis leur appui;
Leur noble indépendance en est encor l'ouvrage :
Malheur à l'ennemi qui tente leur courage!

Fille auguste du Temps et de la Vérité,
Qui dictes les arrêts de la postérité;
De qui la main sacrée, inflexible, immortelle,
Des siècles écoulés trace un tableau fidèle,

Et pèse également les peuples et les rois,
Déesse de l'histoire, attentive à ma voix,
De ces temps éloignés déroule les annales!
Mais l'Ignorance, hélas! de ses mains infernales,
Ne laissant échapper que d'informes lambeaux,
En déchira toujours les titres les plus beaux.
Sous la poudre des ans, lorsque j'en trouve à peine
Quelques débris épars, quelque trace incertaine,
Plus libre en mon essor, daigne me pardonner
Si j'ose à mon génie enfin m'abandonner.
La Morale souvent, dans la bouche du sage,
Sut de la fiction emprunter le langage,
Et voiler pour les yeux des trop faibles mortels
De son flambeau divin les rayons éternels :
Sans doute, ils n'en pourraient supporter la lumière,
Et son brillant éclat blesserait leur paupière.

Vaincu par Abdérame et cédant devant lui,
Le front morne, le cœur rongé d'un sombre ennui,
Cachant son désespoir et dévorant ses larmes,
Eude accusait le ciel et maudissait ses armes.
Incertain et troublé, son œil, de toutes parts,
Voyait de ses guerriers les bataillons épars
Fuir devant l'ennemi comme un troupeau timide.
Par l'excès de ses maux rendu plus intrépide,

Dans sa fureur, tantôt il veut braver le sort;
La vie est un opprobre, il préfère la mort :
L'espérance tantôt se réveille en son âme ;
Il court à la vengeance, et le fier Abdérame
Sous ses coups, à son tour, tombera terrassé.
Il laissait cependant son coursier harassé
Se frayer dans les bois des routes incertaines ;
Sa main ensanglantée abandonnait les rênes;
Son glaive!... est-il encor digne d'un chevalier ?
Sa pourpre!... elle l'accuse; et sur son bouclier
Le lion dont le Maure a brisé la crinière,
Qu'il s'efface, couvert d'une vile poussière!...
Confondu dans les rangs de ses derniers soldats,
Aux Sarrasins vainqueurs il laisse ses États;
Ainsi l'a décidé le Destin implacable.
De ses plus rudes coups la Fortune l'accable:
Ah! dans ce jour, témoin de son dernier effort,
Que ne lui donnât-elle ou la gloire ou la mort!
Tels étaient les pensers que le Duc d'Aquitaine
Dans son cœur déchiré comprimait avec peine :
De sentimens divers à-la-fois combattu,
Souvent le désespoir étouffait sa vertu.
Ce monarque si fier, qui, du haut de son trône,
Comptait cent nations de l'Océan au Rhône,
Et vingt Rois à sa cour baissant un front soumis,
En vain, en ce moment, cherche quelques amis;

Par le fer sarrasin tous ont perdu la vie :
Au sort de ses sujets la sienne est asservie,
Elle est leur espérance, et, seul, il ne peut pas
Échapper à la honte et chercher le trépas.
La nuit vient redoubler l'horreur de sa défaite :
Mais le sort apaisé, consolant sa retraite,
Au milieu des fuyards par la crainte emportés,
Amène, avec son fils, sa fille à ses côtés *.

Ils suivaient les détours d'un vallon solitaire,
Où de l'astre des nuits le disque tutélaire
Perçant une ombre épaisse, à travers les rameaux,
D'un rayon argenté brillait au sein des eaux ;
L'écho même, assoupi dans la forêt profonde,
A peine murmurait du murmure de l'onde :
Lieu paisible et désert, là ne s'entendent plus
Ni les cris des vainqueurs ni les cris des vaincus ;
La fureur du soldat, son barbare courage,
N'ont point souillé de sang ce tranquille parage,
Qui de tout l'Univers semble être séparé,
Et que fréquente seul le chasseur égaré,
Où le pasteur content de sa simple indigence.
Eude alors, méditant ses projets de vengeance,
A la foule éplorée adresse ce discours :
« Des travaux de ce jour bornons ici le cours ;

2*

» Amis! reposez-vous : à l'injuste fortune
» Imputez, avec moi, l'adversité commune :
» Je partage vos maux ; vous ressentez les miens ;
» Soyons de nos douleurs les mutuels soutiens.
» Si le sang généreux qui coule dans vos veines
» Vous aide à supporter le fardeau de vos peines,
» Il ne m'accable pas. A de si grands malheurs
» Laissons un sexe faible opposer de vains pleurs :
» Je puis, par ma constance et par votre courage,
» Réparer du destin ce déplorable outrage,
» Certain qu'en vous guidant à ce but glorieux,
» La bravoure et l'honneur vous suivront en tous lieux. »
Il dit, et dans ses mains cachant sa tête altière,
Il voudrait, inconnu de la nature entière,
Dérober tout son être à ses propres regards.
Une morne stupeur règne de toutes parts.
La conquête, sans doute, aux plus affreux ravages
De la riche Garonne exposait les rivages :
Les désastres des champs, les cendres des cités,
Attestaient leur courage et leurs calamités :
Mais, voyant l'ennemi franchir les Pyrénées,
Eude avait osé seul braver les destinées,
Et tentant les hazards d'un combat inégal,
Dédaigné d'appeler les secours d'un rival :
En proie aux Sarrasins, l'imprudente Aquitaine
De sa témérité portait la juste peine.

Abdérame vainqueur, fier et présomptueux,
Bornerait-il ainsi son cours impétueux ?
Des brigands du désert de pillages avides
Pourrait-il contenir les hordes intrépides ?
La France et ses trésors à leur courage offerts
Ne l'excitent-ils pas à lui porter des fers ?
Pour conjurer l'essor du démon de la guerre
Il n'est que la victoire, et le Français l'espère ;
Le triomphe pour lui ne peut être incertain [3] :
Mais il n'est plus d'espoir pour le peuple Aquitain.
Fuyant de ses sujets la douleur importune,
Accablé de ses maux et de leur infortune,
Eude, seul, dans les bois, implorait le trépas :
Un bon Génie accourt au-devant de ses pas.

Fille de la Morale et sœur de la Sagesse,
Près du trône des rois il est une déesse
Qui, de l'Ambition dévoilant les forfaits,
Éloigne la discorde et fait régner la paix.
Elle reçut le jour alors qu'aux anciens âges
Les lois d'un peuple heureux étaient la voix des sages :
Des préceptes divins pour eux seuls réservés,
Dans les temples des Dieux avec soin conservés,
Par la bouche d'un prêtre enfantant des miracles,
Fondèrent le respect qu'obtinrent ses oracles.

Mais bientôt le mensonge usurpa ses autels;
L'avare soif de l'or corrompit les mortels;
Une infernale main répandit sur la terre
Les plus cruels fléaux, l'esclavage et la guerre;
On vit des oppresseurs, on vit des conquérans,
Et le monde asservi trembla sous des tyrans.
Cependant, en secret, à son culte fidèles,
D'une vertu sublime admirables modèles,
Quelques législateurs lui portaient leur encens:
Orphée, ainsi, jadis, bégaya ses accens;
De Solon, de Lycurgue, elle aima la patrie;
Numa la consultait sous le nom d'Egérie;
A Tyr elle donna le commerce des mers,
Et Rome à son empire enchaîna l'Univers.
A gouverner le Monde elle était parvenue,
Des Barbares du Nord lorsqu'enfin méconnue,
Elle s'en exila, jusqu'au temps où Clovis
Par la voix de Clotilde écouta ses avis:
Du nom de Politique elle veut qu'on l'honore;
Elle règne, et les Rois la consultent encore.

La Déesse au Guerrier vient parler en ces mots:
« Le ciel a de ton peuple entendu les sanglots;
» Il a marqué le jour où, pour sa délivrance,
» La victoire, attachée aux drapeaux de la France;

» A l'aspect de la croix confondant les enfers,
» Sur les pas d'un héros viendra briser ses fers. »
Elle dit, et soudain à ses yeux s'évapore,
Comme un songe qui fuit au lever de l'aurore.
Eude reste frappé d'une subite horreur;
Mais un feu presque éteint se rallume en son cœur.
Quelle autre que la voix d'un envoyé céleste,
Aurait eu la puissance, en ce moment funeste,
De calmer les tourmens de ce cœur agité?
Il porte aux Aquitains plus de tranquillité :
« De nos revers, dit-il, effacez la mémoire;
» Sous les drapeaux français le jour de la victoire
» Bientôt, plus radieux, se lèvera pour nous,
» Et du sort ennemi ce sont les derniers coups.
» Ne laissez point, Guerriers! fléchir votre courage.
» Pour braver Abdérame et sa cruelle rage,
» Pour rallier enfin nos bataillons épars,
» Poitiers, non loin d'ici, vous ouvre ses remparts;
» Mon fils vous guidera: de nouvelles cohortes
» D'intrépides vengeurs sortiront de ses portes,
» Et vous retrouverez vos foyers délaissés.
» Ces femmes, ces vieillards, ces enfans, ces blessés,
» Qui nous offrent en vain un secours inutile,
» Dans le camp des Français trouveront un asile. »
Du départ aussitôt le signal est donné :
En reprenant son rang, le soldat étonné

Relève, plein d'ardeur, ses malheureuses armes;
L'épouse à son époux ne cache plus ses larmes;
La mère étreint son fils une dernière fois ;
On marche, on se sépare ; on se perd dans les bois.

Des Français cependant la jeunesse guerrière
Portait ses étendards non loin de la frontière
Que le Cher et la Loire arrosent de leurs eaux [1].
Chaque jour amenait des bataillons nouveaux ;
Cent mille combattans, brûlans d'impatience,
Montrant de la valeur la noble insouciance,
Se promettaient déjà des moissons de lauriers ;
Mais Charles modérait l'ardeur de ses guerriers.
Tels ces coursiers fougueux, fiers enfans de la Thrace,
Quand les sons de l'airain réveillent leur audace,
Répondent, frémissans, au signal des combats ;
Et le mords inflexible arrête encor leur pas.
De ces braves soldats, dans une vaste plaine
Qui les voit rassemblés et les contient à peine,
Et dont leurs pas, sans cesse, effacent les sillons,
Autour de l'Oriflamme étaient les pavillons.
Sur la tente des chefs les bannières flottantes
Déroulant dans les airs leurs couleurs éclatantes,
Réunissent près d'eux celles de leurs vassaux :
Les boucliers, les dards, élevés en faisceaux,

Militaire ornement du séjour de ces braves ;
Les coursiers dégagés d'inutiles entraves ;
L'acier, l'airain, brillant sous les feux du soleil ;
De carnage et de mort formidable appareil ;
Les sons dont retentit la trompette guerrière ;
La foule qui soulève un brouillard de poussière ;
Tout annonce, au milieu des paisibles guérets,
Qu'on y fait des combats les terribles apprêts.
Des plus jeunes Français les nouvelles cohortes
Munissent de ce camp les fossés et les portes :
Du javelot, du glaive, un chef arme leur bras ;
Il précipite, arrête, et dirige leurs pas ;
Il exerce à-la-fois leur force et leur adresse,
Et de leur cœur ému nourrit la noble ivresse.
Couronné par les tours d'un antique château,
Chartres s'étend au loin sur un large coteau,
Et ses remparts, baignés par les ondes de l'Eure,
D'un peuple industrieux protègent la demeure.
Le sauvage Carnute, informe enfant des bois,
Sous de sombres forêts y vivait autrefois :
Cachés dans les vallons qui servaient de repaire
Aux prêtres redoutés d'un culte sanguinaire,
Ces malheureux, tremblans et superstitieux,
Sur leurs autels à peine osaient porter les yeux ;
Au nom de Teutatès, un farouche Druide,
Dirigeait à son gré leur courage intrépide,

Et dans un antre obscur fumant de sang humain,
La harpe, au son plaintif, frémissait sous sa main.
Ces lieux chez les Gaulois avaient été célèbres [5] ;
Mais la Religion, dissipant ces ténèbres,
Les avait, dès long-temps, réunis aux Français,
Et ces champs cultivés attestaient ses bienfaits.

Proscrite sur les bords du Bœtis et du Tage,
Fugitive des lieux devenus le partage
D'un barbare sans frein, dont le bras forcené
Du crime au sacrilége est sans cesse entraîné,
Et qui, sur les autels de la triste Aquitaine,
Assouvissait alors son infernale haine,
Dans le camp des Français, sous l'aile d'un héros,
L'humble Religion goûte enfin le repos.
Mais, le sein pénétré d'une douleur profonde,
Formant de vains désirs pour le bonheur du Monde,
Et n'osant espérer la fin de ses malheurs,
Sur les maux des Chrétiens elle versait des pleurs.

Bientôt la Politique auprès d'elle s'avance :
Assise à ses côtés, elle pleure en silence,
Et son cœur attendri partage ses tourmens.
Enfin, mettant un terme à ses gémissemens :

« Fille du ciel! dit-elle, ô vous que Dieu protége!

» Pleurez sur les forfaits d'un peuple sacrilége;

» Mais, quand le Monde entier doit vous être soumis,

» Cessez de redouter ces faibles ennemis.

» Oubliez-vous ces temps fertiles en miracles,

» Où le sang des martyrs renversant les obstacles

» Qu'opposait à vos pas la rage des enfers,

» Sous votre loi sacrée appela l'Univers?

» La promesse de Dieu, fondant cette espérance,

» Soutenait seule alors votre persévérance;

» Et cet espoir divin n'a pas été déçu :

» De l'aurore au couchant votre culte est reçu;

» Par vos persécuteurs maintenant honorée,

» La croix est triomphante et partout adorée.

» Ce signe du salut serait-il arraché

» Ainsi qu'un faible arbuste au printemps desséché?

» Devant lui chaque peuple a-t-il courbé la tête?

» Le bras qui la suscite apaise la tempête:

» C'est celui du Très-Haut; il renverse, en passant,

» Les projets insensés du mortel impuissant,

» Qui, misérable atôme, à ses ordres rebelle,

» Aurait osé scruter sa sagesse éternelle,

» Et sonder dans l'abîme où dorment ses secrets.

» Résignée et soumise, attendez ses décrets.

» Peut-être il a déjà suscité de la poudre

» Le terrible vengeur ministre de sa foudre,

» Qui, même à vos regards, est encore inconnu.
» Mais que dis-je ? le jour n'en est-il pas venu ?
» Ces glorieux drapeaux suivis par la victoire,
» Charles va les porter aux rives de la Loire :
» Combattant pour la France, il combattra pour vous.
» Digne de ce destin, son cœur en est jaloux ;
» S'il arma les Français au nom de la patrie,
» Votre cause est la même et n'est pas moins chérie ;
» Venez : pour obtenir un triomphe assuré,
» Tout s'apprête, et leur sein brûle d'un feu sacré. »

Attentive à ces mots, qui calment ses alarmes,
La Religion lève un œil mouillé de larmes,
Et poussant un soupir : « Qu'entends-je ! ah ! quels discours
» De mes longues douleurs interrompent le cours !
» Comme l'huile que verse une main tutélaire
» Sur la lampe allumée au fond du sanctuaire
» Ranime tout-à-coup l'éclat qu'elle a perdu ;
» Ainsi renaît l'espoir en mon cœur éperdu.
» Oui, je sens de mon sein se calmer la souffrance :
» D'un meilleur avenir acceptant l'assurance,
» Je sais que mes destins ne sont pas accomplis ;
» Que d'amertume encor mes jours seront remplis ;
» Que ma faible nacelle, exposée au naufrage,
» Abandonnée aux flots soulevés par l'orage,

» Doit s'attendre long-temps à de nombreux revers ;
» Mais, confondant toujours les complots des pervers,
» Le Dieu qui me soutient, le Dieu dont la puissance
» Daigna sur tous mes pas veiller dès ma naissance,
» A l'abri des autans dont il brise l'effort,
» Dans son sein paternel lui doit ouvrir le port.
» Ta parole, ô mon Dieu! ne saurait être vaine :
» Viens; protége la France et sauve l'Aquitaine.
» Charles victorieux, relevant ton autel,
» Ne doit-il pas fonder un empire immortel! »
Elle dit : dans les airs montant d'un vol rapide,
Vers le centre du camp sa compagne la guide.

Là, près de l'Oriflamme, étendard révéré [6],
D'un antique respect par nos Rois entouré,
Et qui du grand Clovis rappelant la mémoire,
Aux armes des Français présage la victoire,
Dans un cirque étendu, Charles voit ses soldats
Par des jeux belliqueux préluder aux combats.
A ses yeux, Adalbert, fier de sa bienveillance,
Distribuait les dons promis à la vaillance.
Loin du rang élevé qu'il tenait à la cour,
D'une famille obscure ayant reçu le jour,
Ce vieillard devait tout à sa haute sagesse :
Il avait du Héros dirigé la jeunesse,

Et sa fidélité l'arrêtait près de lui ;
De la reine Alpaïde il fut l'unique appui [7],
Lorsque l'ambition d'une femme jalouse
Eut du cœur d'Héristal exilé son épouse ;
Enfin, rompant ses fers, Charles par son secours
Avait fui les dangers qui menaçaient ses jours,
Et d'un père trompé disputant l'héritage,
C'est à lui qu'il devait d'en jouir sans partage [8].
La Politique approche et lui dicte ces mots :
« Assez long-temps, Seigneur, dans le sein du repos,
» Les Français, de la paix ont pu goûter les charmes :
» De nouveaux ennemis les rappellent aux armes ;
» Abdérame, un Barbare, ose marcher à nous :
» De l'honneur, de la gloire également jaloux,
» Vous ne laisserez pas cette audace impunie.
» Voyez sous vos drapeaux la France réunie ;
» Au nom du Monde entier, dont il foule les droits,
» Vous demander vengeance et marcher sous vos lois.
» A l'orgueilleux Croissant opposez l'Oriflamme ;
» Et bientôt, si j'en crois le zèle qui m'enflamme,
» Les Sarrasins, vaincus et repassant les mers,
» Iront cacher leur honte au fond de leurs déserts.
» Proclamez donc ce jour de périls et de gloire ;
» Mais, avant de porter aux champs de la victoire
» Ce céleste étendard, sachez à quels guerriers
» Vous confiez le sort de ses anciens lauriers. »

Charles, à ce discours, sent au fond de son âme,
Se rallumer des Preux la généreuse flamme.
Bientôt, de toutes parts, ses ordres sont portés;
L'airain retentissant sonne de tous côtés;
Au signal des combats tout s'émeut, tout s'empresse:
Les soldats, par des cris, expriment leur ivresse;
L'écho mugit au loin; avec celle des bois,
Les vallons, les rochers font entendre leur voix;
L'air en est ébranlé; le ciel même répète
Parmi les chants guerriers les sons de la trompette.
Ainsi quand l'hirondelle, au retour des frimas,
Va chercher le printemps en de plus doux climats,
Prête à quitter son nid, leur troupe voyageuse
Annonce à nos guérets la saison orageuse,
Et par des cris aigus semble du haut des cieux
Jusqu'aux prochains zéphirs leur faire ses adieux.

Mais dans Chartres, déjà, la prompte Renommée
A répandu le bruit du départ de l'armée,
Et par divers récits, démentis tour-à-tour,
D'Alpaïde incertaine elle trompe la cour.
Clotilde éprouve seule une douleur amère:
Fille de Chilperic 9, elle avait vu son père
Des fils de Mérové revendiquant les droits,
Deux fois ceindre la haire ou la pourpre des rois;

Sous ses drapeaux en vain appeler la fortune;
Porter seul le fardeau de la cause commune;
D'Eude, qui le trahit, implorer le secours,
Et périr de douleur au milieu de ses jours.
Alpaïde adopta cette jeune orpheline,
Et redoutant qu'un jour une guerre intestine
N'armât, en sa faveur, ses nombreux partisans,
Elle joignait ses droits aux droits de ses enfans.
La France applaudissait : aimé, plein de tendresse,
Carloman recevait la main de la princesse;
(De Charles Carloman était le premier né [10];)
Ses vœux hâtaient le jour à l'hymen destiné :
Heureux si de l'amour dont ils serrent les chaînes,
Le destin n'eût voulu leur réserver les peines !

L'Aurore, cependant, sur un char radieux,
De la cime des monts s'élançait dans les cieux;
Des bords de l'Orient, combattant les étoiles,
Ses traits forçaient la Nuit à replier ses voiles;
D'une onde fraîche et pure elle arrosait les fleurs,
Et sa robe d'argent brillait de cent couleurs.
Dès le premier signal, d'innombrables cohortes,
Déjà du camp français avaient franchi les portes.
Elles marchent au loin : les casques et les dards
Des premiers feux du jour luisent de toutes parts,

Comme un rapide éclair quand la foudre s'allume :
L'impatient coursier blanchit son frein d'écume,
Et répond au clairon par ses hennissemens.
Les chefs, de leurs soldats réglant les mouvemens,
De bataillons épais, sous des flots de poussière,
Remplissent à grands pas une immense carrière.
Bientôt Charles, porté sur un large pavois,
Se montre environné de la pompe des rois :
Le sceptre est dans ses mains ; un riche diadème,
Symbole de la force et du pouvoir suprême,
Sur son auguste front élève un noble lis :
D'une grave douceur ses traits sont embellis,
Et son manteau d'azur est parsemé d'abeilles,
Emblême des Français [11], seul objet de ses veilles.
Le cri de *vive France*, élevé jusqu'aux cieux,
Vif et sublime élan, le précède en tous lieux ;
Et la Religion près de la Politique,
Invisibles soutiens de l'estime publique,
En répandant sur lui leurs célestes faveurs,
D'espérance et d'amour embrâsent tous les cœurs,
Combien de Chevaliers, élite de l'armée,
Forment autour de lui sa garde accoutumée !
Là, d'une cour guerrière il réunit les Preux,
Ses braves compagnons, ses Comtes valeureux,
Et les nobles Barons, et les Leudes fidèles [12],
Des vertus du soldat véritables modèles :

Tome Ier. 3

Un long panache blanc flotte sur leur cimier ;
La croix pare leur sein, luit sur leur bouclier,
Orne leur front superbe, et leur bras invincible
Fait resplendir l'acier de leur glaive terrible.
La Reine, en ce moment, d'un pas majestueux,
Fend du peuple empressé les flots respectueux,
Ainsi que le soleil perce un sombre nuage :
Du faîte des honneurs son fils lui rend hommage.
Cent pages la suivaient, cent précédaient ses pas ;
Et parmi cent beautés fières de leurs appas,
Jalouses d'un regard, on voit les plus chéries,
Sous un dais éclatant d'or et de pierreries,
Plus près de sa personne, avec elle marcher :
Sur le bras de Clotilde on la voit se pencher,
Lui sourire, et se plaire à la nommer sa fille ;
Mais du destin fatal qui poursuit sa famille
Redoutant en secret l'implacable rigueur,
Clotilde s'abandonne à toute sa langueur,
Et ses tristes pensers l'occupant toute entière,
Une larme furtive humecte sa paupière.
Ainsi, long-temps battu par le froid aquilon,
Croît un jeune rosier, tendre espoir du vallon ;
Mais le pasteur en vain destine à sa bergère
Le bouton entr'ouvert de sa tige légère ;
Un aiguillon, jaloux de cette belle fleur,
En blesse la racine, en ternit la couleur ;

Elle languit, se fane, et sa tête penchée
Sans être épanouie, est déjà desséchée.

Cortége du Héros, ornement de sa cour,
Tous les Grands sur ses pas avançaient en ce jour;
Ceux dont il consultait la longue expérience,
Et ceux qu'il honorait de plus de confiance.
A sa droite Adalbert marchait au premier rang.
Un guerrier dont le cœur battait du même sang,
Et dont l'amitié sainte est l'orgueil de leur mère,
Childebrand s'avançait à côté de son frère [13].
On nommait après eux l'ambitieux Rainfroi :
Ministre tout-puissant d'un fantôme de roi,
Il voulut en son nom régner sur l'Austrasie ;
Et, soit que du pouvoir l'ardente jalousie
S'exhale trop souvent en odieux excès,
Soit que l'orgueil blessé lui promît des succès,
Deux fois de la discorde un effort inutile
Signala ses desseins : de la guerre civile
Charles, deux fois vainqueur, étouffa le brandon.
Il offrit aux vaincus un généreux pardon;
Rainfroi fut à sa cour dans un rang honorable.
Mais son cœur ulcéré demeure inexorable ;
Ses vœux immodérés ne sont point satisfaits :
Heureux, s'il eût senti le prix de ces bienfaits [14]!

3*

Là marche Sigebert, dont l'éloquente bouche
Eût sans peine adouci le cœur le plus farouche :
Élevé dans le cloître, il en avait appris
L'art puissant d'émouvoir et fléchir les esprits :
Sévère pour lui-même, à tout autre facile,
A l'armée, à la cour également habile,
Et souvent honoré du nom d'Ambassadeur,
Il avait de l'État soutenu la splendeur.
Le guerrier qui le suit est le vaillant Clotaire :
On aime sa bravoure; heureux et téméraire,
Par les plus grands dangers il n'est point arrêté;
La fortune lui cède, et sa noble fierté
Semble du sort jaloux défier l'inconstance.
Plus loin, c'est Mérové qui vantait sa naissance,
Et de nos premiers rois se prétendait issu :
Charles dans son palais avait été reçu,
Proscrit par une injuste et cruelle marâtre.
Clodomir, qui pour lui ne cessa de combattre :
Il osa le premier rassembler ses vassaux,
Protéger sa retraite et suivre ses drapeaux.
Ricimer, si fécond en machines de guerre ;
Le prudent Adhémar, le savant Frédegaire [15],
Et cent autres guerriers dont les noms moins connus
A la postérité ne sont point parvenus.

Mais déjà des clairons l'harmonie éclatante
Annonce du Héros la marche triomphante ;
Il avance, porté par l'élite des Grands :
Son œil superbe et doux plane sur tous les rangs
Qui, s'étendant au loin, comme un jour de bataille,
Semblent d'un fort d'airain l'immobile muraille.
Les braves Neustriens s'offrent à ses regards :
Légèrement armés, et sous vingt étendards,
Ces heureux habitans des vallons où la Seine
Serpente en longs replis d'une pente incertaine,
Et par mille détours revient encor baigner
Des lieux dont elle semble à regret s'éloigner ;
Qui mollement assis sur des rives fleuries,
Au milieu des troupeaux errans dans les prairies,
Savent chanter l'amour et ses tendres ébats ;
Ludovic les rassemble et les mène aux combats.

Ceux qui de l'Océan habitent les rivages
Marchent sous Caribert. A travers les orages,
De leurs vaisseaux légers courageux matelots,
Ils affrontent la rage et des vents et des flots,
Et sur des bords lointains montrant leur industrie,
Osent placer les mers entre eux et leur patrie.
Souvent (tant le négoce inspire un noble effort !)
Ils portèrent nos arts dans les glaces du Nord ;

Et souvent l'Africain, sur ses plages arides,
Vit ses trésors passer entre leurs mains avides.

Les fidèles Bretons, peuple agreste et sans art,
Ennemi généreux, ami sûr et sans fard,
Des trois fils de Conan entourent les bannières.
Dans un pays sauvage et couvert de bruyères,
Bornés aux soins obscurs des travaux de leurs champs,
Quand leur terre, impuissante à nourrir ses enfans,
Les forçait à chercher en des lieux plus fertiles
Un climat plus prospère et des jours plus tranquilles,
La victoire accordait à leurs bras hazardeux
Ces biens que la nature avait placés loin d'eux.
C'est ainsi qu'Albion et la froide Hibernie
En reçurent jadis plus d'une colonie;
Ainsi le voyageur y trouve quelquefois
Les mœurs de l'Armorique, et sa langue, et ses lois.
Mais, dédaignant enfin ces côtes orageuses,
Ils vinrent au Midi, vers les rives heureuses
Que l'Adige et le Pô fécondent de leurs eaux :
Là, retrouvant la mer, et lançant leurs vaisseaux,
Jusqu'au fond de l'Asie étendant leurs conquêtes,
D'un nouvel Océan ils bravent les tempêtes [16].

La Loire de ses bords voit tous les habitans,
Riches cultivateurs devenus combattans,
Pressés par le danger, accourir à l'armée :
D'un fer encor poli leur phalange est armée,
Et la flamme jaillit de leurs casques d'airain.
Une terre féconde, un ciel toujours serein,
De leurs plus doux présens nourrissaient leur mollesse,
Heureux fruit du loisir et non de la faiblesse [7];
Dans leur cœur occupé de soins voluptueux,
D'épouvante et d'horreur des cris tumultueux
Ont jeté tout-à-coup les premières alarmes :
De leurs aïeux les uns prennent les vieilles armes;
D'autres, parmi les feux, sous le poids des marteaux,
En cuirasses, en dards, façonnent les métaux ;
On aiguise la hache, et dans l'onde trempée,
La faucille se dresse et devient une épée,
Bientôt, remplis d'ardeur, ces valeureux soldats
Répondent à ces cris par le cri des combats.
Robert les commandait; Robert, dont le grand âge
N'avait pas refroidi le généreux courage;
Qui, suivant du Héros les pas victorieux,
Voulait combattre encore et mourir sous ses yeux.
Le jeune Thiéry, fameux par son adresse,
Marchait à ses côtés : ce fils de sa vieillesse,
Élevé par sa mère à l'ombre des forêts,
Avait du sang des cerfs rougi ses faibles traits;

Mais son cœur, enivré de l'amour de la gloire,
Promettait des exploits plus dignes de mémoire.

Plus loin, des corps nombreux, et dont les rangs pressés
D'une forêt de dards paraissent hérissés,
Sont des Austrasiens la jeunesse guerrière.
Charles la réunit autour de sa bannière,
Quand, forcé de punir de leur témérité
Les orgueilleux rivaux de son autorité,
Admirant ses vertus, admirant son courage,
L'Austrasie à ses droits ajouta son suffrage.
Vainqueur de Chilpéric, il combattit Rainfroi :
Dans leurs sombres forêts portant un juste effroi,
Des barbares Saxons il réprima les armes,
Et du Rhin menacé fit cesser les alarmes.
Jusque dans ses marais, le Batave indompté
Comme son tributaire à son tour fut compté ;
Et Charles près de lui conserva cette armée,
A vaincre sur ses pas long-temps accoutumée [18].
Le front de ces guerriers est fier et menaçant :
Sous des anneaux d'acier, l'un l'autre s'enlaçant,
Leur sein, enveloppé de ce tissu flexible,
Laisse à peine à l'épée un passage possible ;
Près d'un glaive acéré, s'attache à leur côté
La pesante francisque, instrument redouté.

Hache à double tranchant : son nom et son usage
Naquirent dans les bois du Franc encor sauvage ;
Et leurs chefs, renommés parmi les plus vaillans,
Se font tous reconnaître à leurs casques brillans.

Sigefroi, sur ses traits couverts de cicatrices,
Montre de sa valeur d'honorables indices.
Gérard, homme puissant, dont les vastes troupeaux
Des sources de la Lys parcourent les côteaux,
Au malheur, au besoin, consacrant ses richesses,
Est chéri des soldats comblés de ses largesses.
Comme un chêne orgueilleux entouré d'arbrisseaux,
D'un front superbe Arnoul domine ses vassaux :
Un panache mobile ombrage sa visière ;
Lui-même il veut défendre et porter sa bannière :
Terreur de l'ennemi, de ses regards altiers
Il semble mesurer les bataillons entiers.
Modoald, le plus beau des enfans des Ardennes :
Une lave brûlante enfle toutes ses veines ;
Son front sévère et fier est le front d'un héros.
Vaillant et peu sensible aux douceurs du repos,
A ses yeux la beauté semblait perdre ses charmes ;
Il dédaigna l'amour pour se livrer aux armes,
Dès que son cœur jaloux en connut les tourmens.
La chasse, les tournois occupaient ses momens ;

Mais le danger surtout plaît à son cœur farouche,
Et le nom de la gloire est le seul qui le touche.
Le généreux Gontrand, qui, seigneur des châteaux
Que la Sambre et la Meuse entourent de leurs eaux,
Au travers des forêts, des monts, des marécages,
En des lieux infestés d'horribles brigandages,
Et souillés chaque jour du sang du voyageur,
Était des étrangers le guide et le vengeur.
Trente mille guerriers, toujours vainqueurs ensemble,
Que la voix de ces chefs sous leurs drapeaux rassemble,
Et que la discipline endurcit aux travaux,
Marchent du même pas à des exploits nouveaux.

Des Bourguignons, enfin, Charles voit les milices.
Ces peuples de la paix goûtaient peu les délices :
Sous le règne agité des enfans de Clovis,
Quand des rois fainéans, par un Maire asservis,
Du timon de l'État n'osaient d'une main ferme
Chasser l'ambition et lui prescrire un terme,
Le crime et l'anarchie, au milieu des tombeaux,
De l'État déchiré s'arrachaient les lambeaux ;
Les sujets chaque jour avaient un nouveau maître :
A de nouveaux tyrans forcés de se soumettre,
Ils fuyaient dans les camps, où, semblant obéir,
Sans craindre leur vengeance ils pouvaient les haïr.

Charles les affranchit de cette servitude :
Brisant ces fers honteux, rivés par l'habitude,
Il leur apprit des lois à goûter les bienfaits ;
Mais, nés dans la discorde, ils dédaignaient la paix [19].
A leur tête, Norbert déployait ses enseignes.
Dans les dissentions de ces funestes règnes,
Enlevé par le sort à son obscurité,
Norbert, plein de bravoure et de fidélité,
Jusques aux premiers rangs conduit par la fortune,
Digne d'une faveur dans les cours peu commune,
Y brillait d'un éclat par nul autre effacé ;
Mais aux devoirs des camps dès long-temps exercé,
Des lois de la milice observateur sévère,
Modèle des soldats, il en était le père.
D'intrépides guerriers entourent ses drapeaux :
Lui-même il les choisit sur les riches côteaux
Où la Marne, la Meuse et la Saône ont leur source ;
Dans les sombres vallons d'où, commençant leur course,
On les voit, se frayant des chemins si divers,
Verser des mêmes eaux le tribut aux deux mers ;
Et jusque sous les cieux où, des Alpes rivales,
Les Vosges vont cacher leur cimes inégales.

Albon a rassemblé ses vassaux aguerris
Dans les champs où le Doubs, entre des bords fleuris,

Semble porter au Rhin l'hommage de son onde,
Et dans ceux où, changeant sa course vagabonde,
Dans les eaux de la Saône, après mille détours,
Il vient perdre son nom et terminer son cours.
Mille sont appelés des campagnes voisines,
Et mille, du Jura descendant les collines,
Sous le même étendard se rangent à sa voix.
Ils sont libres encor sous l'égide des lois;
Bientôt la tyrannie en fera ses esclaves,
Et sa main trop long-temps rivera leurs entraves [20].
Pasteurs, nourris de lait, et couverts de toisons,
Ils bravent, dans les bois, la rigueur des saisons.

Entre l'Ain et le Rhône arborant sa bannière,
Gondebaud fit sonner la trompette guerrière,
Et sous ses pavillons appela ses héros.
A ce noble signal, redit par les échos,
De la Saône au Léman les guérets retentirent,
Le Revermont frémit, ses cavernes gémirent;
Et par ces sons connus les peuples excités
Ont tous repris le casque, et sont à ses côtés.
Illustre descendant de ces valeureux princes
Qui, des bords de l'Oder, vinrent en ces provinces
Conquérir un royaume et recevoir la foi,
Gondebaud n'avait pas le vain titre de roi;

Mais, abjurant l'erreur qui séduisit ses pères,
De la religion les sublimes mystères,
Dans son cœur simple et pur ont recouvré leurs droits,
Et sur ses boucliers font triompher la Croix ».

Des enfans de Lyon la généreuse élite
Suit du brave Germain l'enseigne favorite,
Où les mots de *Patrie, Honneur* et *Liberté*
Autour d'un noble lis brillent avec fierté.
On les vit autrefois briser, pleins de courage,
Le joug ensanglanté d'un honteux esclavage,
Et d'odieux tyrans délivrer leurs remparts :
Laborieux amis du commerce et des arts,
La richesse est pour eux le fruit de l'industrie.

Rambert, époux aimé d'une épouse chérie,
A peine de l'hymen avait serré les nœuds ;
Des premières amours il avait tous les feux ;
Mais pour son jeune cœur la gloire a tant de charmes !
Vienne, l'antique Vienne, à sa voix prend les armes,
Et joint à ses guerriers ceux des cantons voisins,
Où la bruyante ivresse, en foulant ses raisins,
Prépare le nectar dont la riante automne
Du joyeux vigneron arrose la couronne.

Ceux qui des bords du Drac habitent les hameaux,
Et font monter la vigne aux branches des ormeaux;
Ceux qui sèment le lin aux rives de l'Isère,
Et ceux qui poursuivant, d'une course légère,
Le timide chamois sur des sommets glacés,
Sont à tous les dangers dès l'enfance exercés;
Les pasteurs du Vercors, et ceux de la Chartreuse,
Qui disputent aux ours la solitude affreuse
Où bientôt de Bruno les fils silencieux
Chercheront, loin du monde, un chemin vers les cieux:
Tous suivent de Humbert la généreuse trace.
Digne de cent aïeux que sa valeur efface,
Humbert est renommé par des faits éclatans
Que nous a dérobés le voile obscur du temps;
Mais sa postérité, grande parmi les princes,
Avec un sceptre d'or gouvernant ces provinces,
A ses peuples heureux laissant de bonnes lois,
Fera passer son titre aux premiers nés des Rois [22].

Le jeune Valentin précède son armée:
Sa valeur, ses exploits, sa haute renommée,
Sa beauté mâle et fière attirent les regards.
Trois mille fantassins suivent ses étendards:
Ils viennent de ces lieux où dans son cours rapide
Recevant de l'Isère une onde peu limpide,

Le Rhône, qu'en sa couche elle semble troubler,
Lui cède en murmurant, et n'ose s'y mêler;
Des agrestes vallons où la Drome serpente,
Du limon de ses eaux fertilisant leur pente;
De ceux où d'Adhémar le donjon sourcilleux [13].
Voit s'unir à ses pieds deux torrens orgueilleux,
Qui, sans frein, dans la plaine exerçant leurs ravages,
Sur de fertiles champs usurpent leurs rivages.
Sous le joug sarrazin ces peuples opprimés,
Par un beau désespoir tout-à-coup animés,
Avaient chassé loin d'eux ces bandes ennemies,
Dans un pays conquis encor mal affermies;
Le jeune Valentin avait armé leurs bras:
Ils aiment son courage et marchent sur ses pas.

Après tant de guerriers, une seule phalange
Des peuples du Midi recueille le mélange.
Infortunés, aux fers avec peine échappés!
Par de cruels tyrans leurs toits sont occupés;
Ils sont vaincus, hélas! un despote farouche
Proscrit jusqu'au soupir exhalé de leur bouche.
Ils ont tenté cent fois de généreux desseins;
Cent fois leurs chefs, tombés sous des coups assassins,
Ont vu le sort jaloux condamner leur courage.
Un petit nombre a fui ce cruel esclavage,

Et leur troupe formée à la voix de Remi,
Aspire à la vengeance, et cherche l'ennemi.

Des Chevaliers alors la valeureuse élite,
Semblable au tourbillon quand il se précipite
Du nuage orageux qui le forme en ses flancs,
Sous les yeux du héros développe ses rangs:
Cent escadrons choisis, troupe vaillante et fière,
Sous le pas des coursiers font voler la poussière.
Généreuse Noblesse, elle a mis son éclat
A suivre le monarque et défendre l'État.
Fuyant les voluptés, une indigne mollesse
N'avait point corrompu sa facile jeunesse;
Des germes de vertu, de vaillance, d'honneur,
Semés dès le berceau fermentaient dans son cœur,
Et ses enfans, nourris sur le sein de leurs mères,
Suçaient avec le lait des principes sévères.
L'amour de la patrie était au premier rang ;
Le Chevalier français lui dévouait son sang :
Pour son roi, son pays, tout lui semblait possible.
Servir Dieu, protéger un sexe trop sensible,
Garder la foi promise, accourir à la voix
De l'opprimé, du faible, et respecter les lois:
Tels étaient ses devoirs. Un écuyer fidèle
Faisait-il prévaloir les couleurs de sa belle?

De l'écharpe des Preux, de l'éperon doré,
En un jour solemnel par ses mains honoré;
A la gloire, à l'amour il consacrait son âme,
Et servait à-la-fois sa patrie et sa dame [14].
Ainsi furent toujours ces braves Chevaliers.
Des émaux variés ornent leurs boucliers [15];
Le choix de leurs couleurs, celui de leurs devises
Annoncent leur espoir, leurs faits, leurs entreprises;
Et quoique par le titre ils fussent tous égaux,
Quelques-uns, illustrés par de plus grands travaux,
Plus connus à la cour, plus chéris de l'armée,
Avaient plus de puissance, ou plus de renommée.

Hugues voit sur ses pas le premier escadron.
Fier de le commander, ce valeureux Baron,
Dans les temps fabuleux, jusques à Mélusine,
Aimait de ses ayeux à cacher l'origine :
Ses descendans, un jour, comptés parmi les rois,
Sur le tombeau du Christ releveront la Croix,
Et, chassant des saints lieux les nations impures,
Vengeront les Chrétiens de trop longues injures [16].
Le second obéit au superbe Ezelin :
Privé de ses parens, il sut, quoiqu'orphelin,
Du sort, par sa valeur, réparer les disgrâces :
Il deviendra le chef de deux puissantes races.

Baudoin marche après lui : par un habit de deuil
De la pourpre royale il remplace l'orgueil ;
Mais l'ennemi, malgré ce vêtement funèbre,
Reconnaîtra les coups du chevalier célèbre
Qui sur un écu noir porte un lion doré.
Des plus sombres chagrins son cœur est dévoré ;
A son fils, chaque jour, il donne encor des larmes,
Depuis que, se fiant à de perfides armes,
Dans les jeux d'un tournois il lui ravit le jour.
Long-temps son désespoir l'exila de la cour ;
Il soupira long-temps au fond d'un monastère ;
Il se ranime enfin au signal de la guerre,
Et cherchant dans la mort un terme à son ennui,
Il la veut glorieuse et plus digne de lui.

Issu du premier Franc qui reçut le baptême,
Parmi les Chevaliers tenant un rang suprême,
A la tête des siens est le noble Éginhard.
Celui qui d'un griffon marque son étendard,
Est Humfroi : ses ayeux régnaient sur les peuplades
Qui des monts Ryphéens habitent les bourgades ;
Monts affreux, désolés par d'éternels hivers,
Où le glacier vomit, en des vallons divers,
Arrosant à-la-fois l'Italie et la France,
Et l'Éridan superbe, et la fière Durance.

La nature enfouit en ces sauvages lieux
L'or, ce métal funeste autant que précieux,
Source ignoble du crime et corrupteur du monde :
Ce peuple l'arrachait de sa mine profonde,
Et sa contagion, si fatale aux humains,
Sans altérer ses mœurs passait entre ses mains.
La fable, consacrant cette vertu suprême,
Lui donna du Griffon l'ingénieux emblème
Conservant les trésors confiés à sa foi.
Cent Chevaliers marchaient sur les pas de Humfroi,
Et tous, avec orgueil, portent, d'un bras terrible,
Le signe révéré d'un cœur incorruptible [27].

Arthaud, que sa valeur tira d'un rang obscur,
Sur un écu d'argent porte une croix d'azur :
L'ennemi n'osait pas attendre son approche.
Tige des Chevaliers sans peur et sans reproche,
Aimoin le suit de près, et porte un lion blanc :
Le généreux Bayard doit naître de son sang ;
Ce Bayard qui, toujours valeureux et fidèle,
Des Chevaliers français sera le vrai modèle.
Sur les pas d'Enguerand, sur ceux de Béranger,
Cent illustres rivaux sont venus se ranger :
Rolloa, de leur drapeau vaillant dépositaire,
Le jeune Théofrède, et Marculphe, et Bertaire,

4*

Torismond, dont l'écu présente un soleil d'or,
Et Roger, qui de l'aigle a pris le noble essor;
Tous marchent à la gloire en servant la patrie.
Budic chez les Bretons, Foulques dans la Neustrie,
Boson sur la Durance, et le brave Réné,
Avaient vu leur drapeau bientôt environné;
Et le fier Valeran, dont le bras invincible
Entoura d'un rempart la cime inaccessible
Des rochers de Crussol, où ses nombreux vassaux
Des Sarrasins long-temps bravèrent les assauts,
Les rassemblait encore autour de ses bannières.

De cette armée enfin les phalanges dernières
Offrent le choix brillant de leurs jeunes rivaux,
Émules éprouvés par de moins grands travaux.
De leurs coursiers fougueux la bouillante vitesse
Répond à leur ardeur, et sied à la jeunesse :
D'un généreux désir leur sein est agité.
Le fer courbe et léger qui pend à leur côté
Parmi les ennemis disperse l'épouvante,
Lorsque des Chevaliers la tactique savante
Y jette le désordre et renverse les rangs.
Ils suivent au combat vingt drapeaux différens;
Et sous autant de chefs, tous au printemps de l'âge,
Volent, impatiens d'exercer leur courage.

Le jeune Carloman, marchant avec fierté,
Du Monarque sur eux avait l'autorité :
Sur un coursier rapide il avance à leur tête.
Charles suit du regard son orgueilleuse aigrette ;
Il sourit à ce fils, tendre et fragile espoir,
Et d'un trouble secret il se sent émouvoir :
Il semble pressentir ce qu'un destin barbare
A ce jeune Guerrier en ce moment prépare,
Et tout ce que le sort, par un arrêt cruel,
Réserve de douleurs à son cœur paternel.

A ces peuples, armés pour la cause commune,
Charles promet son nom, son bras et sa fortune ;
D'un ennemi féroce il peint les attentats :
Le devoir et l'honneur le mènent aux combats ;
Ils sont l'unique espoir de l'Europe attentive ;
Et la France, avec eux triomphante ou captive,
Verra son culte saint conserver tous ses droits,
Ou le Croissant impie insulter à la Croix.
Arrêter les forfaits d'un peuple sacrilège ;
Venger de leurs foyers le sacré privilège ;
Mourir pour la patrie en marchant avec lui,
Est la loi que l'honneur leur impose aujourd'hui.
Les soldats, excités d'un transport unanime,
Font éclater au loin l'ardeur qui les anime ;

Jusques aux derniers rangs, par des cris prolongés,
A suivre ses drapeaux tous se sont engagés.
Charles, avec respect, élève l'Oriflamme;
Une riche croix d'or, que le soleil enflamme,
Parmi les fleurs de lis, brille à tous les regards :
Inclinant dans la poudre et son front et ses dards,
Le Français rend hommage au drapeau qu'il révère;
Tandis que le Héros le confie à son frère,
Et que de toutes parts, avec les chants guerriers,
On entend retentir l'airain des boucliers.

Couverts d'habits de deuil et souillés de poussière,
Des vieillards, cependant, entraient dans la carrière :
Le front pâle, l'œil morne, ils marchaient à pas lents;
La fatigue ployait leurs genoux chancelans,
Et le double fardeau du malheur et de l'âge
Les avait accablés dans ce triste voyage.
Un Guerrier les suivait : ses yeux mouillés de pleurs
Laissaient, malgré lui-même, échapper ses douleurs:
Tout semblait, en ces lieux, agraver sa misère.
Le jeune Carloman, par l'ordre de son père,
Sur un coursier léger vers lui s'est avancé :
« Étranger! qu'Abdérame a sans doute offensé,
» Contre ses attentats cherchez-vous un asile?
» Venez-vous confier cette foule débile

» A des lieux dès long-temps consacrés à la paix,
» Et dont le Sarrasin n'approchera jamais? »
Eude répond : « Du sort déplorable victime,
» Des maux les plus affreux j'ai mesuré l'abîme !
» Le Ciel, des malheureux infaillible recours,
» M'ordonna des Français d'implorer le secours;
» Fugitif, suppliant, Eude, sous ses auspices,
» A peut-être le droit de les trouver propices.
» Près du chef des Français daignez guider mes pas. »
— « Seigneur, dit Carloman, où n'admire-t-on pas
» Vos généreux efforts trahis par la fortune!
» Chassez de ces revers la mémoire importune;
» Fils de Charles, je peux vous répondre de lui ;
» Illustre infortuné, comptez sur son appui. »
Il dit, et prend sa main en signe d'assurance.
Soudain à ses regards la belle Numérance,
Au milieu de la foule attachée à ses pas,
De son modeste front dévoile les appas.
Carloman interdit sent, jusqu'au fond de l'âme,
Glisser, comme un éclair, la plus brûlante flamme :
Tout son cœur est ému, tous ses sens sont troublés.
Parmi les Aquitains de leurs maux accablés,
Et dont les seuls respects la distinguent à peine,
Sa douce majesté l'annonce pour leur Reine.
Elle a répudié l'or et les diamans,
D'une vaine grandeur frivoles ornemens;

Un long manteau de deuil ensevelit ses charmes :
Sa vie inconsolable est consacrée aux larmes,
Depuis que de l'hymen éteignant le flambeau,
La trahison plongea son époux au tombeau ;
Elle aspire à le suivre, et le destin funeste
De ses malheureux jours empoisonne le reste.
De son front les ennuis ont terni les couleurs ;
Ses yeux ont moins d'éclat, ils ont versé des pleurs ;
Interprète du cœur, sa bouche qui soupire
Laisse de l'espérance entrevoir le sourire :
Mais vainement du sort l'injuste cruauté
Par de trop longs chagrins effleure sa beauté ;
On la voit, au milieu de ses tristes compagnes,
Ainsi qu'un lis superbe, ornement des campagnes,
Qui, par un ouragan trop long-temps agité,
Languit, et cependant garde sa majesté.

Mais Charles, que touchait cet aspect déplorable,
Tend au Duc d'Aquitaine une main favorable :
Il l'avait combattu sur le trône affermi ;
Détrôné, malheureux, il sera son ami ;
Et la Religion de leur longue querelle
Effaçait en son cœur l'impression cruelle.
« O vous ! dont la puissance égale la vertu,
» Dit Eude, en relevant son regard abattu,

» Un peuple généreux que la fortune outrage,

» Et dont les longs revers ont lassé le courage,

» Vient, avec confiance, embrasser vos genoux :

» Le malheur est sacré. Nous repousserez-vous,

» Chassés de nos foyers, proscrits par un Barbare,

» Courbés sous les fléaux qu'à vous-même il prépare,

» Quand nous vous implorons contre vos ennemis?

» N'en doutez pas, Seigneur, leur orgueil s'est promis

» De mettre sous le joug la France toute entière;

» Oui, lorsque de mon trône ils brisent la barrière,

» Ils espèrent bientôt, une torche à la main,

» Jusqu'aux murs de Paris se frayer un chemin.

» Eh! n'ont-ils pas déjà menacé vos provinces?

» N'ont-ils pas du Midi forcé les plus grands Princes

» A porter de leurs fers le poids déshonorant?

» Usurpateur féroce, injuste conquérant,

» Des lois des nations violateur profane,

» Abdérame dédaigne un droit qui le condamne.

» Votre juste courroux serait-il retenu

» Par un frein que lui-même a d'abord méconnu!

» Prévenez ses desseins; rendez guerre pour guerre;

» Punissez ses forfaits et délivrez la terre :

» De la Patrie au-moins conjurez le danger.

» La mienne.... elle n'est plus.... Ah! si pour la venger,

» Parmi vos Chevaliers me donnant une place,

» Vous daignez de mon bras autoriser l'audace;

» Avec gloire peut-être il me sera permis
» De chercher le trépas dans les rangs ennemis.
» Quels que soient mes destins, protégez ma famille :
» Unique et frêle espoir, il me reste une fille,
» Puisque trop vainement, sous les murs de Poitiers,
» De mes soldats Hunalde assemble les derniers :
» Que peuvent-ils, hélas! pour la triste Aquitaine!...
» La victoire aux Français ne peut être incertaine :
» Le Ciel même abandonne Abdérame à vos coups,
» Et l'honneur du triomphe est réservé pour vous. »
En achevant ces mots, l'aspect de sa détresse,
Sa fille, ses sujets plongés dans la tristesse,
Tout, jusqu'à l'intérêt qu'il est sûr d'exciter,
Lui fait verser des pleurs qu'il voudrait arrêter [28].

Le Héros attendri le rend à l'espérance :
« Reposez-vous, dit-il, sur l'appui de la France.
» Du monde policé méconnaissant les droits,
» Vainement un Barbare en a proscrit les Rois;
» Vengeurs des nations, des peuples d'Aquitaine
» Les valeureux Français iront briser la chaîne :
» Les vit-on, pour la gloire, avares de leur sang!
» En ces lieux, cependant, conservez votre rang;
» Comme dans vos palais, retenez des Monarques
» Le nom, l'autorité, les éclatantes marques;

» Et puisse Numerance, auprès de mes enfans,
» Retrouver le bonheur de ses plus jeunes ans. »
Il lui tend, à ces mots, une main généreuse.
Eude sent s'alléger la crainte douloureuse
Qui, jusqu'à ce moment, a pesé sur son cœur :
Sa fille, qu'embellit une aimable pudeur,
Et dont les yeux encor sont humides de larmes,
Frappe toute la cour de l'éclat de ses charmes.
Du sein de la rosée, ainsi la tendre fleur,
Quand l'orage nocturne a flétri sa couleur,
A l'aube d'un beau jour relève son calice.
Mais Charles dans le camp fait rentrer sa milice :
Eude voit dérouler ces bataillons divers,
Semblables aux vapeurs lorsque, du sein des mers,
Portant sur les moissons la terreur des orages,
Le caprice des vents disperse leurs ravages.

NOTES

DU CHANT PREMIER.

NOTES DU CHANT PREMIER.

---

¹ Tels étaient les pensers que le Duc d'Aquitaine.

L'AQUITAINE, telle qu'Honorius l'avait cédée aux Goths, vers l'an 411, ne comprenait guères que la province Narbonnaise ou Septimanie. Évaric, un de ses rois, avait étendu ses frontières jusqu'à la Loire et au Rhône; mais son fils Alaric ayant perdu la vie à la bataille de Vouglé, en 484, Clovis, vainqueur, réunit ces États à son empire, et confina les Goths au pied des Pyrénées. Sous les faibles successeurs de ce grand Prince, ces provinces furent souvent morcelées pour former l'apanage des enfans des Rois, cause de guerres civiles, des crimes de toute espèce qui déshonorent ces temps affreux, et enfin du pouvoir des Maires du palais. Réunies de nouveau par Dagobert I, et livrées à la tyrannie d'Ébroin, quelques Seigneurs, mécontens, se retirèrent, en 670, chez les Gascons, descendans des Goths; et l'un d'eux, nommé Lupus, s'empara de la partie de l'Aquitaine bornée au nord par la Garonne. Eude, son fils, prit le titre de duc d'Aquitaine, et porta ses armes jusqu'aux anciennes frontières. On peut juger par là du courage et de la puissance de ce Prince, et entrevoir les causes d'une rivalité avec Charles-Martel, dont nous parlerons ailleurs. Le caractère que je lui donne dans ce poëme est fondé sur l'histoire, qui me fournit aussi les faits que j'en rapporte.

² Amène, avec son fils, sa fille à ses côtés.

Hunalde, fils et successeur d'Eude, est fameux dans nos chroniques sous le nom de Huon de Bordeaux, par ses longs démêlés avec Charle-

magne. Il était encore jeune lorsque, en 732, il vint avec son père, vaincu
par Abdérame, chercher un asile auprès de Charles-Martel. Tout ce qui
le concerne, dans ce poëme, est puisé dans l'histoire : il n'en est pas de
même de sa sœur Numerance. Il paraît que cette Princesse, que les historiens peignent comme la plus belle femme de son temps, fut sacrifiée par
l'ambition de son père, en épousant Munuze, gouverneur de Cerdaigne
pour les Maures d'Espagne. Eude espérait s'en faire un rempart contre
les irruptions de ces peuples avides de conquêtes ; ce fut au-contraire
ce qui les attira dans ses États. Munuze ayant perdu la vie, sa veuve
tomba au pouvoir d'Abdérame, qui l'envoya dans le sérail du Calife. J'ai
cru pouvoir m'emparer de ce personnage, à qui l'histoire attribue d'ailleurs le caractère et les vertus que je lui donne.

[3] Mais il n'est plus d'espoir pour le peuple Aquitain.

Telle était, en effet, la position respective des principaux acteurs de
cette guerre. Eude, long-temps ennemi de Charles-Martel, craignait sans
doute de l'attirer dans ses États ; et, rassuré par l'alliance qu'il avait faite
avec Munuze, il semblait redouter les Français bien plus que les Arabes.
Mais, lorsque ceux-ci eurent défait Munuze et forcé les Pyrénées, il fut
accablé de leur irruption soudaine, et ne put leur opposer que des forces
insuffisantes. Quelques auteurs conjecturent que Charles aurait pu arriver
plus tôt, et qu'il ne fut pas fâché du désastre d'un rival. Tant qu'Eude
combattit les Sarrasins, Charles n'avait aucun droit de lui porter un
secours qu'il ne lui demandait pas ; mais après la défaite d'Eude, il fut
menacé lui-même, et dut songer à défendre ses frontières. Sa conduite est
d'autant plus habile, qu'en se donnant le mérite d'une action généreuse,
il fixait la guerre dans le pays ennemi. Sa victoire pouvait seule affranchir
l'Europe du joug musulman.

[4] Que le Cher et la Loire arrosent de leurs eaux.

Grégoire de Tours détermine ainsi les frontières de la France, dès les
premiers temps de la monarchie : *Ferunt etiam tunc, Chlogionem* (Clodion)

utilem ac nobilissimum in gente suâ, regem Francorum fuisse; qui apud Dispargum castrum habitabat, quod est in termino Thoringorum. In his autem partibus, id est ad meridionalem plagam, habitabant Romani usque ad Ligerim fluvium; ultrà Ligerim verò Gothi dominabantur.

Le moine Aimoin, qui écrivit son histoire vers la fin du dixième siècle, détermine aussi les frontières et les divisions de la France, comme Grégoire de Tours.

Elle s'étendait du Rhin aux Pyrénées, et l'Aquitaine comprenait seule le vaste pays entre la Loire, les Pyrénées et le Rhône. Citons ses paroles (*De Gestis Francorum*, Lib. I, cap. v) : *Has omnes provincias, dùm Franci occupassent, in duas tantummodo partes dividentes, eam quæ septentrionem versus tenditur, et inter Mosam et Rhenum est, Austriam, illam verò quæ à Mosâ ad Ligerim usquè pertingit, Neustriam vocaverunt. Pars tamen Lugdunensis Galliæ quam Burgundiones occupaverant, Burgundiæ nomen retinuit. Aquitania quoque avitum non est dignata nomen mutare;* et relativement aux frontières d'Aquitaine, voici comment s'exprime cet auteur (Loc. cit.) : *Urbs verò Biturica atque Turonica, secundum Orosii definitionem qui Aquitaniam à flumine Ligeri usquè ad Pyrenæos determinat montes quamque moderni sequuntur, non in Celticâ Galliâ sed magis in Aquitaniâ sunt provinciâ. Flumina in Lugdunensi Galliâ plurima, sed ex eis præcipua Rhodanus, qui ejus ab orientali parte terminus est.*

5 Ces lieux chez les Gaulois avaient été célèbres.

L'épopée paraît, chez tous les peuples, destinée surtout à rappeler et transmettre le souvenir de leurs antiquités : c'est ce qui lui valut autrefois le caractère sacré et presque religieux des poésies d'Hésiode et d'Homère. L'habitude de confier l'histoire à la poésie remonte aux premiers âges de la civilisation ; et les Gaulois, au rapport de César (*de Bell. Gallic.* Lib. VI, cap. IV), avaient consigné leurs annales dans des vers qu'on apprenait de mémoire, et qu'il était défendu d'écrire.

Les environs de Chartres, habités par les Carnutes (*civitas Carnutum*), pays regardé comme le centre de la Gaule, étaient le siége du principal collége des Druides, le lieu où se tenait chaque année leur assemblée générale, et celui où se décidaient tous les différens survenus entre les particuliers. *Ii* (Druides) *certo anni tempore in finibus Carnutum, quæ regio totius Galliæ media habetur, considunt in loco consecrato : hûc omnes undiquè qui controversias habent conveniunt, eorumque judiciis decretisque parent.* Là venaient se ranger sous une discipline sévère ceux qui voulaient s'agréger à leur ordre, profiter de leurs priviléges, et jouir de leurs nombreuses immunités, ainsi que les jeunes gens envoyés par leurs parens pour y puiser la seule instruction connue dans ces temps barbares : c'était le dogme de la métempsycose, différens systèmes sur les astres et leurs mouvemens, sur le monde et son étendue, la nature des choses, la puissance des Dieux, etc.

Les Druides formaient le premier ordre de l'État ; ils réglaient tout ce qui dépendait du culte et des cérémonies. Prêtres et magistrats, leur autorité sans bornes était puissamment soutenue par la terreur d'un rite barbare, et celle d'une excommunication, dont les effets ont survécu longtemps aux Druides mêmes. *Si quis, aut privatus, aut publicus, eorum decreto non stetit, sacrificiis interdicunt. Quibus itâ est interdictum, ii numero impiorum ac sceleratorum habentur ; ab iis omnes discedunt, additum eorum sermonemque defugiunt, ne quid ex contagione incommodi accipiant : neque iis petentibus jus redditur, neque honos ullus communicatur.* Persuadés que la colère des Dieux ne pouvait être apaisée que par le sang des hommes, leur cruelle superstition les portait, dans les dangers publics ou particuliers, à dévouer des victimes humaines, ou à se dévouer eux-mêmes aux bûchers. César observe qu'ils réservaient ordinairement des criminels à cet affreux supplice ; mais qu'à défaut de coupables, ils n'hésitaient pas à sacrifier des innocens : *Natio est omnium Gallorum admodùm dedita religionibus ; atque, ob eam causam, qui sunt affecti gravioribus morbis, quique in prœliis periculis que versantur, aut pro victimis homines immolant, aut se immolaturos vovent. Administrisque ad ea sacrificia Druidibus utuntur ; quod pro vitâ hominis nisi vitâ hominis reddatur, non posse Deorum immortalium numen placari arbitrantur : publicéque ejusdem generis habent instituta sacrificia.*

Alii immani magnitudine simulacra habent quorum contexta viminibus membra vivis hominibus complent; quibus succensis, circumventi flammâ exanimantur homines. Suplicia eorum qui in furto, aut latrocinio, aut aliquâ noxâ sunt comprehensi, gratiora Diis immortalibus esse arbitrantur : sed cum ejus generis copia deficit, etiam ad innocentium supplicia descendunt.

[6] Là, près de l'Oriflamme, étendard révéré.

L'Oriflamme était la bannière de Saint-Denis, que nos Rois allaient y prendre en grande cérémonie lorsqu'ils commençaient une guerre, et qu'ils y rapportaient lorsqu'elle était finie. Elle était de soie, d'une couleur éclatante, et richement brodée; attachée par le haut à une traverse suspendue à une longue lance; le bas était découpé et bordé de franges. Les comtes de Vexin, comme premiers vassaux de Saint-Denis, eurent long-temps le privilége de la porter. Elle existait encore au temps de Louis XI, dont l'esprit s'accommodait aux idées superstitieuses attachées à cette bannière. J'ignore qui a prétendu le premier qu'un ange l'avait apportée du ciel au baptême de Clovis. Je m'empare de cette tradition poétique, et j'abandonne l'étymologie aux savans.

[7] De la reine Alpaïde il fut l'unique appui.

Frédégaire, historien contemporain, en parle en ces termes : *Igitur præfatus Pipinus aliam duxit uxorem nobilem et elegantem, nomine Alpheïdam, ex quâ genuit filium, vocavit que nomen ejus linguâ propriâ Carlum (Karl); crevit que puer, elegans atque egregius effectus est.*

[8] C'est à lui qu'il devait d'en jouir sans partage.

Pepin d'Héristal, maire du palais sous les derniers descendans de Clovis que l'histoire a flétris du nom de *fainéans*, soutint seul l'honneur

5*

et l'intégrité de la France attaquée par les nations germaniques qui, à l'exemple des anciens Francs, émigraient en masse, et venaient chercher un établissement en des climats moins sévères que ceux de leurs forêts. Il acquit ainsi une grande popularité, et mérita la reconnaissance des Français. Il avait eu deux femmes: Plectrude, dont il eut trois fils, Drogon, Grimoald et Silvain; et Alpaïde, mère de Charles-Martel et de Childebrand. A la mort de Pepin, en 714, Plectrude ayant fait reconnaître Grimoald maire du palais, fit enfermer Charles-Martel à Cologne. Mais Grimoald fut assassiné cette même année, et Charles, délivré de prison, n'eut de compétiteur que Rainfroi, maire du palais des rois de Neustrie, qu'il vainquit deux fois, réunissant ainsi la France entière sous sa domination. Ces évènemens sont à-peine indiqués par Frédegaire. On lit dans un des fragmens de sa Chronique : *Illis temporibus, Karlus, filius Pipini, ex concubinâ, in custodiâ à Plectrude matronâ ejusdem Pipini tenebatur: auxiliante Domino vix evasit.*

9 **Fille de Chilpéric. . . . .**

Le Chilpéric dont il est ici question, et dont le nom et les infortunes reparaîtront plusieurs fois dans cet ouvrage, fut l'un de ces malheureux Princes que les Maires du palais confinaient dans les cloîtres, ou forçaient d'en sortir, suivant les intérêts de leur ambition. Il paraît que celui-ci, fils de Childéric II, avait pris, sous le nom de Daniel, le sage parti de la retraite; mais, après la mort de Clotaire IV, dont le nom servait de voile aux projets de Rainfroi, il en fut tiré violemment pour occuper un trône où il ne trouva que des malheurs. *Danihelem quondam clericum, cæsarie capitis crescente, Regem Franci constituunt, quem Chilpericum nuncupant: quia deficiente prosapiâ regum, illum quem propinquiorem Meroveis invenire poterant, statuêre: quia Merovei, ut aiunt, sicut antiquitùs Nazarei, nullo capitis crine inciso erant.* (Fragment d'Erchamber *ex breviario Regum Francorum et Majorum domûs.*) Il avait des talens pour son siècle, puisque les chroniques lui donnent le surnom de *clerc,* et sans doute du courage, puisqu'il marchait à la tête de ses

troupes aux batailles de Vinciac et de Soissons, en 717 et 718, qui déci-
dèrent de son sort, et assurèrent la supériorité de Charles. Réfugié chez
le duc d'Aquitaine, il ne put y trouver la sûreté et le repos qu'il avait
cherché dans le cloître. Eude acheta la paix avec Charles-Martel, en lui
livrant Chilpéric. Quelle que fût la générosité du vainqueur envers ce
malheureux prince, il ne put surmonter les chagrins acharnés à le poursuivre dans une carrière si étrangère à son caractère, et qu'il avait cru
fuir : il mourut sans postérité en 720.

On voit, par ce détail, que le personnage de Clotilde est entièrement
d'invention ; il se lie à mon plan, dont il est un des nœuds principaux, par
le développement d'une passion malheureuse suivie d'une catastrophe
funeste, et par l'explication naturelle qu'il fournit à la retraite de Carloman ; fait dont les historiens nous ont laissé ignorer les causes.

10 De Charles Carloman était le premier né.

Carloman était en effet le fils aîné de Charles-Martel et de Rotrude,
morte en 724. Il en eut aussi Pepin dit le Bref, et Chiltrude, qui fut
mariée à Odillon, roi des Bavarois. Frédégaire lui donne en-même-temps
une seconde femme, qu'il avait amenée des bords du Danube : *Succiduis
diebus, evoluto anni circulo, Carlus princeps, coadunatâ agminum
multitudine, Rhenum fluvium transiit : Alamanos et Suevos lustrat ;
usquè Danubium peraccessit, illoque transmeato, fines Boiarences occupavit. Subactâ regione illâ, thesauris multis cum matronâ quâdam
nomine Bilitrude, et nepte suâ Sonnichilde regreditur.* Cette citation
peut faire apprécier les mœurs d'un siècle où une femme était comprise
dans le butin. Sonnichilde lui donna bientôt un fils, qui fut nommé
Griphon, et n'a point laissé de traces.

11 Emblème des Français. . . . .

On pense peut-être que les fleurs de lis qui distinguent les armoiries de
nos Rois, ne remontent pas au-delà de la monarchie : je l'ai cru, jusqu'à

ce qu'un dessin très-détaillé que j'ai fait de l'arc-de-triomphe d'Orange, m'ait montré la fleur de lis comme emblème de l'ancienne Gaule. Ce monument, attribué à Marius, vainqueur, dans ces contrées, des Teutons et des Cimbres, remonte peut-être plus haut, et jusqu'aux siècles consulaires. Par la beauté de son architecture et la pureté de ses formes, il semble plutôt l'ouvrage des artistes grecs de la colonie de Marseille, alors en paix avec les Barbares qui l'entouraient, et avaient long-temps gêné son commerce. Quoi qu'il en soit, l'on voit dans les trophées, très-bien conservés, qui ornent ses faces, plusieurs boucliers gaulois où la fleur de lis est parfaitement gravée. Il est assez naturel que les Rois français, possesseurs de la Gaule, aient adopté l'emblème qui la caractérisait. Je livre cette observation aux antiquaires. On a prétendu qu'elle était la représentation d'un fer de lance, parce que quelques fers de lance ont été faits à l'imitation de la fleur de lis. Je ne saurais décider cette question ; mais je repousse l'opinion absurde que la forme gracieuse de cette figure ait jamais pu avoir pour modèle un hideux crapaud.

Quant aux abeilles, on sait que le manteau des Rois en fut parsemé pendant les premiers siècles de la monarchie, et l'on peut voir à la bibliothèque du Roi celles trouvées dans le tombeau de Dagobert. Elles sont ici de costume; c'est une couleur locale, ainsi que le pavois et les autres insignes du pouvoir suprême. Les chroniques appellent Pepin d'Héristal, Roi des Français : *Rex Francorum, quia summa rerum apud eum erat.*

¹² Et les nobles Barons, et les Leudes fidèles.

Ce n'est point arbitrairement que je donne cette garde à Charles-Martel : comme les anciens Chefs de la Germanie, nos premiers Rois avaient plus de considération personnelle que d'autorité positive. Ils étaient Chefs plutôt que Souverains; et dans les guerres, où ils commandaient eux-mêmes, leur bravoure était le premier titre à l'obéissance des peuples. Ils aimaient à s'entourer des hommes les plus robustes et les plus vaillans, qui, sous le nom de compagnons, *comites*, se faisaient une gloire de les égaler en valeur, lorsqu'eux-mêmes s'efforçaient de surpasser celle des autres. C'est cette noble émulation que Tacite nous dépeint si bien en ces mots : *Cœteris robustioribus ac jampridem probatis aggregantur : nec rubor inter comites aspici. Gradus quinetiam et ipse comitatus habet, judicio ejus quem sectantur. Magnaque et comitum æmulatio, quibus primus apud principem suum locus, et principum, cui plurimi et acerrimi comites.* Ces Chefs mettaient beaucoup d'importance à être sans cesse entourés de ces braves : ils étaient la marque de leur dignité pendant la paix, et leur soutien pendant la guerre. *Hæc dignitas, hæ vires : magno semper electorum juvenum globo circumdari, in pace decus, in bello præsidium.* Ces gardes s'obligeaient principalement à défendre le Prince dans les batailles ; celui qui l'eût abandonné se fût couvert de honte : le Prince devait combattre pour la patrie, et ils ne devaient combattre que pour le Prince. *Jamverò infame in omnem vitam ac probrosum, superstitem principi suo ex acie recessisse. Illum defendere, tueri, sua quoque fortia facta gloriæ ejus assignare, præcipuum sacramentum est. Principes pro victorià pugnant ; comites pro principe.* (De Mor. Germ. n.º 24.)

Ces gardes, que nos langues modernes ont appelés *Comtes*, portaient, dans la langue teutonique des Francs, le nom de *Leudes* ou *Fidèles*, comme le remarque Montesquieu, Liv. XXX, chap. xvi. « J'ai parlé, dit-il, de » ces volontaires qui, chez les Germains, suivaient les Princes dans leurs » entreprises ; le même usage se conserva après la conquête. Tacite les » désigne par le nom de compagnons, *comites* ; la loi salique, d'hommes » qui sont sous la foi du Roi, *qui sunt in truste Regis* ; les formules de » Marculphe, par celui d'Antrustions du Roi ; nos premiers historiens, par » celui de Leudes, de Fidèles, et les suivans par celui de Vassaux et Sei- » gneurs. » Ceux de ces Comtes ou de ces Leudes qui, vieillis dans de longs services, ou affaiblis par des blessures, étaient employés à la garde des frontières, s'appelaient *Marquis, Marchiones* ; les *Barons* étaient ceux qui veillaient à la sûreté des routes. Leur nom a la même étymologie que les mots *Barre, Barrière, Barrer*, etc.

¹³ Childebrand s'avançait à côté de son frère.

Depuis que Boileau s'est avisé de trouver mauvais

.... Le plaisant projet d'un poëte ignorant,
Qui de tant de héros va choisir Childebrand,

il semble que ce nom doit être exclus de toute poésie, ou n'y paraître
qu'avec ridicule. Ce nom sonne pourtant tout aussi bien qu'un autre
de cette époque, et celui qui l'a porté tient une place assez recommen-
dable dans l'histoire, comme frère de Charles-Martel, qui lui confia
souvent le commandement de ses troupes. Il connaissait le prix de la renommée, celui qui engagea Frédegaire à écrire l'histoire de son temps,
Francorum historiam jussu Childebrandi comitis scribit. (Ann. ecclésiast.,
Franc., ad annum 73r, T. IV). Il passe pour être la tige de la troisième race
de nos Rois; tradition que je rappelle ailleurs, et confirmée, autant qu'il est
possible à travers les ténèbres du moyen âge, par les savantes recherches de
Duchêne, de Sainte-Marthe et autres. Que Boileau blâme le poëte ignorant
qui sera resté au-dessous de son sujet, il fait son métier de critique; mais
ce n'est pas dans le nom du héros que consistent les défauts d'un ouvrage,
et nous sommes, depuis son temps, devenus moins difficiles. Il n'a pas
proscrit les noms de Clovis ou de Saint-Louis, quoiqu'il n'épargnât pas
les auteurs de ces poëmes. Cependant, il a donné naissance à un préjugé
qui subsiste, et qui m'a forcé de négliger un acteur nécessaire et que l'histoire me fournit. Si je n'ai pu en faire un héros, rien ne m'empêche d'en
faire un homme sage : mais j'ai dû ne le nommer, pour la première fois,
qu'avec quelques précautions oratoires.

¹⁴ Heureux, s'il eût senti le prix de ces bienfaits!

Frédegaire nous fait connaître les évènemens qui déterminèrent ces
guerres entre les peuples de l'Austrasie et ceux de la Neustrie. Les limites
de ces deux royaumes, souvent réunis et divisés, sont assez peu certaines :
l'Austrasie s'étendait jusqu'au Rhin et au-delà, comprenant les villes de
Metz, Toul, Nancy, Reims, jusqu'à Château-Thierry et Sezane, entre

Châlons et Troyes; la Neustrie était la France occidentale, et, confinant avec l'Austrasie, s'étendait jusqu'à l'Océan et la Loire. Elle était alors soumise à Chilpéric, et Rainfroi, maire de son palais, y régnait en son nom. Après la mort de Pepin d'Héristal, qui avait la même autorité sur l'Austrasie, Plectrude, sa première femme, voulut succéder à son pouvoir; mais les Austrasiens refusèrent de s'y soumettre. Elle sut engager Chilpéric à prendre sa défense, et il marcha contre eux avec Rainfroi. C'est alors que Charles-Martel, échappé de la prison où le retenait Plectrude, sa marâtre, vint à la tête des Austrasiens, battit et repoussa ceux de Neustrie, et dévasta leur territoire. Après cette défaite, et tandis que Chilpéric cherchait en vain un asile en Aquitaine, Rainfroi, retiré dans Angers, y fut assiégé par Charles qui prit cette ville et la donna au vaincu. Il ne paraît plus dans l'histoire. Il avait cessé de vivre avant l'invasion des Sarrasins. Profitant des priviléges de l'épopée, qui s'est permis de plus forts anachronismes, je le fais reparaître pour opposer les effets de sa rivalité aux succès de Charles, et compliquer le nœud de l'action.

[15] . . . . le savant Frédégaire.

Je dois cet hommage au seul historien contemporain et témoin des faits que je rapporte. Il a continué Grégoire de Tours, et commence son histoire où cet écrivain finit la sienne : il lui est cependant inférieur, et ses annales ne sont que des sommaires.

[16] D'un nouvel Océan ils bravent les tempêtes.

Les villes Armoriques étaient, suivant Pline, Lib. IV, cap. XVII, les villes celtiques sur l'Océan. Ce nom, dérivé, dit-on, d'Armor, qui signifie *mer*, s'étendait alors à toutes les côtes de l'Océan opposées à l'Angleterre. Par la suite, et lorsque les Normands imposèrent le leur à une partie de cette côte, ce nom fut restreint à la seule Bretagne, qui, par des communications fréquentes avec cette île, y porta plus d'une fois ses colonies et ses mœurs. On assure qu'encore aujourd'hui le pays de Galles et la Bretagne parlent la même langue, et qu'on la retrouve dans quelques cantons de l'ancienne Hibernie. Le peuple le plus puissant de l'Armorique était les habitans de Vannes, que César nomme *Venetes*. *Hujus civitatis*, dit-il, Lib. III, cap. 11, *est longè amplissima auctoritas omnis oræ maritimæ regionum earum, quod, et naves habent Veneti plurimas quibus in Britanniam navigare consueverunt, et scientiâ atque usu nauticarum rerum cœteros antecedunt.* Strabon, Liv. IV, parle de leur transmigration comme d'un fait déjà très-reculé : *hos ego Venetos existimo Venetorum ad Adriaticum sinum auctores, quando reliqui etiam Galli qui in Italiâ sunt ferè omnes, ex transalpinis eò commigraverunt regionibus.* Polibe, Lib. II, remarque que les Venetes ressemblaient aux autres Gaulois par les mœurs, les coutumes et l'habillement. Ils fondèrent Venise en se réfugiant dans les Lagunes, lorsqu'au cinquième siècle, Attila vint dévaster leur pays.

  ¹⁷ Heureux fruit du loisir et non de la faiblesse.

Comme il est des traditions historiques que l'historien ne peut transgresser, il est des traditions poétiques que le poëte est forcé d'admettre. Celle qui taxe de mollesse les habitans de la Touraine est de ce genre, et l'écrivain qui veut être fidèle au costume, doit suivre le préjugé, même aux dépens de la vérité, quand la chose est sans importance. Déjà Tacite les nommait pacifiques, *Turoni imbelles.* Deux siècles après, Sidonius Apollinaris les accusait de craindre la guerre, *bella timentes*; enfin le Tasse, dont le nom seul est une autorité poétique, leur attribue le même caractère au temps des croisades, et en donne un motif que j'ai dû respecter :

» Non è gente robusta, o faticosa,
» Sebben tutta di ferro ella rihice;
» La terra molle, e lieta, e dilettosa,
» Simili à se gli abitator produce. »

GER. LIB. *Cant. I*, st. 62.

⁸ A vaincre sur ses pas long-temps accoutumée.

L'usage des troupes permanentes et soldées est beaucoup plus récent : cependant Charles-Martel eut tant de guerres à soutenir, il fit tant d'expéditions lointaines, qu'on peut supposer avec vraisemblance, qu'il eut un corps toujours à ses ordres. *Eo namque tempore*, dit un chroniqueur dont je n'ai pas noté le nom, *Carolus magnum campum parari, sicut mos erat Francorum : venerunt autem optimates et magistratus, omnis que populus, et castrametati sunt universi in circuitu ubi Dux residebat.* Le même auteur dit, à l'an 714 : *Contigit autem Pipinum Ducem Francorum diem obire, et filium ejus Carolum regno patris potiri, qui multas gentes sceptris adjecit Francorum, inter quas etiam cum triumphi gloriâ Fresiam, devicto Radbodo, paterno superaddidit imperio.* Frédegaire parle des guerres d'Allemagne : *per idem tempus, rebellantibus Saxonibus, Carlus princeps veniens eos occupavit ac debellavit, victor que revertitur.* On l'a déjà vu traverser le Danube et aller jusqu'aux frontières de la Bohême : *fines Boiarences occupavit.* Il paraît difficile qu'il eût mené si loin des troupes sans discipline et sans solde, et qu'il eût obtenu des succès. Leurs armes étaient telles que je les décris : la francisque était l'arme propre à cette nation, ainsi que son nom l'indique.

⁹ Mais, nés dans la discorde, ils dédaignaient la paix.

Les Bourguignons étaient encore l'une de ces nations germaniques qui se jetèrent sur la Gaule, pour y chercher un établissement. Sidonius Apollinaris, témoin de leur irruption, au V.ᵉ siècle, les peint en ces termes :

« Quid me, et si valeam parare carmen
» Inter crinigeras situm catervas,
» Et germanica verba sustinentem,
» Laudantem, tetrico subindè vultu,
» Quod Burgundio cantat esculentus,
» Infundens acido comam butyro. »

C'était les Cosaques de ce temps là. A peine établis sur les bords du Rhin, ils étendirent leurs conquêtes jusqu'au Rhône, et dominèrent long-temps de la Saône à la Durance, en donnant leur nom à ces vastes et fertiles contrées. Il importe peu de rappeler ici les révolutions de ces temps barbares; il suffira de dire, que depuis la mort de Gondomar, leur dernier Roi, en 534, ils furent sujets des Rois de Neustrie, et leur province partie intégrante de la France. Conservant à ces peuples le caractère farouche que leur donne l'histoire, j'en prends occasion de rappeler l'affreuse anarchie de ces temps.

²⁰ Et sa main trop long-temps rivera leurs entraves.

La féodalité a eu des serfs à Saint-Claude, jusqu'à la révolution.

²¹ Et sur ses boucliers font triompher la Croix.

La Croix de Bourgogne est fameuse dans les annales du moyen âge : c'était l'insigne de cette province. Avant les siècles dont nous parlons, vers l'an 400, et sous le règne de Valens, les Bourguignons reçurent la foi chrétienne, mais avec les erreurs des Ariens, que cet Empereur favorisait : *Burgundiones quoque Arianorum secta utebant, sedentes in Cisalpinis* (Gesta Franc. cap. xix). *Burgundiones*, dit Grégoire de Tours, Lib. II, cap. ix, *quoque Arianorum sectam sequentes, habitabant trans Rhodanum qui adjacet civitati Lugdunensi.* Ils en furent tirés, peu de temps après, par un Archevêque de Vienne, leur métropole, Alcimius Avitus, dont il nous reste des poésies dignes d'un temps moins barbare.

La rivière la plus considérable de cette province est la Saône, qui, ayant sa source dans les Vosges et son embouchure dans le Rhône, à Lyon, ne sort presque pas de son ancien territoire. On sait que son nom latin est *Arar* ou *Araris*; car on le trouve ainsi dans Claudien et les auteurs des siècles suivans. Quoique ce nom puisse être de la langue celte, il n'est pourtant pas l'origine du nom moderne. Je la trouve évidemment dans *Saugonna*, rapporté par Frédégaire, nom qui a bien la physionomie gauloise : *Flaochatus, judicio Dei percussus, vexatus à febre, collocatur in scapham, evecto navali, per Ararim fluvium qui cognominatur Saugonna, Lantonam properans itinere, undecimo die post Wuillibaldi interitum, emisit spiritum.*

²² Fera passer son titre aux premiers nés des Rois.

Les descriptions que je fais ici seront reconnues par tous ceux qui ont suivi les bords du Rhône et de l'Isère. C'est sur les hautes montagnes du Dauphiné que se fait la périlleuse chasse du chamois. Le Vercors, où l'on reconnaît le nom de ses anciens habitans, *Vertacomicores,* forme la partie orientale du département de la Drome; ce pays a de vastes pâturages, couverts pendant l'été d'innombrables troupeaux. Sur l'autre rive de l'Isère, est le fameux désert de la Chartreuse, qui a donné son nom à l'institut religieux que saint Bruno y fonda en 1084 : les ours y sont encore communs. Enfin le Dauphiné, démembré de l'ancienne Bourgogne, a pris son nom du titre de Dauphins, que portaient ses souverains, sans qu'on en ait conservé l'origine. L'un d'eux, Humbert II, n'ayant point de postérité, donna cette province à Philippe de Valois, en 1349, à condition que les fils aînés des Rois de France en porteraient le titre, ce qui se pratique encore.

²³ De ceux où d'Adhémar le donjon sourcilleux.

Mons Adhemari, Montélimart était, au dixième siècle, le manoir de l'ancienne famille Adhémar, aujourd'hui éteinte. L'un de ses membres, Evêque du Puy et Légat du Pape, à la Croisade de Godefroi de Bouillon, a mérité l'honneur d'être chanté par le Tasse.

> » Poi, duo pastor de' popoli spiegaro
> » Le squadre lor, Guglielmo ed Adhemaro.
> . . . .
> » Della città d'Orange e dà i confini
> » Quatro cento guerrier scelse il primiero;

» Ma guida quei di Poggio in guerra l'altro
» Numero egual, ne meu nell' arme scaltro. »

Ger. lib. Cant. I, st. 38 et 39.

¹⁴ Et servait à-la-fois sa patrie et sa dame.

Ces mœurs, où le Français aime encore à se reconnaître, furent toujours le caractère principal de cette nation brave et généreuse. La chevalerie, comme institution, s'établit à-la-vérité un peu plus tard ; mais elle
ne fut elle-même que le résultat des anciennes coutumes. Dès la plus haute
antiquité, les Gaulois étaient divisés en deux ordres principaux, les Druides
et les Chevaliers ; le reste du peuple n'était compté pour rien, et son état
était très-rapproché de la servitude. *In omni Gallià*, dit César, Lib. VI,
cap. IV, *eorum hominum qui in aliquo sunt numero atque honore genera
sunt duo. Nam plebs pene servorum habetur loco, quæ per se nihil audet,
et nulli adhibetur consilio : plerique cum aut ære alieno aut magnitudine
tributorum, aut injurià potentiorum præmuntur, sese in servitutem
dicant nobilibus. In hos eadem omnia sunt jura quæ dominis in servos.
Sed de his duobus generibus, alterum est Druidum, alterum Equitum.....
Ii, cum est usus, atque aliquod bellum incidit, (quod antè Cæsaris
adventum ferè quotannis accidere solebat, uti aut ipsi injurias inferent,
aut illatas propulsarent) omnes in bello versantur atque eorum ut quisque
est genere copiisque amplissimus, ità plurimos circum se ambactos clientes
que habet. Hanc unam gratiam potentiamque noverunt.* Il est facile de
reconnaître dans ces mœurs l'origine des coutumes chevaleresques. Chez
les Romains eux-mêmes, les Chevaliers, c'est-à-dire ceux qui étaient assez
riches pour avoir un cheval de bataille, formaient un ordre distingué
intermédiaire entre le sénat et le peuple. C'était la suite naturelle de ces
gouvernemens dont les troupes n'étaient point soldées, et dont les citoyens
s'équipaient à leurs dépens. Ces coutumes, en se propageant, ont formé
le caractère national, qui se manifeste encore malgré les changemens
survenus dans nos institutions. L'amour de la patrie, la générosité, et surtout la courtoisie, sont un de ces traits de caractère que le temps ne

saurait effacer, et qui distingue encore notre nation parmi les peuples modernes. Les romans de cette époque, les histoires presque fabuleuses des Roland, des Olivier, des Hunaud, de Charlemagne et de ses douze Pairs, ne sont que l'expression des mœurs de ces temps, dont j'ai dû présenter la peinture.

²⁵ **Des émaux variés ornent leurs boucliers.**

On sait que c'est l'origine des armoiries, nécessaires alors pour faire reconnaître des hommes entièrement cachés sous leurs armures; aujourd'hui le but n'est plus le même, et nous pouvons dire avec Juvénal :

« Stemmata quid faciunt ! . . . . .
» . . . .
» Tota licet veteres exornent undique ceræ
» Atria, nobilitas sola est atque unica virtus. »

C'était encore une ancienne coutume des Gaulois : nous voyons sur l'arc d'Orange, leurs boucliers ornés d'emblèmes différens, et souvent du nom du guerrier qui le portait. On a pu remarquer que plusieurs de mes héros sont distingués par des signes particuliers. Ce n'est point au hasard que je leur donne cette distinction : c'était en effet les armoiries des familles dont je parle.

²⁶ **Vengeront les Chrétiens de trop longues injures.**

J'ai cru pouvoir quelquefois rattacher cette nomenclature à nos anciennes chroniques. Je désigne ici la maison de Lusignan qui, dans les croisades, eut le royaume de Chypre et de Jérusalem. Elle attribuait en effet son origine à Mélusine, dont on peut voir l'histoire dans Brantôme (Eloge de Louis de Bourbon, Duc de Montpensier). Loin d'en faire un monstre hideux et malfaisant, comme l'a voulu un de nos poëtes modernes, Brantôme dit : « *Pour fin et vraie vérité finale, ce fut, en son temps,* » *une très-sage et très-vertueuse dame, et mariée et veuve; de laquelle*

» sont sortis ces braves et généreux princes de Luzignan, qui, par leur
» valeur, se firent Rois de Chypre. » Mais:

« Pictoribus atque poëtis
» Quid libet audendi semper fuit œqua potestas;
» Scimus, et hanc væniam petimus damusque vicissim. »

⁷ Le signe révéré d'un cœur incorruptible.

Ce que je dis ici des monts Riphéens, ou des monts Riphées, ne
s'accorde guère avec le sentiment des critiques qui les placent dans le
pays des Hyperboréens, c'est-à-dire, au-moins en Russie. Des mémoires
pleins de recherches curieuses, pour servir à l'histoire des Gaules et de
la France, adressés en 1744, par M. Gibert, à l'Académie des Inscrip-
tions, prouvent très-bien, que tout ce qu'Hérodote et les historiens grecs
racontent des Hyberboréens, s'applique au pays des Celtes, qui était
pour eux ce que la Sibérie est pour nous. Selon lui, les Alpes étaient
nommées Riphées, du mot celte *Rif,* qui signifie froid; et il ajoute, page 29:
« On supposait que dans les monts *Riphées* demeuraient les griffons,
» espèce de monstres ailés, qui, brisant avec leur bec aigu les pierres
» où l'or est renfermé, découvraient ce métal précieux, et le gardaient
» avec un soin extrême. Je crois que l'on ne peut s'éloigner de la vérité
» en conjecturant que cette fable désigne ceux qui travaillaient aux
» mines des Alpes, les plus riches que l'on connût anciennement. »
Je ne suis point garant de cette hypothèse; je l'adopte, parce qu'elle me
convient, libre à chacun d'en penser ce qu'il voudra. Les monumens
antiques nous offrent souvent des griffons comme gardiens des choses
précieuses; on en voit sur les candélabres, les trépieds, les tombeaux, etc.
La partie des Alpes que je désigne ici est le mont Viso, qui sépare le
Dauphiné et le Piémont: là sont les sources du Pô et de la Durance.

¹⁸ Lui fait verser des pleurs qu'il voudrait arrêter.

Lucain dit de Pompée, après la bataille de Pharsale :

« . . . . Gravis est Magno quicumque malorum
» Testis adest ; cunctis ignotus gentibus esse
» Mallet, et obscuro tutus transire per orbem
» Nomine : sed longi pœnas fortuna favoris
» Exigit à misero, quæ tanto pondere famæ,
» Res premit adversas, fatisque prioribus urget. »

PHARS., Lib. VIII.

J'aurais pu augmenter ces notes de nombreuses citations des poëtes antiques que je me fais une gloire de suivre et d'imiter. Mais elles seraient
inutiles pour la plupart des lecteurs, dont la mémoire en est pleine, et
qui les reconnaîtront facilement. L'étude des chefs-d'œuvre classiques est
une mine inépuisable de richesses littéraires, à laquelle les modernes ne
peuvent se dispenser de recourir.

FIN DES NOTES DU CHANT PREMIER.

CHARLES-MARTEL.

CHARLES-MARTEL.

———

CHANT SECOND.

———

Déja l'astre du jour, dans son cours radieux,
Franchissait au couchant les limites des cieux;
Ses rayons expirans, du sommet des montagnes,
Au travers de la nue ont doré les campagnes,
Et s'éteignent enfin : précurseur de la nuit,
L'audacieux Vesper insulte au jour qui fuit.

Et bientôt, entouré d'innombrables étoiles,
Épanche les vapeurs de ses humides voiles.
Dans l'enceinte brillante où s'assemble la cour,
Déjà mille flambeaux ont remplacé le jour :
Des parfums sont mêlés à l'air qu'on y respire ;
En sons harmonieux le théorbe y soupire ;
Et près de la beauté le guerrier désarmé
Ne cache plus ses feux aux yeux qui l'ont charmé.
Là, les Grands réunis foulent d'un pied superbe
Les tissus que le luxe a déployés sur l'herbe :
C'est l'heure du festin. Le Monarque et sa cour
Sur des siéges dorés se rangent à l'entour.
Charles veut être assis près du Duc d'Aquitaine ;
Non loin de Carloman, Numerance et la Reine
Sont les premiers objets de ses soins empressés.
Clotilde s'en émeut : ses yeux intéressés
Dans ceux de son époux cherchent à reconnaître
Quel sentiment secret un instant a fait naître ;
Elle en gémit : le Prince, ignorant sa douleur,
Donne à ses feux naissans ce qu'il doit au malheur.
Le touchant intérêt qu'il porte à Numerance,
Fait entrer dans son âme un rayon d'espérance ;
Renaissante au bonheur, elle oublie un moment
Tout ce qui de ses maux aigrissait le tourment.

D'un banquet somptueux prodiguant l'ambroisie,
De Pages, cependant, une troupe choisie
Aux mets les plus exquis fait succéder deux fois
Les tributs des vergers, et des eaux et des bois :
Le vin coule à longs traits; une coupe profonde
Passe dans chaque main et circule à la ronde;
Charles d'abord y verse un nectar généreux :
« Puisse, dit-il, le Ciel, favorable à nos vœux,
» Aux armes des Français accorder la victoire,
» Rendre à nos alliés le bonheur et la gloire,
» Et de notre patrie écartant les revers,
» Égaler ses destins à ceux de l'Univers ! »
Il boit; on applaudit. Sur le front des convives
La joie alors se peint des couleurs les plus vives;
Leurs yeux sont animés d'une douce gaîté :
Tous acceptent le vin qui leur est présenté,
Et chacun fait des vœux, selon l'antique usage.
Adalbert ne sent plus les glaces de son âge :
Debout, il prend la coupe; on la remplit : soudain,
Trop pesante, elle échappe à sa débile main :
La liqueur à grands flots se répand sur la table.
Ce présage autrefois paraissait redoutable;
Enfant de l'ignorance, un ancien préjugé
L'avait ainsi voulu : trop long-temps négligé
Par l'homme plus instruit que la raison éclaire,
Il dominait encor sur l'esprit du vulgaire,

Et celui du soldat pouvait s'en étonner.
Mais le sage Adalbert saura le détourner :
« Ainsi, dit-il, montrant sa coupe renversée,
» Puisse des Sarrasins la horde dispersée
» Fuir devant nos guerriers; ainsi, dans nos sillons,
» Puisse un sang ennemi couler à gros bouillons!
» Français! de la victoire acceptez ce présage;
» Vos triomphes passés nous en donnent le gage. »
Il dit, et de la guerre il commence les chants;
Un chœur harmonieux répond à ses accens [1].

A ces bruyans éclats d'une vive allégresse,
Eude, de ses malheurs, dont le fardeau l'oppresse,
Sent redoubler l'amer et cuisant souvenir :
Ses yeux, mouillés de pleurs qu'il ne peut retenir,
Se fixent tristement sur ceux de Numérance,
Et jettent dans son cœur le trait de la souffrance.
Elle faisait alors des maux les plus affreux
A la Reine attendrie un récit douloureux :
L'image d'un époux se dévouant pour elle,
Accable tous ses sens d'une angoisse cruelle;
Elle sort en voilant sa mortelle pâleur.
Son père... qui pourrait exprimer sa douleur!
Mais le Héros français, dont la voix le rassure,
D'un baume salutaire arrose sa blessure:

« Si le Ciel, disait-il, exauce mon dessein,
» Vos maux sont à leur terme. Épanchez dans mon sein
» Vos dernières douleurs et vos dernières larmes :
» L'infortune m'apprit ce qu'elles ont de charmes
» Alors que, sans contrainte, elles peuvent couler
» Sur le cœur d'un ami prêt à nous consoler. »

« Ma douleur devant vous ne craint point de paraître,
» Dit Eude, en soupirant; mais sachez mieux connaître,
» O Prince généreux! ce qui fait mon effroi.
» Ces pleurs couleraient-ils sur ma fille et sur moi,
» Quand des maux qui, sans nombre, inondent ma patrie,
» La source, par mes mains, ne peut être tarie?
» Seul, que ne suis-je, ô Ciel! l'objet de ta rigueur!
» Mais dois-je, en ce moment, affliger votre cœur,
» Et troubler les plaisirs de ce jour mémorable,
» En traçant à vos yeux le tableau déplorable
» Des horribles forfaits que le sort en courroux
» Avec un joug de fer appesantit sur nous?
» Voyez, dans nos cités, la foule consternée,
» Sur des autels brisés vainement prosternée,
» N'osant même invoquer un Dieu libérateur;
» Le sanctuaire en proie à son profanateur;
» Les époux massacrés, et les veuves sanglantes,
» Sous le poignard fumant, captives et tremblantes,

» Et la vierge entraînée au lit de ses bourreaux,
» Et les enfans livrés comme de vils troupeaux !
» O ma chère Aquitaine ! ô terre infortunée !
» A de si grands malheurs étais-tu destinée ! . . . .
» Mais vous daignez enfin ranimer mon espoir ;
» D'un cœur reconnaissant j'accomplis le devoir :
» Au funeste récit que vous voulez entendre,
» De trop vives douleurs puissé-je me défendre ! »

« Des peuples inconnus, que d'immenses déserts
Avaient cachés long-temps aux yeux de l'Univers,
Indignés de languir dans une nuit profonde,
Avaient osé tenter la conquête du Monde ².
Un zèle fanatique avait mis dans leurs mains
Deux fléaux jusqu'alors ignorés des humains,
Le glaive et le Koran ³. Au nom d'un faux prophète,
Les Chrétiens asservis durent baisser la tête,
Blasphémer le vrai Dieu, parjurer leurs sermens,
Ou s'attendre à la mort et braver les tourmens.
Torrent dévastateur, sous des chefs intrépides,
A peine ils ont soumis à leurs armes rapides
Les rives de l'Euphrate et celles du Jourdain,
Au travers de l'Afrique ils s'élancent soudain :
La riche Alexandrie est livrée au pillage ;
L'Atlas les voit régner sur sa brûlante plage ;

Ils menacent l'Europe, et le Monde étonné,
A ces brigands heureux semble être abandonné [4].
Ils portent jusqu'ici leurs armes téméraires,
Et, vous comptant déjà parmi leurs tributaires,
Leur insolent orgueil veut proscrire à-la-fois,
Vos usages, vos mœurs, votre culte et vos lois.
Vous murmurez! hélas! l'essai de tant de crimes
N'est-il pas fait sur nous, malheureuses victimes!

» Appelés par un traître aux rives du Bœtis,
Déjà l'Èbre et le Tage étaient assujétis;
De l'une à l'autre mer l'Espagne toute entière,
Sous le joug sarrasin courbait sa tête altière,
Et, de ses Rois, Pélage, héritier malheureux,
Malgré les longs efforts de son bras valeureux,
Trahi, vaincu, proscrit, en des mains étrangères
Vit passer sans retour le sceptre de ses pères.
En vain ses vœux au Ciel demandent un vengeur;
L'espérance elle-même est éteinte en son cœur :
Errant dans l'Asturie, infortuné transfuge,
Au milieu des rochers il mendie un refuge;
De la liste des Rois son nom est effacé [5].
Je prévis les dangers dont j'étais menacé,
Et, pour calmer enfin ma juste défiance,
J'osai des Sarrasins rechercher l'alliance.

» Non loin de mes États, l'Espagne a des vallons [6]
Que n'ont jamais flétris les fougueux aquilons ;
De leur pente fertile émaillant la verdure,
La Sègre les arrose, et son eau vive et pure
Enflée, à chaque pas, de limpides ruisseaux,
De l'Èbre, faible encore, agite les roseaux.
Les riches habitans de ces belles vallées,
Par d'avares soldats tous les jours désolées,
N'avaient pas su cacher, dans le fond de leurs cœurs,
Combien ils détestaient ces barbares vainqueurs.
Autant aux Sarrasins ils témoignaient de haine,
Autant ils estimaient un vaillant capitaine,
Qui par de sages lois les avait gouverné.
Ce Prince, d'une Grecque, à Damas était né ;
Munuze était son nom. Il devait à sa mère
La douceur de ses mœurs et de son caractère ;
Son père du Calife était le favori,
Et lui-même à la cour avait été nourri
Dans ces arts séducteurs que l'Arabe cultive,
Et qu'il mêle avec ceux de la Grèce captive.
Du Maure et du Chrétien également aimé,
Sa main était toujours l'appui de l'opprimé ;
Et si d'être mon gendre un Musulman fut digne,
Lui seul put mériter cette faveur insigne.
D'une Chrétienne à peine il fut nommé l'époux,
Des Sarrasins l'Envie excita le courroux :

Elle avait dès long-temps prémédité sa perte;
Abdérame en saisit l'occasion offerte :
Cet hymen à ses yeux fut un crime d'État;
L'allié des Chrétiens, un traître, un apostat :
Il se dit le vengeur des lois de son Prophète;
Il condamna Munuze et proscrivit sa tête.

» Ce Héros, cependant, ne fut point alarmé
De l'orage imprévu par la haine formé :
Loin de le conjurer par un lâche divorce,
A tant de violence il opposa la force.
Chrétiens ou Musulmans, ses fidèles vassaux
Accoururent en foule autour de ses drapeaux,
Et tous les Espagnols qui brisèrent leur chaîne,
S'unirent, sous mon fils, aux guerriers d'Aquitaine.
L'Émir tenta trois fois le destin des combats;
Et trois fois repoussé par nos braves soldats,
La fortune trois fois seconda la justice.
Il eut recours enfin au plus lâche artifice :
Par un crime de plus serait-il arrêté !
Dissimulant sa haine, il propose un traité,
Et sur l'autel du Dieu formidable au parjure,
Il l'appelle à témoin d'une infâme imposture.
On vit alors, dit-on, un spectre, à l'œil hagard,
Jeter sur cet impie un sinistre regard,

Et du fond des tombeaux, dans l'horreur des ténèbres,
On entendit au loin sortir des cris funèbres,
Et l'écho des forêts murmurer « Trahison ! »
Plus docile aux conseils dictés par la raison,
Le généreux Munuze eût évité le piége
Que de son ennemi le serment sacrilége,
Avec un art perfide étendait sous ses pas :
Sa vertu, même alors, ne se démentit pas.
Bientôt, avec éclat, dans l'une et l'autre armée,
D'une prochaine paix l'annonce est proclamée.
Mais l'Émir de la trève employait les momens
A ranimer les feux d'anciens ressentimens;
Ébranlant des soldats la foi trop incertaine,
Il sème dans nos camps la discorde et la haine ;
Elle enfanta bientôt des démêlés sanglans :
Dévorés de soupçons, les yeux étincelans,
Le poignard à la main et l'injure à la bouche,
Les Chrétiens égarés et le Maure farouche,
Avec acharnement se déchirent le flanc,
Et le drapeau commun est taché de leur sang.
Munuze en vain s'oppose à leur guerre intestine;
Sa voix sévère en vain parle de discipline;
Ils n'en connaissent plus : une sombre fureur
Dans les rangs divisés imprime la terreur.
Un traître à l'ennemi se hâte de l'apprendre;
Il s'avance aussitôt, dans l'espoir de surprendre

Des braves, confians en la foi d'un traité.
Dieu vengeur! ton pouvoir n'est-il plus redouté?
Un monstre, sous ton nom, cache sa perfidie,
Et sa coupable audace es encore impunie!
Si quelquefois, hélas! tu livres l'Univers
Aux complots des méchns, aux forfaits des pervers,
Ta justice accomplie, a jour de ta colère,
Ne les brises-tu pas d'u coup de ton tonnerre!

» La nuit régnait enor : dans le Ciel irrité,
Des nuages épais doublient l'obscurité :
L'aquilon mugissait à avers le feuillage,
Et des eaux du torrengrossi par un orage,
Le bruit impétueux smêlait dans les airs
Au fracas de la foudreaux lueurs des éclairs.
Dans le rapide éclat d'leur flamme incertaine,
Fernand crut voir brer des armes dans la plaine :
Fernand, des Espagds le plus fier chevalier,
Sous le joug des vainœurs s'indignait de plier;
Il nourrissait contre ıx une haine implacable;
Et, toujours des gueıers le plus infatigable,
Durant cette nuit mœ, ardent et courroucé,
Il veillait, loin du mp, dans un poste avancé :
« Amis, dit-il aux sns, ou quelque erreur m'abuse,
» Ou de ces mécrés je redoute une ruse.

» Malgré tous leurs sermens, ils sont suspects pour moi,
» Et je les reconnais quand ils manquent de foi.
» Mais je cours m'assurer que cette conjecture
» De mes yeux éblouis n'est pas une imposture ;
» Attendez mon retour : s'il es quelque danger,
» Accourant sur mes pas, vene le partager. »
Il s'élance, à ces mots, où le hsard le guide :
Portant de tous côtés un regar intrépide,
Il écoute ; il entend la marchel'un guerrier :
Attentif, il retient le frein de sn coursier ;
L'éclair brille soudain, serpentdans la nue,
Et de vingt bataillons lui mont l'étendue.
Il pousse un cri de rage, et son œur a frémi.
« Compagnon, dit le Maure, o donc est l'ennemi ? »
— « Ici, » répond Fernand, émant de colère :
Il l'assaille aussitôt à coups de meterre,
Et lui coupe le flanc d'un terrib revers.
Le Maure, en blasphémant, desnd dans les enfers.

　　» L'audacieux Fernand, que svaleur décèle,
Combat à chaque pas une troupaouvelle :
Favorisé par l'ombre, il redoub d'efforts,
Et se fraye un chemin sur des mceaux de morts.
Enfin, il se dégage, et vient avevitesse,
Annoncer aux Chrétiens le dangequi les presse.

« Aux armes ! criait-il ; soldats, réveillez-vous :
» Aux armes ! l'ennemi, prêt à fondre sur nous,
» Espérant nous surprendre ainsi que dans un piége,
» Déjà, de toutes parts, s'approche et nous assiége.
» Aux armes ! » De Fernand ces cris inattendus
Dans le calme des nuits au loin sont entendus ;
Ils frappent les guerriers : chacun s'arme à la hâte,
Et se jette sans ordre où le péril éclate.
Le Maure découvert pousse des hurlemens,
S'élance avec ardeur sur les retranchemens,
Entoure les Chrétiens de nombreuses cohortes,
Et tâche de leur camp de renverser les portes.
Les Espagnols au nombre opposent la valeur :
L'ennemi repoussé revient avec fureur ;
Mais il cède partout aux guerriers d'Aquitaine.
Munuze, en même-temps soldat et capitaine,
Encourage les siens du geste et de la voix ;
Il exhorte, il commande, il combat à-la-fois,
Et partout, sur ses pas, il fixe la victoire.
O combien d'actions d'éternelle mémoire,
Que de hauts faits, d'exploits inconnus à jamais,
Cette effroyable nuit couvrit d'un voile épais !

» Le jour parut : Munuze, à sa clarté naissante,
Voit de ses ennemis la tombe menaçante,

Accrue à chaque instant par de nouveaux renforts,
A de nouveaux assauts préparer ses efforts,
Et ses meilleurs soldats couchés dans la poussière;
Tandis que, dans le camp, une cohorte entière,
Les Maures, qu'Abdérame engage à le trahir,
Rebelles à sa voix, refusent d'obéir;
Indigné, furieux, en ce moment funeste,
De ses guerriers chrétiens il assemble le reste:
« Compagnons, leur dit-il, quel sera notre sort?
» C'est à vous de choisir ou les fers ou la mort.
» Mourir en combattant est le destin des braves.
» Laissons-les accepter de honteuses entraves,
» Ces amis d'Abdérame, et qu'un juste mépris,
» Couvrant leur félonie, en soit le digne prix. »
Soudain un bataillon épais et redoutable,
Offrant de tous côtés un front impénétrable,
Mêlant aux boucliers la pointe de ses dards,
Forcé d'abandonner d'inutiles remparts,
Attaque l'ennemi, l'enfonce, le renverse,
Se fait jour dans les rangs qu'il confond et disperse,
Et des monts, fièrement, gravissant la hauteur,
Aux yeux des Sarrasins s'éloigne avec lenteur.

» Mais, pressé d'assouvir sa haine sanguinaire,
Un Maure audacieux, un brigand mercenaire,

Aladin, de Munuze autrefois lieutenant [7],
Pour chef aux conjurés se montre maintenant.
Aladin, que Munuze aimait avec tendresse !
Dont il avait formé la bouillante jeunesse !
Long-temps il lui servit de père : ces bienfaits
N'avaient été payés que de nombreux forfaits :
Ses désirs s'élevaient jusques à Numerance ;
Il osa lui parler d'amour et d'espérance,
Et ses coupables feux avaient trop éclaté.
Il en fut moins puni qu'il n'avait mérité :
Munuze de sa cour chassa le téméraire.
Abdérame flatta son espoir adultère ;
Et Numerance, offerte à ses regards épris,
De sa rebellion devait être le prix.
De vengeance et d'amour son âme impatiente,
Se livrait toute entière à cette affreuse attente :
Mais, voyant sa victime échapper à ses mains,
Le monstre, dévoilant ses infâmes desseins,
Appelle ses fauteurs, et, volant à leur tête,
De notre bataillon vient troubler la retraite.
Dans leur fuite bientôt il se voit entraîné :
Il cherche en son carquois un trait empoisonné,
Et sur son arc tendu le couche avec colère :
« C'est le dernier présent qu'Aladin veut te faire,
» O Munuze, dit-il, reçois-le de sa main ! »
La flèche siffle, vole, et lui perce le sein.

7*

Le traître fuit; ses pas sont hâtés par la crainte.

Munuze, insouciant de cette faible atteinte,

Quand la mort, à pas lents, se glisse dans son flanc,

Songe à rétablir l'ordre et parcourt chaque rang.

Tout-à-coup, il ressent une douleur cruelle;

Le poison le consume; il pâlit, il chancelle;

Tout son corps est glacé, la mort est dans ses yeux:

A peine à son épouse adressant ses adieux,

Et sur elle entr'ouvrant sa pesante paupière,

« Je touche, lui dit-il, à mon heure dernière,

» Et je meurs sans regrets puisque je meurs pour vous.

» Gardez le souvenir d'un malheureux époux;

» Qu'il vive au-moins, toujours, dans le fond de votre âme

» Mais, si le Ciel enfin me vengeant d'Abdérame,

» Punissait ses forfaits par la main d'un héros;

» Qu'il succède à mes droits..... je consens..... » à ces mots

La force l'abandonne; il retombe; il expire.

Ses généreux amis, dans un noble délire,

Couraient à l'assassin; mon fils retient leurs pas:

« Des peuples d'Aquitaine allons armer le bras;

» Du cercueil d'un héros seule digne hécatombe,

» Que cent mille guerriers combattent sur sa tombe. »

Il dit, et dans les rangs tout respecte sa voix;

Je ne vous peindrai point les glorieux exploits

Qui, durant cette marche, illustrèrent sans doute

De ces braves soldats la périlleuse route.

L'Aquitaine bientôt vit porter sur leurs pas,
Dans son sein déchiré, les chaînes, le trépas,
Et tous les maux qu'enfante une infernale rage.
Hunalde aux Sarrasins opposait son courage :
Mais à tous les forfaits par la haine excités,
Ils inondaient de sang nos champs et nos cités.

» Dans Bordeaux, cependant, la triste Numérance,
Pâle, et le cœur navré d'une longue souffrance,
Le front couvert d'un crêpe, et les larmes aux yeux,
De Munuze apporta les restes précieux.
Auprès des anciens Rois, j'ordonnai de leur rendre
Les suprêmes honneurs dus au nom de mon gendre.
Sous d'antiques cyprès, un tortueux sentier
Séparait ce tombeau de l'Univers entier :
C'était là que, pleurant une union si chère,
Ma fille, oubliant tout, fuyant même son père,
Insensible aux plaisirs, étrangère à la cour,
Voyait naître l'aurore et s'éteindre le jour [8].
Long-temps, témoin muet de sa douleur cruelle,
Je partageai ses pleurs, je gémis avec elle :
Mes efforts étaient vains contre son désespoir;
Ma raison sur son cœur n'avait plus de pouvoir.
Qui rendra désormais, ô ma fille chérie!
Le calme et le bonheur à ton âme flétrie!

» Mais j'apprends qu'Abdérame, au gré de sa fureur,
Dans la Septimanie a porté la terreur;
Que déjà, sur l'Adour, de nouvelles armées
Menacent des Gascons les villes alarmées,
Et propagent l'effroi jusqu'aux murs de Bordeaux.
Mes guerriers rassemblés divisent leurs drapeaux :
Les uns, sans se livrer au hasard des batailles,
Doivent de nos cités protéger les murailles;
Les autres, occupant les rives de l'Adour,
Reçoivent dans leurs rangs les peuples d'alentour;
Et la nouvelle armée, à mon fils réunie,
Va délivrer les champs de la Septimanie [9].
Le Ciel nous favorise : Abdérame effrayé
N'attend point l'appareil contre lui déployé;
Il s'enfuit au travers de monts inaccessibles,
Et s'arrêtant enfin dans leurs vallons paisibles,
De l'Asie et l'Afrique appelle les secours.
Des bataillons nombreux arrivaient tous les jours :
Les uns s'étaient formés aux rives éloignées,
Par l'Euphrate et le Tigre également baignées;
D'autres vers l'Hellespont, d'autres en ces beaux lieux
Où le front du Liban se cache dans les cieux [10]:
Des bords du Nil, le Cophte, ignorant et farouche,
Suit le féroce Octar, à l'œil sanglant et louche;
Les hideux Africains, barbares demi-nus,
Ceux que nourrit l'Atlas sur ses flancs inconnus,

Le Gétule brûlé dans ses plaines de sable,
Et le Maure cruel, pirate insatiable ",
Reconnaissent pour chefs le sanguinaire Abbas,
Le sombre Abdalazis, le dur Moavias,
Amrou qui se baigna dans le sang de son frère,
Et l'ingrat Motassem qui détrôna son père.
Soudain, comme des loups qui sortent affamés
Des bois où les frimas les avaient enfermés,
Ces brigands effrénés, échappés des montagnes,
D'une armée innombrable inondent nos campagnes.

» Bientôt tout le Midi de mes vastes États
Est en proie à l'horreur des plus noirs attentats :
Ils ravagent les murs de l'antique Narbonne ;
La savante Toulouse, honneur de la Garonne,
Fume encore des feux par leur rage allumés ;
Castres, Lodève, Alby périssent consumés ;
Montauban, glorieux de ses tissus de laine,
Nismes, fier des débris de la splendeur romaine,
De cendres n'offrent plus qu'un horrible monceau,
De tous leurs habitans déplorable tombeau :
Du Rhône courroucé, l'onde en vain frémissante,
Étend devant leurs pas sa barrière impuissante ;
La Durance et l'Isère apportent sur ses bords
Des flots rougis de sang, des armes et des morts ".

Telle est des Musulmans la fanatique audace :
L'hiver se couvre en vain de son manteau de glace ;
On voit ces hommes nés sous de brûlans climats,
Des Cévennes braver les rigoureux frimas.
Bordeaux même, peut-être, eût été leur conquête ;
Mais aux rives du Lot Hunalde les arrête.
De ses bords sinueux les postes importans
Sont couverts par ses soins de nombreux combattans,
Résolus de mourir aux lieux qu'on leur confie.
Lui-même dans Cahors bientôt se fortifie :
Bâtis sur un rocher, on dit que ses remparts
Arrêtèrent long-temps le premier des Césars [13] ;
De ce château mon fils releva les murailles :
Repoussant les assauts, évitant les batailles,
Et laissant l'ennemi sans fruit se consumer,
Un grand nombre de jours il sut s'y renfermer.
Mais, hélas ! sur l'Adour, mes troupes moins heureuses
Ne purent contenir des forces trop nombreuses ;
Elles se repliaient : je vis de toutes parts
Le peuple épouvanté s'enfuir vers nos remparts ;
Tous dans ma capitale espéraient un asile ;
De femmes et d'enfans une foule débile
M'apportait chaque jour de nouvelles douleurs :
Je leur tendais les bras, et j'essuyais leurs pleurs.
O ciel, de mes sujets ne suis-je pas le père !
Pouvais-je repousser l'aspect de leur misère,

Et suivant le conseil qu'on osa me donner,
Leur fermer tout refuge et les abandonner!
L'armée, en combattant, y rentra la dernière ;
Et bientôt l'ennemi nous montra sa bannière.

» Il est dans cette ville un temple où mes aïeux
Consacrèrent jadis les images des Dieux,
Qui de ce lieu sacré semblaient veiller sur elle :
On le nommait encor le palais de Tutelle [14] ;
De son faîte élevé s'élançait une tour
Qui dominait au loin les plaines d'alentour.
Souvent lorsque mon cœur, plein de sollicitude,
Désirait le repos, cherchait la solitude,
Me dérobant aux yeux d'une brillante cour,
Suivi de peu d'amis, j'allais sur cette tour :
De là je contemplais ma belle capitale,
Son commerce, ses arts, le luxe qu'elle étale,
Ses monumens, ses ports, et ses quartiers nombreux,
Remplis d'un peuple actif, intelligent, heureux.
Je voyais d'un côté les flottes étrangères
Voguer sur la Gironde, et leurs voiles légères,
Au pied du pavillon qui commande à ses eaux,
Apporter le tribut de leurs riches vaisseaux ;
De l'autre, des forêts, des moissons jaunissantes,
Des hameaux, des vergers, des villes florissantes,

Et le flambeau du jour se plongeant dans les mers
Qui bornent mon empire ainsi que l'Univers.
Ce jour là j'y volai : dans un instant ma vue
A de nos environs parcouru l'étendue.
Déjà les Sarrasins se montraient de plus près :
Je vis s'étendre au loin, au-dessus des forêts,
Comme un brouillard d'automne, une longue poussière,
Sous les pas mesurés de leur armée entière,
Qui, déployant ses rangs autour de nos remparts,
A l'abri de nos traits planta ses étendards.

» Abdérame aussitôt (quel autre eût pu paraître
Dans cet orgueil pompeux qui nous le fit connaître?)
Osa, près de nos murs, sur un coursier léger,
Avec ses favoris hardiment voltiger.
L'étrange nouveauté d'une cour magnifique,
Cet éclat somptueux, ce faste asiatique,
Le son de ces tambours, ces cymbales d'airain,
Ces crins dorés, signal du pouvoir souverain,
Du luxe oriental cette pompe inconnue [5],
De mon peuple étonné fixa d'abord la vue.
Mais de ses courtisans le féroce dédain,
Les arrogans discours nous blessèrent soudain :
Ils semblaient, dans l'excès de leur rage hautaine,
Voir en nous des captifs échappés de leur chaîne.

Mes guerriers frémissaient : le fougueux Baldomir
S'abandonne au courroux qu'il ne peut contenir ;
C'était de nos archers le plus adroit peut être :
« Insolens ! cria-t-il, apprenez à connaître
» Ce que des Aquitains peut le bras indigné,
» Et que ce premier trait, dans votre sang baigné,
» D'un insultant mépris seul vengeur légitime,
» Choisisse parmi vous une illustre victime. »
Il dit ; la flèche vole, et va percer le flanc
Du superbe Abdallah qui marche au premier rang ;
Il tombe : par des cris nos soldats applaudissent ;
De ces fiers Musulmans les pas se ralentissent.
Abdérame s'étonne, et s'éloigne irrité.
A l'instant par les siens le Maure est emporté,
Et bientôt de la nuit le voile humide et sombre
Enveloppe la ville et le camp de son ombre.

» A peine l'Orient brille des premiers feux,
D'innombrables tambours les roulemens affreux,
Comme le bruit des vents dans un jour de tempête,
Nous annoncent l'attaque : aussitôt la trompette,
Par des sons plus aigus, nous appelle aux remparts.
Le Maure à flots pressés les ceint de toutes parts ;
Et ces fiers combattans, par leurs clameurs sauvages,
De la Garonne émue ébranlent les rivages.

Abdérame les guide : on voit sur ses habits
L'or et les diamans rehausser le tabis;
Un turban contourné, surmonté d'une aigrette,
Ceint le casque d'acier qui protège sa tête ;
Son sabre recourbé, ses deux riches poignards,
Des forges de Damas épuisèrent les arts;
Et le haubert léger qu'ils nomment jazerine,
Sous une ample marlote entoure sa poitrine [16].
D'un coursier haletant pressant les flancs poudreux,
Il semble, accompagné d'un cortège nombreux,
Voler de tous côtés avec inquiétude :
Partout de mes guerriers la même multitude,
Prête à le repousser, se présente à ses yeux;
Ose-t-il attaquer? il retrouve en tous lieux
Notre valeur égale à notre vigilance;
Et si près de nos murs quelque brave s'élance,
Accablé de nos traits il rencontre la mort.
Mille instrumens divers secondent notre effort :
Là, ces feux qu'aux enfers dut emprunter la Grèce,
Pour servir à-la-fois sa haine et sa mollesse,
Pleuvent du haut des tours; tandis qu'avec fracas
Nos balistes au loin font voler le trépas,
Et qu'avec la terreur la catapulte énorme
D'un rocher dans les airs lance une masse informe,
Qui, dans sa chute, écrase un bataillon entier [17].
La mort frappe en nos rangs plus d'un fameux guerrier;

Les traits des Sarrasins, tombant comme la grêle
Qui brise des moissons l'espérance nouvelle,
De vengeance altérés, portent, à tous instans,
Un trépas glorieux aux meilleurs combattans;
Le sang, de toutes parts, coule sur nos murailles;
Et l'on suffit à peine à tant de funérailles.
Fulbert, auprès de moi, périt des premiers coups;
Odon, qui se flattait d'un avenir plus doux,
Meurt avant de serrer les nœuds de l'hyménée;
Un dard du jeune Aubry tranche la destinée:
Le brave Abdon, Allard qui cherchait les dangers,
Rupert, qui fut long-temps sur des bords étrangers,
D'où l'avait ramené l'amour de sa patrie;
Emmemond, seul appui d'une mère chérie;
Et le sage Gontard, et mille autres enfin
Dont ce terrible jour termina le destin.
Plus le péril augmente et plus s'accroît l'audace
Des valeureux guerriers accourus à leur place:
Je combats avec eux; sans cesse je parcours
Les murs, les bastions, les portes et les tours;
J'excite les soldats, et ma seule présence
Semble les animer à plus de résistance.

» Déjà l'astre du jour décline à l'Occident;
Des Maures repoussés le zèle est moins ardent;

Le découragement succédait à la rage.
Abdérame, à grands cris, relève leur courage :
Au travers des dangers, il marche dans le sang,
Agite un étendard, se montre au premier rang,
Et du fier Soliman appelant les cohortes,
D'un geste menaçant leur désigne nos portes.
Soliman obéit : ses plus hardis soldats,
Une hache à la main, précipitant leurs pas,
Formant de boucliers un toit impénétrable,
Paraissent transportés d'un délire exécrable.
Ils foulent, sans pitié, les morts et les blessés;
D'une terre sanglante ils comblent les fossés,
Et jusqu'au pied des murs ils s'ouvrent un passage.
Quel terrible combat en ce moment s'engage!
Les portes résistaient à leurs coups redoublés;
Quand d'énormes rochers, par trente bras roulés,
Et des torrens d'un feu qu'on ne saurait éteindre,
Dévorent, en tombant, ce qu'ils peuvent atteindre.
Alors, ah! j'en frémis! je vis ces malheureux
Se débattre et mourir en des tourmens affreux :
Les uns, pour échapper aux flammes dévorantes,
Rassembler vainement leurs forces expirantes,
Sous le poids des rochers retomber écrasés;
Les autres, au milieu des débris embrasés,
Dans un stupide effroi demeurer immobiles,
Ou chercher dans les feux des routes inutiles;

Avec d'horribles cris, tous, malgré leurs efforts,
Expirer entassés sur des monceaux de morts.

» Moulouk, pendant l'horreur d'une attaque si vive,
Faisait, en d'autres lieux, une autre tentative.
Son orgueil téméraire un jour s'était flatté
De n'être par nos murs un instant arrêté,
Et, se croyant lié par un serment frivole,
Son courage aspirait à remplir sa parole :
Abdérame lui-même et ses nombreux amis
Lui rappellent alors ce qu'il leur a promis;
Ils s'offrent à le suivre, et ce Cheik intrépide
Les mène jusqu'à nous d'un pas ferme et rapide.
Je reconnais Mesrour et le féroce Achmet;
Hussein, fier d'être issu du sang de Mahomet;
Les deux fils d'Yésid, dont le bras sanguinaire
Paraissait dédaigner un combat ordinaire,
Et qui toujours ensemble affrontaient le péril;
Le nègre Abdédoulah; le fort Sergiabil;
Motaleb, Giaffar, héros qui dans l'armée
Avaient l'autorité due à leur renommée;
Aboulas, Alahor, et cent autres guerriers
Jaloux de partager leur moisson de lauriers.
Par ses discours amers il enflamme leur zèle;
Et prenant, en courroux, une pesante échelle,

Sur des corps mutilés, de tous côtés épars,
Il la porte, il la dresse au pied de nos remparts;
Seul, il monte à la cime, affrontant la tempête
Des bitumes ardens qui pleuvent sur sa tête,
Et le sabre à la main, d'un vaste bouclier,
En butte à tous nos traits, se couvre tout entier.
Alahor et Mesrour, qu'étonne son audace,
Suivent, avec ardeur, sa périlleuse trace,
Et tous leurs compagnons, par leurs cris excités,
Montent, à leur exemple, et sont à leurs côtés.
Mes guerriers accourus se rassemblent en foule;
Tous les fers sont croisés, le trait part, le sang coule;
Une égale bravoure égalise le sort :
Sur les remparts sanglans on voit planer la mort,
Jettant au pied du mur ceux que sa faux moissonne.
Ainsi la feuille aride, à la fin de l'automne,
Tombe du peuplier qu'agite l'aquilon,
Et de pâles débris attriste le vallon.

» Mais autour de Moulouk, leur guide et leur modèle,
Un combat acharné long-temps se renouvelle :
De la pique d'Amblard Motaleb est percé;
Zaïd est par Albert sur son corps renversé,
Et leur sang confondu souille la même terre;
Médard frappe Rustan d'un coup de cimeterre;

Dervan est par Kaleb dans sa chute entraîné;
De feux grégeois Moslem périt environné;
Raimond tue Aboulas, et Victor de sa lance
Repousse Abdédoulah qui jusqu'à lui s'élance :
En vain Sergiabil et le féroce Achmet
Des créneaux ébranlés atteignent le sommet;
Précipités tous deux, leur fureur est trompée.
Au bruit de ce combat, saisissant mon épée,
J'accours : je vois Moulouk, égaré, furieux,
Frappant, immolant tout d'un bras victorieux,
Et déjà, presque seul, maître de nos murailles.
Je sentis de courroux tressaillir mes entrailles :
« Je cherche un ennemi qui soit digne de moi,
» Lui dis-je en approchant, le trouverai-je en toi? »
« — Juges-en, répond-il, frémissant de colère,
» Par le nombre des tiens que j'ai couchés à terre. »
Il lance alors sur moi deux pesants javelots :
Je traversais la foule et j'écartais ses flots;
Deux fois mon bouclier rendit un son terrible.
Lui montrant à la crainte un front inaccessible,
De mon glaive irrité qui le frappe à l'instant,
Il a senti le poids sur son casque éclatant;
Mais, rendu plus farouche, il se jette en furie
Sur le fer meurtrier qui menace sa vie :
Je vois le désespoir sur son front pâlissant;
Son bras par la douleur est déjà languissant,

Tome Ier. 8

Et ne pourra bientôt répondre à son courage ;
Sa bouche furibonde exprime encor sa rage.
« Rends-toi, Guerrier, lui-dis-je, et ne t'obstine pas
» A braver ma colère et chercher le trépas ;
» D'un orgueil insensé tu serais la victime :
» Eude fut ton vainqueur; il t'offre son estime. »
A ces mots, à ce nom, Moulouk reste étonné :
Mais il voit par les siens le mur abandonné,
Et de nouveaux secours l'espérance ravie;
Il voit ses compagnons nous demander la vie,
Abdérame en son camp retourner à grands pas,
Et la nuit le contraindre à quitter les combats.
Jetant dans le fourreau son large cimeterre :
« Je connais, me dit-il, ton noble caractère;
» Je cède, sois vainqueur. Trahi par le destin,
» L'homme au décret du Ciel doit se soumettre enfin.
» J'ai pu franchir ces murs; c'est assez pour ma gloire. »
De ce grand jour, ainsi, consacrant la mémoire,
Il éprouva long-temps qu'un vainqueur généreux
Ne voit dans un captif qu'un soldat malheureux.

» Sans doute vous pensez qu'une guerre acharnée
Suivit cette honorable et sanglante journée;
Que redoublant d'efforts, Abdérame en courroux,
D'une prompte vengeance obstinément jaloux,

Tenterait d'achever cette grande entreprise :
Prêt à le repousser, je vois avec surprise
Du siége commencé les apprêts suspendus,
Tandis que dans les bois ses soldats répandus,
Préparent à leurs feux les torches infernales
Qui devaient à nos murs devenir si fatales.
Cet œuvre de l'enfer chez les Grecs inventé,
Par un lâche Démon sans doute y fut porté.
Un trait irrésistible, aussi prompt que la foudre,
Imite son fracas et réduit tout en poudre ;
Rien n'en met à couvert : le plus épais rocher
Est brisé par éclats s'il a pu le toucher;
Il brûle au fond des eaux; il consume la terre;
Il apporte peut-être un autre art de la guerre,
Et des temps à venir il fera le malheur.
Que peuvent contre lui la force ou la valeur [18] !
Le plus faible ennemi, sur le plus grand courage,
Tremblant de l'approcher, n'a-t-il pas l'avantage?
Bientôt il fut connu chez les peuples voisins;
Et dès-lors, adopté parmi les Sarrasins,
Il servit dans leurs mains à ravager Byzance,
Et de ses inventeurs ébranla la puissance.
Les flammes qu'il vomit embrasent nos maisons;
L'air gémit sillonné par d'énormes tisons;
Nuit et jour l'incendie ou menace ou dévore;
Et les toits isolés qu'il épargnait encore,

8*

Bientôt n'offrirent plus, au milieu des débris,
A tant de malheureux que d'informes abris.
Mon palais les reçut, et dans les temples mêmes,
Ils échappaient en foule à ces périls extrêmes;
Sous leurs voûtes les feux ne pouvaient pénétrer;
Là, chacun, à toute heure, avait le droit d'entrer;
Là, malgré ses douleurs, la triste Numerance
Venait calmer leurs maux, leur rendre l'espérance;
Et, cachant mes ennuis, là j'allais tous les jours
Aux plus infortunés prodiguer mes secours.

» Trop malheureux amis! c'est vous que j'en atteste!
Que n'ai-je pas tenté dans ce moment funeste,
Pour éloigner de vous ces horribles fléaux!
Ai-je fui les dangers? ai-je craint les travaux?
N'avez-vous pas cent fois porté, sous ma conduite,
Dans les rangs de l'Émir le carnage et la fuite,
Et dans ses derniers camps vainement retranché,
Jusqu'en ses pavillons ne l'ai-je pas cherché?
Notre courage enfin connut-il de barrière?
Dix fois la lune perd et reprend sa lumière,
Dix fois elle est témoin de nos calamités;
Cependant qu'Abdérame, au sein des voluptés,
Environné, dit-on, sous des tentes superbes,
Des Sultanes du Phase et d'Eunuques imberbes,

Abandonne le soin d'incendier nos murs
A des chefs sans vigueur, à des guerriers obscurs.
L'ambition enfin se réveille en son âme ;
Un fanatisme ardent le dévore et l'enflamme :
La soif du sang chrétien, dont son cœur est rongé,
S'irrite d'un retard trop long-temps prolongé.
Les Maures dévastaient nos provinces conquises;
Nos champs étaient déserts et nos villes soumises;
Rappelés près de lui, chaque jour ses soldats
Tentent notre valeur par de nouveaux combats;
Et le sang, des deux parts, arrose au loin nos plaines,
Sans lasser les fureurs, sans assouvir les haines.

» De l'Aquitaine enfin parut le jour fatal.
Un présage funeste en donna le signal.
A peine de ce jour l'aube annonçait l'aurore,
Nous vîmes sur le camp descendre un météore,
Dont la trace brillante et le corps lumineux
Éclairaient l'horizon de leurs sinistres feux.
Suivi d'un long sillon de lumière livide,
Jusqu'à nous, tout-à-coup, porté d'un vol rapide,
Il s'arrête au-dessus des toits de mon palais;
Il y touche et s'éteint. Disparu pour jamais,
Une vapeur infecte, une horrible fumée
Se répand aussitôt sur la ville alarmée [9].

» Rassemblant ses guerriers au bruit de ses tambours,
Abdérame du Ciel leur promet le secours;
D'une voix fanatique il irrite leur zèle :
Le succès les attend, la gloire les appelle ;
Leurs cris tumultueux en proclament l'espoir.
Partout mes Aquitains, prêts à les recevoir,
Disposent la défense, et bientôt leur courage
Sème dans tous les rangs la mort et le carnage.
L'intrépide Odilon, du haut de nos remparts,
Lance la flamme au loin avec d'énormes dards;
Brunnon verse à torrens le soufre et le bitume;
Brice, armé d'un tison que son souffle rallume,
Fait couler à grands flots d'inextinguibles feux;
Thibert roule un rocher d'un bras sûr et nerveux :
Non loin de là, Raimond, de résines bouillantes,
Des hordes d'Alahor couvre les plus vaillantes,
Et Richard engloutit sous des sables ardens
Les Maures les plus fiers ou les plus imprudens.
Partout les Sarrasins, en redoublant d'audace,
Du cri de leur vengeance exhalent la menace.
Suivi de Baldomir, je parcours le rempart ;
Ses traits ne volent pas conduits par le hasard :
Sept fois il tend son arc; la flèche inévitable
Part sept fois, en sifflant, de sa main redoutable,
Et d'un illustre sang s'abreuve autant de fois.
Mais qui pourrait suffire à tracer tant d'exploits?

De mes braves soldats le généreux courage
Repousse avec ardeur une infernale rage :
Tous les traits sont lancés; malgré l'éloignement,
La mort des deux côtés moissonne également;
Elle frappe sans choix les rangs qu'elle dévore :
De nouveaux combattans se rapprochent encore;
Assénés de plus près, les coups sont plus certains.
La fortune long-temps est pour mes Aquitains :
Chacun d'eux prouve assez qu'il voit en cette ville
Son unique refuge et son dernier asile.

» Et toi, mon fils, aussi, tu voulus, en ce jour,
Prouver à ta patrie un généreux amour :
Ton sang coula pour elle, et par ta noble lutte,
Peut-être d'un moment tu retardas sa chute!
Déjà cent bataillons, confusément épars,
De leurs flots courroucés entouraient nos remparts;
En cent lieux à-la-fois les engins, les machines
Par le fer et le feu préparaient leurs ruines,
Et sous des toits mouvans des combattans cachés
S'étaient jusqu'à leur pied hardiment approchés.
Sur leur passage en vain nous semons les obstacles;
De carnage et d'horreur les plus affreux spectacles,
S'offrent en ce moment aux yeux épouvantés.
Des plus chers intérêts mes soldats excités

S'efforçaient à venger la patrie expirante.
D'un triomphe assuré l'ivresse délirante
Paraît seule inspirer nos cruels ennemis :
A leur rage, déjà, tout semble être promis.
D'un chêne suspendu poussant la masse énorme
Où d'un bélier d'airain pèse la tête informe,
Cent bras, dont mille cris règlent les mouvemens,
Ébranlent nos remparts jusqu'en leurs fondemens.
Tout devient en nos mains des armes meurtrières;
Les tisons enflammés, le fer, le plomb, les pierres,
L'eau brûlante, la terre amortissant les coups,
Tombent pour nous défendre, et combattent pour nous.
Tout-à-coup, à nos yeux, une tour élevée,
Semble par un prodige à l'instant achevée :
Ses flancs de longs sapins dans nos bois abattus,
De larges boucliers sont partout revêtus;
Couverte de soldats, sa formidable tête,
Qui de nos murs bientôt a dépassé la crête,
Y vomit, par torrens, et la flamme et le fer.
Quel bras résisterait à ce nouvel enfer!
En tourbillons affreux, un fleuve de bitume
Roule ses flots ardens, brûle, embrase, consume
Tout ce que le courage oppose à sa fureur,
Et frappe nos soldats d'une juste terreur [20].
Près de leurs compagnons que la flamme dévore,
Les plus audacieux se défendaient encore;

Hunalde accourt : Hunalde a jugé d'un regard
Que le seul dévoûment peut sauver le rempart ;
Il voit Abdoulhassem, armé d'un cimeterre,
Lancer d'un pont hardi la charpente légère,
Et sa horde africaine, un tison à la main,
Marcher, avec ardeur, dans ce nouveau chemin.
Tous les traits à-la-fois des guerriers qu'il rassemble,
Dirigés à ce but, y frappent tous ensemble,
Et la mort avec eux vole de tous côtés.
Ces hideux combattans sont bientôt arrêtés ;
Mais lorsqu'Abdoulhassem, plein de honte et de rage,
S'efforce vainement d'exciter leur courage,
Hunalde impatient court au travers des feux,
Et (que ne peut la gloire en un cœur généreux !)
Sans songer que les siens ne peuvent pas le suivre,
Seul ose l'attaquer, seul ose le poursuivre.
Le barbare l'attend : leur fer étincelant
Ensanglante ce pont étroit et chancelant ;
Il tremble sous leurs pas : à ce spectacle étrange,
Sur les murs, dans la tour, l'une et l'autre phalange,
Interdite, suspend sa colère et ses coups.
Les deux guerriers, de vaincre également jaloux,
Semblent égaux en force, en courage, en adresse ;
Chacun pare à son tour, avance, évite, presse,
Et sur le bouclier qu'il frappe en approchant,
Vingt fois du cimeterre émousse le tranchant.

Leur valeur tient long-temps la victoire incertaine;
Mais Hunalde, blessé d'une flèche africaine,
S'abandonne aux transports d'un terrible courroux.
Le Maure espère en vain échapper à ses coups;
Cédant avec effroi, vainement il appelle
L'inutile secours de sa horde infidèle;
Il tombe terrassé : trois fois son fier vainqueur
D'une épée implacable avait percé son cœur.
Le Nègre épouvanté, comme une paille aride
Faible jouet des vents, d'une course rapide
A peine échappe au feu qu'il avait allumé;
Le fatal édifice, à ses yeux consumé,
S'écroule avec fracas : une cendre funeste
Est de ses longs travaux le misérable reste.

» Par des sentiers couverts, des souterrains obscurs,
L'ennemi cependant approchait de nos murs.
Tous les fléaux ensemble, et le fer, et la flamme,
S'unissaient aux fureurs du farouche Abdérame.
Caché par le silence et l'ombre de la nuit,
Jusque sous nos remparts, sans obstacle et sans bruit,
Il creuse, avec mystère, un vaste et long abîme :
Un amas combustible en soutenait la cime;
Mais à peine les feux ont atteint cet appui,
Un bastion s'écroule et s'enfonce avec lui.

Que de braves guerriers meurent sous ses décombres!
La fumée, échappant de ces cavernes sombres,
Se mêle à la poussière en épais tourbillons.
Ce signal, attendu par tous les bataillons,
Fait éclater partout leur virulente haine :
Je les vois à l'instant s'agiter dans la plaine;
Couvrant de cris discords le bruit de leurs tambours,
Je les vois s'avancer jusqu'au pied de nos tours;
Et, malgré les efforts de ceux qui la défendent,
Monter jusqu'à la brèche où nos traits les attendent.
Là, je donnais l'exemple, et mes braves soldats,
Excités par ma voix, livraient d'affreux combats.
Des javelots croisés le choc était horrible:
L'ennemi repoussé revenait plus terrible;
Par de sanglans débris, par des monceaux de morts,
De nos murs renversés il comblait les abords,
Et d'innombrables traits dédaignant la tempête,
Couvrait de boucliers son orgueilleuse tête.
Hunalde, sous le poids d'un énorme rocher,
Écrase les premiers qui l'osent approcher.
La masse roule au loin : tout recule, tout cède.
Un nouveau bataillon aussitôt lui succède.
Gildas et Romuald, du sommet d'une tour,
Lancent un cercle ardent, dont l'immense contour
Enveloppe de feux une épaisse cohorte.
J'anime, en combattant, l'ardeur qui les transporte,

Mes braves à l'envi signalent leur valeur.

Mais pouvaient-ils s'attendre à ce dernier malheur!

Par les feux entr'ouverte, au fond de ses entrailles

La terre une autre fois engloutit nos murailles.

Hyrcan, sur leur ruine, accourait furieux,

Et plantait son drapeau d'un bras victorieux :

« Arrête, téméraire! il fut peu difficile,

» Lui dis-je, de trouver cette route inutile;

» Ici la mort t'attend, reçois-la de ma main. »

D'un poignard, à ces mots, je lui perce le sein,

Et jusque vers les siens, que son trépas irrite,

Du haut de ces débris mon bras le précipite.

Mais, plus ardens encore, ils courent le venger :

Sous vingt drapeaux divers près d'eux vont se ranger

Vingt tribus de costume et de mœurs différentes :

Du rivage africain les peuplades errantes;

L'Arabe du Désert, fier du nom musulman;

Celui de l'Yémen conduit par Soliman;

Amrou si redouté par tant de fratricides;

Le Persan Giaffar suivi des Barmécides;

L'Abencerage altier; le farouche Zégris ",

Qui privé de Moulouk le réclame à grands cris.

Ces hordes qu'excitait le désir du pillage,

Se pressent à-la-fois dans ce nouveau passage,

Et de mes Aquitains le courage éclatant

Ne veut pas les compter, les brave et les attend.

Un assaut général alors se renouvelle :

Mais l'affreuse mêlée est cent fois plus cruelle

Vers les points où l'Émir dirige les efforts : ·

Foulant d'un pied sanglant les mourans et les morts,

Il précède à grands pas des hordes intrépides :

Les ailes du vautour ne sont pas plus rapides

Quand il fond sur sa proie. Obstacles superflus,

Nos plus fiers combattans ne le retiennent plus :

Marchant environné d'un nuage de poudre,

Son épée est l'éclair, son bras lance la foudre ;

C'est l'Exterminateur apportant dans ses mains

Un châtiment terrible aux coupables humains.

Il passe ; c'en est fait. . . . . tout devient inutile. . . . .

Quels désastres, grand Dieu ! n'est-il plus un asile

Où la faiblesse échappe au vainqueur irrité !

Il se rue en fureur au sein de la cité,

Comme un torrent fougueux dont les bouillantes ondes

Au travers des moissons s'échappent furibondes.

Partout règnent la mort, le pillage, l'horreur ;

Le carnage partout vole avec la terreur :

Le vieillard ni l'enfant ne peut obtenir grâce ;

La vierge consacrée aux autels qu'elle embrasse,

La beauté même, en pleurs, tombant à ses genoux,

Meurt, victime immolée à son affreux courroux. . . . .

Guerriers ! qui dans ce jour avez perdu la vie,

Qu'à votre sort, hélas ! je dois porter envie ;

Je l'avais mérité peut-être, et j'ai vécu
Pour traîner jusqu'ici l'opprobre d'un vaincu !

» Un refuge nous reste. Aux bords de la Garonne,
Est un cirque étendu qu'un rempart environne;
Bâti par les Romains, il servait à leurs jeux :
Il reçoit, en ce jour, un peuple courageux
Qui veut à son vainqueur le disputer encore ".
Seul, je cours au palais : la flamme le dévore :
Je demande ma fille à ses murs désolés,
Et de mes serviteurs les restes mutilés;
Les cadavres sanglans de femmes inconnues,
De ses appartemens souillent les avenues.
Là, mes cris douloureux l'appellent plusieurs fois;
Un écho prolongé répond seul à ma voix.
Mais quel espoir soudain ou me flatte ou m'abuse?
Dois-je revoir la tombe où repose Munuze?
L'ennemi n'aurait-il respecté que ces lieux?
J'y vole : Numerance est offerte à mes yeux :
De ses sens égarés elle n'a plus l'usage;
Une affreuse terreur déforme son visage;
Immobile, glacée, elle est, sur ce tombeau,
Comme un marbre dolent, pâle enfant du ciseau,
Tant sa peine est cruelle et son âme flétrie!
« Tout est perdu, lui dis-je; il n'est plus de patrie.

» A ces lieux, ô ma fille ! il nous faut désormais

» Pour un ciel étranger renoncer à jamais :

» Ainsi l'a décidé la volonté céleste.

» La nuit nous favorise ; un seul instant nous reste,

» Sachons en profiter : bientôt les feux du jour

» Peuvent vers nos amis nous fermer le retour.

» Je marche devant toi ; viens, ton père est ton guide.»

Sur la tombe, à ces mots, baissant un œil humide,

« O toi ! dit-elle, ô toi, l'arbitre de mes jours,

» Toi qui mourus pour moi, toi que j'aime toujours,

» De ton épouse, hélas ! ta cendre abandonnée,

» Par un lâche assassin sera donc profanée !

» Et moi, qui fis serment de partager ton sort,

» Je te laisse, ô Munuze ! et fuis devant la mort !

» Mais non ; de mon époux c'est ici la demeure ;

» Ah ! pourquoi la quitter, puisqu'il faut que je meure ?

» Sous ces arbres touffus, à l'ombre de ces bois,

» Il me semble qu'il erre et que je l'aperçois :

» Il s'éloigne ; il m'accuse ; il me nomme infidèle.

» Ah ! je reste en ces lieux où tout me le rappelle.

» En serrant nos liens n'avais-je donc promis

» Que de fuir lâchement devant ses ennemis !

» Adieu, mon père, adieu : peut-être votre fille

» Ne démentira pas son illustre famille.

» Vous, qu'un beau désespoir peut encor secourir,

» Allez combattre, allez, et laissez-moi mourir. »

A ces mots, sur la pierre elle tombe éperdue.
— « De tes justes regrets je connais l'étendue;
» Mais pourrais-tu, ma fille, oublier nos malheurs?
» Hélas! sur l'Aquitaine il faut verser des pleurs,
» Lorsque les Sarrasins, maîtres de nos murailles,
» Impitoyablement déchirent ses entrailles.
» Vois nos concitoyens sans défense égorgés;
» Leurs épouses, leurs fils, d'indignes fers chargés;
» Vois l'Arabe vainqueur se gorger de rapines;
» Entends ces cris plaintifs au milieu des ruines;
» De nos toits consumés vois fumer les lambris;
» Fais un pas, si tu peux, sans fouler des débris.
» Ah! nous pouvons encor réparer ces disgrâces:
» Je cours à la vengeance, ose suivre mes traces;
» Ton devoir est aussi de venger ton époux;
» Viens, mes vastes États sont ouverts devant nous. »
Je l'entraîne, à ces mots; guidé par la prudence,
Des lieux abandonnés je cherche le silence;
Pour la première fois j'évite les combats.
Je la remets enfin aux fidèles soldats
Que j'ai vus protéger, jusque sur cette rive,
De tant d'infortunés la troupe fugitive,

» Depuis ce jour, Seigneur, nos maux vous sont connus.
Vers les bords de la Vienne à peine parvenus,

De nos derniers efforts sonna l'heure fatale.
Résolus de mourir sur la terre natale,
Mes braves Aquitains gisent dans leur pays.
Mais nos vœux par le sort ne seront plus trahis;
Le Ciel, en m'inspirant une force nouvelle,
M'apprit qu'à la victoire, avec vous, il m'appelle;
Votre bras, des Chrétiens réparant les revers,
Doit punir Abdérame et sauver l'Univers. »

Aux murmures flatteurs d'un nombreux auditoire,
Eude finit ainsi sa déplorable histoire :
Tous les cœurs sont émus, tous veulent en secret
D'une si juste cause embrasser l'intérêt :
Charles rend l'espérance à son âme troublée,
Et rentré dans sa tente il dissout l'assemblée.

NOTES
DU CHANT SECOND,

NOTES DU CHANT SECOND.

' Un chœur harmonieux répond à ses accens.

On reconnaît dans ces mœurs de nos ancêtres, que cet ouvrage doit partout retracer, des usages qui ne sont pas entièrement abolis dans nos campagnes. Ils suffiraient seuls pour établir notre origine de la Germanie, pays où, d'après Tacite, les affaires les plus importantes se traitaient à table, et où l'ivresse n'était pas un défaut. *Diem noctemque continuare potando, nulli probrum. Crebræ, ut inter vinolentos, rixæ, rarò conviciis, sœpiùs cœde et vulneribus transiguntur. Sed et de reconciliandis invicem inimicis, et jungendis affinitatibus, et adsciscendis Principibus, de pace deniquè ac bello, plerumque in conviciis consultant.* (De Mor. Germ.) Nos mœurs, déjà plus douces, admettaient un autre genre de plaisirs; c'était les chants domestiques dont nous conservons encore l'usage. C'est par des chants que l'homme manifeste son contentement et sa joie : et s'ils sont naturels à tous les hommes, ils ont pris chez nous un caractère particulier, dans lequel il est aisé de reconnaître l'influence qu'exerça sur des esprits tout chevaleresques une époque de gloire et d'amour.

Tous les peuples, même les plus sauvages, ont essayé, dans ces occasions, de soutenir la voix par le son des instrumens; et l'on pourrait aisément tracer une échelle de la civilisation, d'après les instrumens de musique : car depuis la calebasse du Nègre jusqu'au violon de nos virtuoses, la gradation suit celle du perfectionnement des mœurs. Les Français, au huitième siècle, avaient sans doute des instrumens imparfaits, mais conformes à l'étendue de leurs connaissances. J'en ai vu une collection curieuse sur le portail de l'église cathédrale de Vienne en Dauphiné, bâtie au dixième siècle : là, des anges nombreux sont représentés avec les instrumens alors en usage, et l'on peut juger des ressources de nos aïeux pour la musique.

Le *théorbe* n'y est point oublié : c'est un luth dont le manche est très-allongé, et dont les cordes pincées sont très-propres à accompagner la voix.

Quant à la superstition des présages, elle est encore dans toute sa force ; on la retrouve partout sous des formes plus ou moins grossières. Aucun peuple ancien ou moderne n'a pu s'en affranchir, et celle que je rappelle ici est une des plus innocentes.

² Avaient osé tenter la conquête du Monde.

Renfermés dans les limites de leurs déserts, les Arabes n'étaient connus des Anciens que par la vie nomade de plusieurs de leurs tribus, et les brigandages qu'elles exerçaient contre les caravanes qui dès-lors faisaient, par la Perse, le riche commerce des Indes. Protégés par leurs mœurs autant que par les sables incultes où ils se cachaient, ils avaient échappé facilement aux tentatives plusieurs fois renouvelées par les Romains, pour les soumettre à leur domination universelle. Mahomet parut dans la décadence de cet empire, en 570 de l'ère chrétienne ; et le fanatisme religieux qu'il sut inspirer à des peuples si accoutumés au pillage, est la première cause de leurs rapides conquêtes, et les manifesta, pour la première fois, au Monde étonné, avec un éclat que l'obscurité de ces temps barbares n'a pu affaiblir, et dont les traces ne seront jamais effacées. On connaît les doctrines de Mahomet : peignant ici ses premiers sectateurs, nous les mettrons souvent en action. Leurs mœurs étaient alors ce qu'elles sont encore aujourd'hui, avec un mélange de générosité et de savoir qui paraît bien loin du caractère des Mahométans modernes.

³ Le glaive et le Koran. . . . .

Le glaive, instrument de guerre et de domination dans la main des tyrans, est ici non moins caractéristique des sectateurs de Mahomet que le livre qu'il leur donna comme un présent des cieux, et qui est en même-temps leur code civil et religieux. Jusque là, aucune religion n'avait commencé par la persécution ; toutes s'étaient fondées sur la persuasion, et la promesse de bienfaits : Mahomet fut le premier qui annonça son

apostolat par des victoires, et qui condamna les vaincus à croire ou à
mourir. Ses barbares sectateurs ne furent que trop fidèles à ses principes;
et le droit du glaive fut entre leurs mains le principal argument de leur
croyance. Le Koran, sans doute, dans les projets de son auteur, aurait
manqué son effet, s'il n'eût été soutenu de la puissance du glaive : il mérita ainsi la place que je lui donne dans les calamités qu'ils apportèrent
au Monde. Ce ne fut qu'après d'immenses conquêtes, qu'éprouvant des
résistances invincibles dans la conscience de leurs nouveaux sujets, et
sentant l'impossibilité d'en faire sans cesse des martyrs, ils modifièrent
leurs premiers principes par des tributs qui sont encore, dans les pays
soumis à leur domination, la cruelle distinction du maître et de l'esclave.
C'est ce droit affreux que nous les voyons exiger avec tant de cruauté:
la barbarie fut toujours le caractère de l'ignorance. Malheureux les
peuples qu'elle opprime. L'Europe civilisée par l'Évangile sera affranchie
de son joug tant qu'elle ne méconnaîtra pas la cause de son bonheur :
la France a vu un instant d'oubli devenir un temps de crimes ; puissent
nos neveux se rappeler cette terrible leçon !

⁴ A ces brigands heureux semble être abandonné.

Ce tableau des premières conquêtes des Musulmans est de la plus
exacte vérité. Elles furent si rapides, que dès les premiers siècles de
l'hégire, elles comprenaient presque toutes les contrées où le Koran
domine encore; et qu'Ali, gendre de Mahomet, et son quatrième successeur, élu Calife vingt-six ans après sa mort, eut à combattre Moavias,
qui s'était fait un empire indépendant en Égypte et en Syrie.

⁵ De la liste des Rois son nom est effacé.

Ce fut en l'an 93 de l'hégire (712 de J.-C.) que les Arabes portèrent
leurs armes victorieuses jusqu'au Gange, et s'emparèrent de l'Andalousie.
Après la mort de Roderic ou Rodrigue, tué en 713 dans une bataille qui
livra l'Espagne aux Sarrasins, Pélage, rassemblant les débris de l'armée

vaincue dans les montagnes des Asturies; osa de là résister aux vainqueurs, et, réunissant la prudence au courage, non-seulement il les
força de respecter son asile, mais il en étendit progressivement les
bornes, et prépara de loin l'entière délivrance de son pays. L'histoire ne
dit pas ce qu'il fut avant ces mémorables événemens. Sa magnanimité,
plus éclatante dans le malheur, sut contraindre la force à respecter la
vertu; il suffit à sa gloire que sa patrie le nomme avec reconnaissance.

⁶ Non loin de mes États, l'Espagne a des vallons.

L'histoire de Munuze est à-peu-près telle que je la rapporte ici. C'était
un Maure d'Afrique, gouverneur de la Cerdaigne, et habitant Puycerda.
« Eude, dit l'abbé de Marigny, *Histoire des Arabes*, tome II, pag. 458,
» se voyant exposé à être attaqué par les Français, et craignant d'ailleurs
» de nouvelles irruptions de la part des Sarrasins, fit alliance avec un de
» leurs plus fameux capitaines, nommé Munuza, qui alors était gouver-
» neur pour le Calife dans le Puycerdan, pays voisin des Pyrénées...
» Le Duc d'Aquitaine, pour mieux cimenter cette alliance, donna sa fille
» en mariage au gouverneur sarrasin, qui promit de le garantir de toute
» insulte de la part des troupes du Calife. Eude, assuré de ce côté, fit
» des entreprises contre les Français, et fut battu plus d'une fois par
» Charles-Martel, alors Maire du palais et Prince des Français. Abdérame,
» ayant profité de ce temps pour faire une nouvelle irruption, fut arrêté
» par Munuza; mais cet obstacle fut bientôt levé. Abdérame battit ce
» gouverneur, et le poursuivit jusque dans Puycerda, d'où il fut obligé
» de se sauver. Il voulut se réfugier auprès de son beau-père : Abdérame,
» qui le harcelait avec vivacité, ne lui en donna pas le temps : le mal-
» heureux Munuza, se voyant à la veille de tomber entre les mains du
» vainqueur, aima mieux se donner la mort. Sa femme, princesse d'une
» grande beauté, fut faite prisonnière par Abdérame, qui l'envoya aussi-
» tôt au Calife. »

La Ségre est une petite rivière nommée par les Anciens *Sicoris*; elle a
sa source dans les Pyrénées, baigne les murs de Puycerda, et se jette
dans l'Èbre, auprès de Mequinenza.

[7] **Aladin, de Munuze autrefois lieutenant.**

J'avertis, une fois pour toutes, qu'à l'exception d'Abdérame, tous les personnages sarrasins sont d'invention, ne voulant pas

Aux Saumaises futurs préparer des tortures.

[8] **Voyait naître l'aurore et s'éteindre le jour.**

Qui ne connaît ces admirables vers de Virgile :

« Ipse, cavâ solans œgrum testudine amorem,
» Te, dulcis conjux, te solo in littore secum,
» Te veniente die, te decedente canebat. »

GEORG. Lib. IV.

Je ne citerai pas ces chefs-d'œuvre, ceux du Tasse et des autres classiques anciens ou modernes, toutes les fois que j'ai eu occasion de les imiter ; c'est un soin que je laisse au lecteur : heureux d'être conduit par mon sujet à en emprunter quelques idées.

[9] **Va délivrer les champs de la Septimanie.**

La Septimanie, ainsi nommée de sept villes principales que les Goths y possédaient, était la partie de l'ancien Languedoc comprenant Nismes et Toulouse. Les Sarrasins, maîtres de l'Espagne, s'emparèrent de la Septimanie, d'où ils furent chassés par Charles-Martel. Cette province était sous la domination des Ducs d'Aquitaine, dont les États s'étendaient jusqu'au Rhône.

Les Gascons sont les descendans des Goths, anciens dominateurs de ces provinces. Ils étaient alors resserrés entre les Pyrénées, la Garonne et l'Océan, et plutôt alliés que sujets des Ducs d'Aquitaine, dont ils subirent les destinées. L'Adour est la principale rivière du pays.

[10] **Où le front du Liban se cache dans les cieux.**

Mahomet s'empara lui-même, en peu de temps, de l'Arabie entière, jusqu'au golfe Persique. Aboubèkre, son successeur, pour occuper la nouvelle effervescence des Arabes, leur proposa d'attaquer les Chrétiens, battit les Grecs, assiégea Damas, et en deux campagnes fut maître de la Syrie. Tandis qu'Omar, « monté, disent les historiens, sur un chameau » roux chargé d'un sac de riz, d'une outre pleine d'eau et d'un grand » plat de bois, » allant recevoir les clefs de Jérusalem, l'an 15 de l'hégire, quatre ans après la mort de Mahomet, écrivait à Moavias de brûler la bibliothèque d'Alexandrie; Kaled, son lieutenant, poussait ses conquêtes au-delà de l'Euphrate, et en rapportait un immense butin. Othman, troisième Calife, déjà maître de Chypre, de Rhodes, des principales îles de la Grèce, menaçait Constantinople. Enfin vingt ans avaient suffi pour donner aux Musulmans des conquêtes que le schisme, la division, la guerre civile et dix siècles de barbarie ne leur ont pas fait perdre.

" Et le Maure cruel, pirate insatiable.

Les *Cophtes* sont les anciens habitans de l'Égypte qui, ayant gardé leurs superstitions et leurs mœurs sous la domination des Grecs et des Romains, ne les perdirent point sous les Arabes, et les conservent encore, quoique réduits à un très-petit nombre. Quelques-uns, reste de ces Chrétiens fervens qui peuplèrent les solitudes de la Thébaïde, gémissent aujourd'hui sous le despotisme stupide et féroce des Turcs, qui n'a su que les persécuter et les anéantir, lorsqu'il pouvait les rendre utiles en les ménageant.

Les descendans des Arabes, premiers conquérans de l'Afrique, ceux des habitans de ces contrées qui embrassèrent la religion de Mahomet, mêlés aujourd'hui avec les Mozarabes chassés d'Espagne par la politique insensée de Ferdinand et Isabelle, portent également le nom de *Maures*. Ces peuples, originaires de l'Orient, sont bien différens de la race africaine, qu'on ne trouve qu'au-delà de l'Atlas, et même au-delà du Niger, où la terreur des Maures l'a confinée. Elle était, avant cette invasion, plus voisine des côtes. Les *Gétules*, les *Numides*, etc., étaient de véritables Africains.

¹² Des flots rougis de sang, des armes et des morts.

Dès qu'ils eurent franchi les Pyrénées, les Sarrasins se répandirent comme un torrent dévastateur sur toute la France méridionale. L'histoire atteste les maux qu'apporta cette première irruption. Je n'ai pu indiquer que les villes principales qui furent en proie à ce désastre : Narbonne était alors au premier rang ; elle était métropole de la Gaule Narbonnaise, province formée de tout le pays compris entre le Rhône et la Garonne. Soumise aux Wisigoths qui régnaient en Espagne, elle fut le premier objet de l'ambition des Sarrasins ; elle reçut leur joug presque sans résistance, après la défaite de Roderic ; et ils s'y maintinrent jusqu'au règne de Charlemagne, dont la puissance suffit à peine pour les chasser.

Toulouse était la seconde ville après Narbonne, et fut souvent la résidence des Rois wisigoths. Eude l'avait défendue contre les Sarrasins en 721. Ils la prirent et la saccagèrent en 732, époque de l'action de ce poëme. Nismes, dont les habitans s'étaient vaillamment défendus, éprouva le même sort. Bientôt Charles-Martel fut obligé de l'assiéger à son tour, et l'ayant emportée d'assaut, renversa les nombreux monumens dont l'antiquité l'avait ornée, et qu'elle devait presque tous à la munificence des Antonins, originaires de cette ville. Les ruines qui en subsistent encore donnent une haute idée de son ancienne magnificence. Enfin les bords du Rhône et les pays environnans furent aussi infestés par les Arabes. Ils y demeurèrent plus long-temps que dans l'Aquitaine, soit qu'ils renouvelassent leurs incursions, soit que, favorisés par les divisions des successeurs de Louis-le-Débonnaire, ils aient pu résister à leurs faibles efforts. Tous ces faits sont consignés dans la Chronique de Frédegaire : *Denuò rebellante gente validâ Ismaelitarum... irrumpentesque Rhodanum fluvium... Avenionem urbem munitissimam ac montuosam Sarraceni ingrediuntur..... at contrà, vir egregius Carolus Dux, germanum suum virum industrium Hildebrandum Ducem, cum reliquis Ducibus et Comitibus ad illas partes dirigit..... Victor igitur atque bellator insignis, intrepidus Carolus Rhodanum fluvium cum exercitu suo transiit ; Gothorum fines penetravit, usquè Narbonensem Galliam accessit, ipsam urbem celeberrimam atque metropolim eorum obsedit..... mox...*

captâ multitudine captivorum cùm Duce, victor regionem Gothicam depopulatur, urbes famosissimas Nemausium, Agatem, ac Biterris funditùs muros et mœnia Carolus destruens igne supposito concremavit.

[13] Arrêtèrent long-temps le premier des Césars.

On croit que Cahors est l'ancienne *Uxelodunum*, devenue fameuse par le long siége qu'elle soutint contre les lieutenans de César : lui-même ne put dompter le courage de ses habitans, qu'en coupant les sources d'eau qui alimentaient la ville, et il ne put s'en emparer que lorsque la soif eut fait périr un grand nombre de ses défenseurs. Il rapporte les détails de ce siége mémorable dans ses Commentaires, Liv. VIII, chap. VI. Loin d'honorer la valeur de ces braves gens, il les fit cruellement mutiler ; ce qu'il ne craint pas d'apprendre lui-même, en vantant son humanité bien connue, dit-il, avec une complaisance qui peint bien ces temps farouches où l'humanité outragée n'avait pas encore donné naissance au droit public. *Cæsar, cum suam lenitatem omnibus cognitam sciret, neque vereretur, ne quid crudelitate naturæ videretur asperiùs fecisse..... exemplo supplicii deterrendos reliquos existimavit : itaque, omnibus qui arma tulerant, manus prœcidit, vitamque concessit, quò testatior esset pœna improborum.* Quel déplorable renversement d'idées ! Quel horrible abus de la force !

[14] On le nommait encor le palais de Tutelle.

Sur l'emplacement d'une vaste promenade où les habitans de Bordeaux vont aujourd'hui respirer la fraîcheur d'une belle soirée, l'ingénieur Vauban avait élevé, sous le nom bizarre de *Château-Trompette*, une forteresse, dont il ne reste peut-être plus de traces que dans un magnifique tableau de Vernet, au musée royal, à Paris. On retrouve, dans ce tableau, les remparts, les embrâsures, le boulingrin du commandant, et autres gentillesses dont ces Messieurs ne sont pas avares quand ils mettent la main à l'œuvre. Mais un amateur des arts, et sans doute Vernet lui-même, eût préféré trouver, à la place du chemin couvert et des glacis, les beaux restes d'antiquité renversés avec une barbarie tout-à-fait martiale, pour élever cet inutile et éphémère château. Voici la description que j'en trouve dans La Martinière, V.º *Bordeaux* : « Le palais de Tutelle » était un temple consacré aux Dieux tutélaires : sa forme était longue ; » il avait huit grandes colonnes de chaque côté, et quatre en largeur à » chaque bout, qui faisaient le nombre de vingt-quatre, desquelles il en » restait dix-huit, lorsqu'on les fit abattre pour agrandir le Château-» Trompette. »

[15] Du luxe oriental cette pompe inconnue.

Ces *tambours*, ces *cymbales*, ces *crins flottans* à des lances dorées, sont en effet les signes caractéristiques du luxe oriental que je ne dois pas négliger de peindre. Les deux derniers surtout sont encore des marques de distinction : mais quelques personnes peuvent ignorer que le tambour, apporté par les Arabes, parut alors en Europe pour la première fois. Il fait une heureuse différence avec les trompettes et les clairons de tout temps en usage dans nos armées. Les historiens assurent que les femmes arabes qui suivaient leurs maris à la guerre, étaient chargées de battre la caisse. J'ai trop de respect pour les Dames pour adopter ce fait, et les travestir en tambours. Voilà pourtant ce qu'elles étaient chez un peuple dont on vante l'urbanité, la politesse et les mœurs chevaleresques.

[16] Sous une ample marlote entoure sa poitrine.

Le lecteur voudra bien remarquer que je décris ici, non le costume turc, dont la horde tartare ne s'était point encore mêlée aux Musulmans, mais le costume arabe, infiniment plus élégant et plus varié, tel qu'il était alors, tel qu'il a subsisté chez les Maures d'Espagne aussi long-temps qu'ils ont habité ce pays, et tel, à-peu-près, qu'on le retrouve encore sur la côte d'Afrique, peuplée de leurs descendans, en Égypte, et même en Arabie. On sait quelle profusion de dorures et de broderies ces peuples aiment à voir sur leurs vêtemens ; la richesse de leurs armes, et l'excellence de celles fabriquées à Damas. Le *tabis* est une étoffe de soie très-épaisse, ordinairement d'une couleur éclatante, conforme au goût de parure de ces nations. La *jazerine* est le haubert du moyen âge, que les Croisés retrouvèrent en Asie, ou qu'ils y adoptèrent en le nommant *jazeran*. Enfin la *marlote* est le vaste manteau, d'une étoffe légère, ordinairement de laine blanche, particulier aux Arabes, et dont ils savent, en toute saison, s'envelopper avec tant d'avantages.

¹⁷ Qui, dans sa chute, écrase un bataillon entier.

Il serait inutile de faire ici la description de ces machines de guerre. La *balliste* lançait horizontalement de gros traits, souvent entourés de résine enflammée, et qu'on nommait alors *phalariques*. La *catapulte* jetait de grosses pierres qui tombaient de haut, comme fait la bombe.

Lucain décrit ainsi ces machines, Lib. VI, v. 198 :

« Hunc aut tortilibus vibrata phalarica nervis
» Obruat, aut vasti muralia pondera saxi :
» Hunc aries ferro, ballistaque limine porto
» Summoveat. »

Le *feu grégeois*, inventé par les Grecs, comme son nom l'indique, a cédé à l'invention de la poudre, dont les effets sont incomparablement plus variés et plus puissans. Sa principale propriété était de brûler dans l'eau ; phénomène fort surprenant lorsque la chimie et la physique étaient loin des progrès qu'elles ont faits de nos jours. On assure que le secret de sa composition est perdu ; il y a peu à regretter, s'il n'était entre nos mains qu'un moyen de destruction : *assez de fléaux sont au pouvoir des méchans, sans y ajouter encore ;* réflexion que le dernier siècle entendit sortir de la bouche de Louis XV, lorsqu'un chimiste lui montra qu'il avait retrouvé le feu grégeois, en lui offrant d'en faire usage contre les Anglais, qui nous faisaient alors une guerre acharnée ; réflexion qu'ils n'ont pas faite eux-mêmes en adoptant ces fusées incendiaires qui ont donné à leur auteur une si triste célébrité. La première épreuve que les Arabes essuyèrent du feu grégeois fut à l'attaque de Constantinople, sous Léon l'Isaurien, en 717 : leur flotte fut entièrement consumée par ce terrible agent, qu'ils ne connaissaient pas encore. Je ne hasarde donc rien en le supposant employé par eux en 732.

[18] Que peuvent contre lui la force et la valeur?

Nous ne pouvons décrire les effets du feu grégeois qu'en les compa-
rant à ceux de la poudre. Cette rapide description intéresse sans doute les
auditeurs d'Eude : elle est donc à sa place. Il est certain que l'emploi de
la poudre a changé l'art de la guerre, et rendu presqu'inutile l'avantage
de la force corporelle. On connaît la belle description du fusil par
l'Arioste, et les malédictions de Roland, en jetant à la mer cette arme
fellone qui a failli le tuer :

> « Lo tolse, e disse : perchè più non stia
> » Mai cavalier per te d'esser ardito,
> » Ne quanto il buono val, mai più si vanti
> » Il rio per te valere ; qui giù rimanti. »
>
> ORLAND. FURI. Cant. IX in fine.

Peut-on prévoir les effets de la vapeur appliquée aux machines de guerre
dont nous voyons les premiers essais !

[19] Se répand aussitôt sur la ville alarmée.

La superstition, qui consiste à redouter les effets dont on ne connaît
pas la cause, est le défaut inévitable des temps d'ignorance : ainsi, les
météores, les éclipses, et surtout les comètes, ont été, jusqu'à nos jours,
des objets de terreur et d'effroi : *ut sunt mobiles ad superstitionem*, *per-
culsæ semel mentes*, dit Tacite. Je peins ici les mœurs de ce temps, et
je crois superflu d'avertir que l'histoire, en relatant le siége de Bordeaux,
n'en rapporte aucune circonstance semblable.

[20] Et frappe nos soldats d'une juste terreur.

Les lecteurs familiarisés avec les écrits des Anciens, connaissent le
bélier, la *tortue*, et les divers genres de combats que je décris ici. Qu'ils
me permettent de leur rappeler que les *tours obsidionales*, ayant des
ponts-levis qui s'abaissaient sur les remparts, étaient souvent apportées
en pièces séparées, et construites pendant le combat, avec une audace et
une célérité surprenantes. Ces combats ressemblaient à tous ceux que

nous décrivent les Anciens, si le feu grégeois ne leur donnait un caractère particulier.

²¹ L'Abencerage altier, le farouche Zégris.

Nous donnerons plus tard une nomenclature plus exacte : celle-ci n'est que de circonstance, et telle qu'on peut supposer que ces hordes se présentent à l'assaut. Les Arabes doivent être en première ligne, comme faisant le corps principal de cette armée. Ils prenaient le nom de *Musulmans*, qui signifie *vrais Croyans*; et les étrangers leur donnaient celui de *Sarrasins*, qui signifie *voleurs*, différence qui justifie l'emploi que j'ai fait de ces noms. Il est cependant une autre étymologie qui me paraît mériter plus de confiance: c'est celle qu'adoptent ceux qui voient ce nom dans le mot *Scharakynes*, qui signifie *Orientaux*, appliqué à ceux d'Asie, par opposition aux *Maghrebynes*, c'est-à-dire *Occidentaux*; d'où vient le nom de *Mangrebins*, donné par nos historiens du moyen âge aux Musulmans d'Afrique. L'Yémen est la partie méridionale et cultivée de l'Arabie Heureuse : c'est la patrie du café. Les *Barmécides* étaient une tribu originaire de la Perse, et réfugiée en Arabie. Ses chefs se nommaient souvent Giaffar, et l'un d'eux est devenu fameux par les vicissitudes de sa fortune sous le Calife Aroun-al-Raschid, contemporain de Charlemagne. Nous ferons connaître ailleurs les tribus des Zégris et des Abencerages, si puissantes chez les Maures d'Espagne.

²² Qui veut à son vainqueur le disputer encore.

Comme la plupart des grandes villes sur lesquelles les Romains avaient étendu leur empire, Bordeaux a montré long-temps de superbes restes de leur munificence. Un cirque, connu depuis sous le nom de *Palais Gallien*, sans doute parce qu'il fut bâti par cet Empereur, aidait ces habiles dominateurs à alléger le joug des vaincus par l'attrait des plaisirs. Il en reste aujourd'hui peu de traces. Je suppose qu'il était entier au temps de l'invasion des Sarrasins, et que, comme celui de Nismes, il servit de refuge aux vaincus.

FIN DES NOTES DU CHANT SECOND.

CHARLES-MARTEL.

CHARLES-MARTEL.

CHANT TROISIÈME.

De la Nuit, cependant, le char silencieux
Plane, et semble arrêté dans le plus haut des cieux;
Sous son voile étoilé, dont l'étendue égale
Du Levant au Couchant mesure l'intervalle,
Les Heures, à grands pas également comptés,
Se tenant par la main, marchent à ses côtés:

10*

Filles du Temps, leur chœur, pour mesurer sa course,
Se rapprochant sans cesse ou s'éloignant de l'Ourse,
Augmente ou diminue, et suivant la saison,
Plus tôt ouvre à l'Aurore ou ferme l'horizon.
Sous le Lion brûlant, deux fois quatre est leur nombre;
Les autres, dépouillant un vêtement trop sombre,
Avec plus d'allégresse accompagnent le jour.
De ces nocturnes sœurs la dernière, à son tour,
Épanche une urne d'or : la terre reposée
S'abreuve d'une fraîche et fertile rosée;
Le Zéphyr la dispense, et donne à chaque fleur
Et son parfum suave et sa vive couleur.
Près d'elles, le Sommeil, dans une paix profonde,
Suspend, quelques instans, les soins, tyrans du Monde;
Et lui-même, énervé, dans les bras du repos,
De sa main sans vigueur laisse fuir ses pavots.
Mais, voltigeant au loin, une foule de songes
Varie à l'infini ses folâtres mensonges :
Par cent prestiges vains, par cent illusions,
Ils trompent des mortels les folles passions,
Et, fantôme terrible ou gracieuse image,
Tourmentent le méchant et carressent le sage.

Ils entouraient alors le chef des Sarrasins.
Mollement assoupi sur de larges coussins,

Près d'une lampe d'or, où d'une huile odorante
S'exhale en longs éclairs la lumière expirante,
Abdérame sommeille, et les plus imposteurs
Offrent à son orgueil des tableaux enchanteurs :
C'est la France éperdue et l'Europe alarmée
Présentant à ses fers une main désarmée,
Le saluant assis sur le trône des Rois,
Et portant de son joug l'intolérable poids.
Il était enivré de ces images vaines,
Quand la Religion, succombant à ses peines,
Vient de la Politique implorer le secours.
« De nos calamités quand finira le cours?
» Lui dit-elle : long-temps ces peuples infidèles,
» En déchirant mon cœur de blessures nouvelles,
» Doivent-ils aggraver les maux que j'ai soufferts?
» Dans l'espoir incertain d'échapper à leurs fers,
» J'ai fui tous les climats souillés par leur présence;
» Solyme, ville sainte, où j'avais pris naissance ',
» L'heureuse Palestine et les bords du Jourdain :
» Je cherchais en Europe un asile lointain,
» Où le Ciel en repos me permettrait de vivre,
» Où ces persécuteurs n'oseraient me poursuivre;
» Je ne l'ai point trouvé. Je les vois triomphans,
» Jusqu'aux bords de la Loire attaquer mes enfans;
» Et des braves Français l'invincible courage,
» Loin de les arrêter, semble attiser leur rage.

» Que de sang ! que de sang peut encor se verser!
» Sans en frémir, hélas! je ne puis y penser.
» Prévenons ces malheurs : le Démon de la guerre
» Épargne à votre voix ou ravage la terre;
» Que votre main puissante enchaîne ses fureurs;
» Et qu'enfin, à l'abri de nouvelles terreurs,
» (Le succès de ces vœux serait-il impossible?)
» Je puisse retrouver un refuge paisible. »

Sa compagne, à ces mots, répond avec douceur :
« Fuyant ainsi que vous son pouvoir oppresseur,
» J'ai vu notre ennemi, l'atroce Fanatisme,
» Par le crime en tous lieux propager l'Islamisme ².
» Ce Génie infernal, qui, né du Préjugé,
» Dont le pied dans la fange est toujours engagé,
» Pour mère a l'Ignorance, et pour suite assidue
» Le barbare Délire, un bandeau sur la vue :
» C'est lui qui l'incitant au fond de ses déserts,
» Effaçant sous ses pas la barrière des mers,
» Et portant son empire au pied des Pyrénées,
» Vers la Loire aujourd'hui veille à ses destinées.
» Sans cesse il y secoue un horrible tison :
» Dans les cœurs gangrénés d'un funeste poison,
» Il jette à pleines mains la semence des crimes.
» Que de héros, hélas! en seront les victimes!

» Je le vois comme vous; comme vous j'en frémis.

» Quelle digue opposer à ces fiers ennemis?

» Comme un torrent fougueux enflé par les orages,

» Ils couvrent l'Univers en proie à leurs ravages;

» Et, des bords où le jour allume ses flambeaux,

» A ceux où l'Océan les reçoit dans ses eaux,

» Les sables, les déserts, les monts couverts de glace,

» Les mers n'ont pu suffire à borner leur audace.

» Le Nord les verra-t-il affronter ses frimas?

» Que dis-je! éloignons-les de ces heureux climats:

» Leur arracher la France est la noble entreprise

» Que le Ciel inspira, que le Ciel favorise,

» Pour conserver la foi dans le cœur des humains.

» Levez au Tout-Puissant vos innocentes mains;

» Et que les Sarrasins soient à votre prière,

» Ce qu'au souffle des vents est l'aride poussière. »

Plus rapide, aussitôt, que le feu des éclairs,

Elle part; et sans bruit se glissant dans les airs,

Jusqu'au fond de la tente où repose Abdérame,

Va de ses songes vains brouiller toute la trame,

Les met en fuite, et seule occupant ses esprits,

Se montre comme un rêve à ses regards surpris.

Comme le malheureux que la douleur enchaîne,

L'Émir est oppressé, se remue avec peine;

Ses sens par le sommeil paraissent accablés :
Mais sa tête et son cœur, de cet état troublés,
Veillent, et conservant leur vigueur toute entière,
Il fait de vains efforts pour lever la paupière.
Sous les traits du Calife et ses riches habits,
Elle se laisse voir à ses yeux assoupis,
S'assied à ses côtés, se penche à son oreille,
Et, parlant à voix basse, en ces mots le conseille :
« O toi ! dont les Croyans admirent les exploits,
» Héros que j'ai choisi pour soumettre à mes lois
» Les peuples courageux de ces plages lointaines,
» Et plier à nos mœurs les mœurs européennes,
» Mes vœux sont accomplis ; arrête ici tes pas.
» Viens jouir de ta gloire en de plus doux climats :
» Quels guerriers de l'amour n'ont été les esclaves !
» La douce volupté, récompense des braves,
» S'apprête, dans Grenade, à combler tes désirs.
» Laisseras-tu s'enfuir l'âge heureux des plaisirs ?
» Vois ces jardins pompeux et leurs molles délices,
» Et ces sombres bosquets, autrefois les complices
» Des beautés qui charmaient tes instans fortunés :
» De plus heureux encor te seront destinés ;
» Et tes jours s'écoulant à l'abri des alarmes,
» Tu sauras de la vie apprécier les charmes.
» C'est assez combattu ; c'est assez triomphé ;
» La fortune est trompeuse..... » Un soupir étouffé

Répondait pour l'Émir. Comme un coup de tonnerre,
Un cri perce les cieux et fait trembler la terre;
La Politique fuit, et dans l'obscurité
Laisse d'un trouble extrême Abdérame agité.

Tel qu'un amant jaloux que le soupçon réveille,
Et dont le moindre souffle épouvante l'oreille,
Caché dans le silence et l'ombre de la nuit,
Découvre en approchant un rival qui s'enfuit;
Ainsi le Fanatisme, horrible sentinelle,
Promenait sur le camp son ardente prunelle,
Et planait sur la tente où repose l'Émir :
Mais il s'y précipite en l'entendant gémir;
Il voit son ennemie, et pousse un cri de rage,
Tel que jamais la foudre, au milieu de l'orage,
Ne fit trembler les monts de plus affreux éclats.
Tout le camp se réveille ému de ce fracas;
La Loire en retentit; et le long de ses rives
Les échos effrayés poussent leurs voix plaintives.
Abdérame s'écrie; il s'étonne, il pâlit;
Il saisit son épée, abandonne son lit :
Égaré, plein d'effroi, sa bouche palpitante
Murmure la vengeance, et la jure éclatante.
Mais le fidèle Osmin accourt au premier cri.
Osmin du même lait avait été nourri;

Dès sa plus tendre enfance, et sous l'œil de sa mère,
Il reçut et donna le tendre nom de frère;
Et toujours réunis, malgré le cours des ans,
Leurs nœuds semblaient encor devenus plus puissans,
Et resserraient toujours leur amitié première.
Sur ses pas un esclave apporte la lumière.
« Osmin, dit Abdérame, où suis-je?... Qu'ai-je vu?...
» Serais-je menacé d'un malheur imprévu!...
» Ce rêve épouvantable, en quel trouble il me plonge!
» Osmin, le croiras-tu? Ce n'est pas un mensonge;
» Mes yeux ne dormaient point; j'en atteste les cieux.
» Le Calife lui-même,.... Il était en ces lieux,....
» J'ai reconnu ses traits gravés dans ma mémoire,
» Ses yeux brillans et doux [3], sa barbe épaisse et noire,
» Son manteau, ses habits couverts de diamans,
» Et ce qui le distingue entre les Musulmans,
» Ainsi que les neveux de notre grand Prophète,
» Le léger turban vert dont il couvre sa tête.
» Il était assis là : je ne m'abuse pas.
» Au milieu de ma course il arrête mes pas;
» Sur mon char de triomphe il fait tomber la foudre;
» Tu m'en vois atterré... Que faire? que résoudre?...
» Cher Osmin! prends pitié de l'état où je suis;
» S'il est un prompt remède à de si grands ennuis,
» Le savant Ismaël le connaîtra peut-être :
» Qu'il vienne; qu'il se hâte au secours de son maître;

» Jamais de plus grands maux n'ont exigé son art. »
Cet ordre par l'esclave est transmis au vieillard.

Fils d'un Rabin fameux dans l'art cabalistique[1],
Ismaël assurait qu'un peuple fantastique,
Sylphes aëriens, le servait à son gré.
Dans son rite profane il mêlait le sacré;
Et des lois de Moïse observateur peu sage,
Il en faisait souvent un criminel usage.
Médecin renommé parmi les Musulmans,
Il guérissait les maux avec des talismans,
Des anneaux constellés, des paroles secrètes,
Et le nom des esprits évoqués des planètes :
Ainsi le répandait cet adroit imposteur.
Le vulgaire, entraîné par son art séducteur,
Ne mettait pas de borne à sa haute science,
Et des Califes même il eut la confiance.
« Viens, accours, dit l'Émir, en le voyant de loin :
» De tes secours puissans j'éprouve le besoin.
» On dit que l'avenir pour toi n'a point de voiles;
» Que tu lis nos destins tracés dans les étoiles,
» Et chasses d'un seul mot la douleur et la mort :
» Dis-moi, si tu le peux, quel sera notre sort;
» Dois-je faire la paix ? faut-il tenter la guerre?
» Réponds sans me tromper; parle, et crains ma colère.»

« Vaillant chef des Croyans, dit le fourbe Ismaël,
» Sans doute nos destins sont écrits dans le Ciel,
» Et ce livre est toujours sous l'œil de tous les hommes.
» Aucun d'eux n'y sait lire : aveugles que nous sommes,
» Vainement appliqués à des soins superflus,
» Nous négligeons celui qui nous touche le plus.
» Mais, si pour les mortels attachés à la terre,
» L'avenir est couvert des ombres du mystère,
» Il est de purs esprits, qui, placés dans les cieux,
» Daignent, pour l'expliquer, se montrer à nos yeux.
» Le pouvoir infini, la sagesse profonde
» De cet être éternel, modérateur du Monde,
» Qui place sous nos pas, dans ce vaste Univers,
» Entre l'insecte et nous tant de degrés divers
» Qu'unit dans leurs rapports une chaîne sensible ;
» Dieu lui-même étendit cette chaîne invisible
» Par-delà tous les cieux, loin des faibles humains,
» Et le premier anneau repose dans ses mains.
» Ces esprits, dont l'essence est pure et sans mélange,
» De nos premiers parens reçurent le nom d'Ange ;
» Et le soleil n'éclaire aucun peuple connu,
» Où leur culte ne soit dès-long-temps parvenu.
» Des mystères du Ciel leur douce bienfaisance
» Instruisait les mortels aux âges d'innocence ;
» Mais, détestant bientôt notre perversité,
» Ce Monde corrompu n'en fut plus visité.

» Quelquefois, cependant, ils répondent encore
» Aux vœux de l'homme pur dont le cœur les implore.
» Je sais par quels moyens ils se laissent toucher :
» Souvent à ma prière ils daignent s'approcher;
» Et parmi les douceurs de ce commerce intime,
» Ils exaucent souvent un désir légitime.
» Espérez donc, Seigneur : mais, loin des indiscrets,
» Ils aiment les réduits ténébreux et secrets,
» La profondeur des bois, leur silence, leur ombre,
» Des antres tortueux l'horreur humide et sombre,
» Où l'œil profanateur du vulgaire odieux
» Ne les trouble jamais d'un regard curieux.
» C'est là qu'en cet instant j'offre de vous conduire :
» D'un avenir douteux ils sauront vous instruire.
» Allons les consulter; fiez-vous à mes soins.
» La nuit nous sert encor; suivez-moi sans témoins. »
Le vieillard prend alors, d'une main animée,
Un flambeau résineux dont la tête enflammée
Perce à peine autour d'eux l'épaisseur de la nuit.
Il marche : avec surprise Abdérame le suit.

Une antique forêt, dont les chênes sauvages
Mêlaient au gré des vents leurs robustes branchages,
Protégeait au Couchant le camp des Sarrasins,
Et s'étendait au loin sur les coteaux voisins.

De ces arbres sacrés la hache téméraire
N'osait point outrager la tige séculaire;
La superstition, vengeresse des Dieux,
Eût d'une prompte mort puni l'audacieux,
Et du Ciel offensé le courroux implacable
Se fût appesanti sur le sang du coupable :
Ainsi les préjugés, enfans des anciens jours,
Survivant à ces Dieux, les défendaient toujours.
Ces bois, abandonnés à la seule nature,
Recevaient de ses mains leur plus riche parure :
Les frênes onduleux, les hêtres, les ormeaux,
Et de verdure et d'or variaient leurs rameaux,
Où le pampre et le lierre, en flexibles guirlandes,
Semblaient d'un jour de fête être encor les offrandes.
A leurs pieds s'étalaient les fleurs de la saison.
Foulant d'un pas furtif le plus tendre gazon,
On voyait quelquefois d'imprudentes bergères
Former, non loin des bords, quelques rondes légères;
Et les pasteurs, près d'eux rassemblant leurs troupeaux,
Sous l'ombre la plus fraîche y goûter le repos.
Mais aucun n'eût osé, retenu par la crainte,
Porter un œil profane en une vaste enceinte
Qui fut à Tarranis consacrée autrefois.
On dit que Tarranis était, chez les Gaulois,
Le plus puissant des dieux, le maître du tonnerre.
Dans un vallon obscur était son sanctuaire :

Sous les rocs escarpés qui règnent alentour,
Le rayon du midi porte à peine le jour;
La forêt plus épaisse y projette ses ombres,
Et sous les arbrisseaux qui les rendent plus sombres,
Par les siècles blanchis, des monceaux d'ossemens
Y sont d'un culte affreux les hideux monumens.
Là se traînent sans bruit de venimeux reptiles;
Et du triste sapin les rameaux infertiles,
Noir symbole de deuil, enveloppent le flanc
D'une statue informe encor teinte de sang.
Lorsque dans ces forêts les barbares Druides
Célébraient de ce Dieu les fêtes homicides,
A ce mystère impur les dévots entraînés,
En esclaves soumis assistaient enchaînés :
Après le sacrifice, ils semblaient par la fuite
De ce Dieu redoutable éviter la poursuite :
La chute était un crime; à l'autel amené,
Soudain un fer sacré frappait l'infortuné.
Le triste souvenir de ces rites immondes
En laissait à l'entour des traces si profondes,
Que n'osant approcher de ces lieux pleins d'horreur,
Le peuple encor tremblait d'une antique terreur [5].

C'était là qu'Ismaël conduisait Abdérame.
En approchant du bois, il abaissa la flamme

Du magique flambeau sur quatre points divers :
Celui d'où le soleil échauffe l'Univers;
Celui que le nocher, égaré dans ses courses,
Cherche au pôle des cieux gardé par les deux Ourses;
Et ceux où l'on voit naître et s'éteindre le jour.
Il salua trois fois l'Ange de ce séjour;
Couvrit ses cheveux blancs d'un long voile de laine,
Ceint à l'entour du front de feuilles de verveine;
Et d'un double rameau suivant le mouvement,
En priant à voix basse avança lentement [e].
L'Émir, sans hésiter, le suit dans cette route.
Leurs pas de ces forêts font retentir la voûte.
Cent arbustes divers, dont les bras épineux,
Mêlés confusément, s'étendent devant eux;
Semblent mettre à leur marche un obstacle invincible.
Ils pénètrent bientôt ce bois inaccessible,
Qui, jusque là, comptait plusieurs siècles entiers,
Sans que le pied de l'homme eût foulé ses sentiers.
Le vieillard ne craint plus d'en rompre le silence :
Au nom de Tarranis à grands pas il s'élance,
Et déjà, sous l'aspect d'un fantôme odieux,
Ce simulacre antique est offert à ses yeux.
Informe et sans couleur, on y distingue à peine
Les traits presqu'effacés de la figure humaine;
Le lichen et la mousse en couvrent les débris.
De longs mugissemens, d'épouvantables cris,

Sortent de toutes parts au travers des ténèbres ;
L'écho se réveillant éclate en sons funèbres ;
Et le triste hibou, blessé de la clarté,
Demande en gémissant un lieu plus écarté.
Tout le vallon frémit : l'intrépide Abdérame
D'un soupçon inquiet ne défend point son âme.
Ismaël en triangle allume trois flambeaux ;
D'un suaire sanglant dérobé des tombeaux
Il couvre, en murmurant des paroles barbares,
Des signes inconnus, des figures bizarres ;
Et placé dans un cercle, en redoublant ses cris,
Il invoque des airs les prétendus esprits,
Et s'épuise long-temps à ce vain sortilége,
Imaginaire objet d'un rite sacrilége.

Tandis que l'imposteur, en offensant les cieux,
D'Abdérame trompé veut fasciner les yeux,
Le sein battant d'effroi, le cœur gonflé de rage,
Aussi prompt que l'éclair échappé du nuage,
Le Fanatisme vole aux palais de Damas.
L'Ambition naguère avait porté ses pas
Dans les sables brûlans, infertile contrée
Qu'en vain baignent les flots de la mer Erithrée :
Un homme s'y trouva, génie astucieux,
Vaste dans ses desseins, constant, audacieux,

D'un caractère ardent, d'un zèle infatigable,
De penser et d'agir également capable,
Osant tout, bravant tout, législateur, soldat,
Éloquent au conseil, courageux au combat,
Superbe avec les Rois, simple avec le vulgaire,
Vainqueur inexorable et maître débonnaire,
Le cœur plein d'amertume et la bouche de miel,
Habile à se couvrir des intérêts du Ciel,
De l'Univers enfin méditant la conquête,
Et des peuples séduits foulant déjà la tête [7].
Elle mit le Koran et le glaive en sa main :
Comme une proie offerte il vit le genre humain,
Et prêt à l'envahir la mort vint le surprendre.
La Justice à ce trône eût appelé son gendre;
L'Ambition l'exclut en y plaçant Omar [8].
Du Fanatisme alors déroulant l'étendard,
Elle apprit au Barbare à désoler le Monde,
Marqua de traits de sang sa course furibonde,
Et sema sur ses pas l'esclavage et la mort.
Jérusalem tomba sous son premier effort;
L'antique Babylone éprouva sa furie;
Il subjugua l'Euphrate, il conquit la Syrie;
Le Bosphore trembla devant ce conquérant,
Que le Nil vit bientôt, dans son zèle ignorant,
Proscrire les travaux et les leçons des sages,
Et livrer aux bûchers leurs immortelles pages [9].

Enfin, de cet Empire elle fit deux États,
Dont les compétiteurs, par d'affreux attentats,
D'horribles trahisons jusqu'alors inconnues,
Du trône ensanglantaient les tristes avenues.
De Médine à Damas elle allait tour-à-tour
De ces Princes rivaux empoisonner la cour;
Exciter la vengeance et l'orgueil des Califes;
Les flatter sous le nom de Rois et de Pontifes;
Et leur promettre enfin qu'à ces titres divers
Ils verraient, à leurs pieds, ramper tout l'Univers [10].

Le cri du Fanatisme a frappé son oreille :
Soudain, pleine d'effroi, l'Ambition s'éveille;
Elle se lève, accourt, et vole en rugissant,
Aux lieux où le vieillard, de son charme impuissant,
Préparait à l'Émir le coupable prestige.
A leurs yeux interdits, tout-à-coup, ô prodige !
Le monstre se dévoile et les frappe d'horreur :
Ses traits décomposés respirent la fureur;
Un murmure effroyable échappe de sa bouche;
Son front porte une empreinte inhumaine et farouche;
L'erreur devant ses yeux épaissit son bandeau;
D'une main en démence il agite un flambeau,
De l'autre, avec un sceptre il brise une couronne;
Et des lambeaux sanglans dont son flanc s'environne,

11*

Trophée à des vaincus par le crime arraché,
Le serpent qui le ronge est à peine caché :
« Traître! s'écria-t-il, d'une voix de tonnerre,
» Lorsque j'arme ton bras des foudres de la guerre,
» Et qu'aux yeux étonnés du Monde obéissant,
» Jusqu'au sein de la France arborant le Croissant,
» A ton char triomphal, je veux, des mêmes chaînes,
» Lier de l'Occident les plus fiers Capitaines ;
» Quand je veux à tes pieds renverser à-la-fois,
» Les pompes de son culte et l'orgueil de ses Rois ;
» Quel funeste conseil, quelle terreur subite,
» Du faîte des grandeurs ainsi te précipite?
» La volupté t'attend!!! Par une lâcheté,
» Cet indigne repos serait-il acheté...
» Les Croyans voudront-ils reconnaître Abdérame,
» Jouet déshonoré d'une honteuse flamme!
» Mais fuis, si quelqu'espoir t'en est encor permis :
» En foule, devant toi, de nombreux ennemis
» Naîtront de toutes parts : tu verras tes esclaves,
» Au nom de la vengeance, armés de leurs entraves,
» Dans tes rangs dispersés répandre le trépas,
» Et les Français vainqueurs se jeter sur tes pas :
» Des Chrétiens révoltés tu verras les cohortes
» De la molle Cordoue environner les portes",
» Et lancer leur courroux jusqu'au fond des palais
» Où tu crois vainement des loisirs de la paix,

» Dans l'ombre du sérail goûter les nouveaux charmes.
» Il est des Musulmans nourris dans les alarmes,
» Qui, plus dignes de moi, redoutent le repos;
» Ma voix qui les appelle en fera des héros;
» La France est devant eux; vrais enfans du Prophète,
» L'Occident tout entier doit être leur conquête.
» Je veux, si l'Océan cache un autre Univers,
» Qu'ils domptent l'Océan et lui portent des fers. »
A ces mots, secouant de pâles étincelles,
Le Démon, s'élevant sur ses rapides ailes,
Trace, au milieu des airs effrayés de ses feux,
Menaçant météore, un sillon lumineux.

Confus, mais irrité, l'Émir sent dans son âme
La fanatique ardeur, l'ambitieuse flamme
Qui servirent long-temps ses barbares desseins:
Ses triomphes passés pouvaient donc être vains,
Si d'un songe imposteur l'illusion funeste
N'eût été dissipée à cette voix céleste!
Son esprit égaré balançait un moment:
Indigné de lui-même, en son emportement,
Il retrouve des siens la foule impatiente.
Ses amis alarmés le suivent dans sa tente:
Son trouble, sa pâleur, tout annonce un danger:
Il se tait; aucun d'eux n'ose l'interroger:

Mais dans ses yeux pensifs ils surprennent des larmes ;
Il prend, en soupirant, et repousse ses armes ;
Il se dit des mortels le plus infortuné ;
Des soins d'Osmin lui-même il est importuné :
Vainement dans son cœur il concentre sa rage ;
Et son calme est celui qui précède l'orage.
Enfin, plein d'un orgueil trop long-temps refréné :
« Par le Destin, dit-il, je me sens entraîné ;
» Gloire à Dieu ! Musulmans. Que tout ce qui s'élève,
» Dans l'Univers entier, tombe sous notre glaive !
» Au culte, aux mœurs, aux lois de chaque nation
» Que promet le Koran ? Extermination ".
» Vous seuls devez régner, et ce livre condamne
» Et la foi des Chrétiens et son culte profane.
» Déjà dans l'Orient ce décret est rempli :
» L'Occident, par vos mains, doit le voir accompli.
» Que sous le joug sacré des enfans du Prophète
» La France vienne donc humilier sa tête ;
» Que ses Rois d'un turban se couronnent le front,
» Ou d'un tribut honteux qu'ils subissent l'affront ! »
Ces mots, que le délire avait mis dans sa bouche,
Impétueux élan de son âme farouche,
Remplissent tous les cœurs du même entraînement.
Aux derniers pavillons porté rapidement,
Le cruel Fanatisme, épouvantant la terre,
Par d'effroyables cris va proclamer la guerre ;

Et des camps sarrasins répandus à l'entour,
Des cris non moins affreux répondent tour à tour.
La Loire en est troublée en sa couche profonde;
L'écho lointain gémit aux bords de la Gironde;
L'Océan s'en émeut : les mères à l'instant
Pressèrent leurs enfans sur leur sein palpitant:
Jusqu'au-delà des mers les Maures l'entendirent,
Et d'horribles clameurs les déserts retentirent.

Le Fanatisme ainsi dans le sein des soldats,
A rallumé l'ardeur qui les pousse aux combats :
Soulevés à-la-fois, il les guide en tumulte
Vers la tente où leurs Cheiks, en prodiguant l'insulte,
Sous les yeux de l'Émir se disputent l'honneur
De porter aux Français l'appel provocateur.
Pour justifier le choix, leur altière insolence
Se vantait du pouvoir, du rang, de l'opulence,
Chacun d'eux alléguait des titres différens,
Et d'un œil dédaigneux voyait ses concurrens.
Soliman, descendu des Schérifs de Médine,
Reprochait à Mocthar son obscure origine;
Sur Motaleb, Aza prétendait l'emporter;
Mesrour à Sofian osait le disputer;
Le fastueux Sélim combattait l'espérance
Du puissant Acomat, qui, dans son arrogance,

Exaltait, plein d'orgueil, ses États et son nom ;
Le traître Aladin même, au servile Almamon,
Opposait, sans rougir, sa passion infâme,
Et prétendait fixer les regards d'Abdérame.
Loin d'employer le frein du pouvoir absolu,
Entre divers projets flottant irrésolu,
L'Émir, sur ses coussins, au fond d'une retraite,
L'œil sombre et soucieux, d'une bouche distraite
Exhale des parfums l'enivrante vapeur,
Et semble en son divan languir dans la torpeur ;
Il médite en silence, et plein d'inquiétude,
Voit s'émouvoir les flots de cette multitude.
Ainsi du chêne altier qui, durci par les ans,
Paraît inébranlable au courroux des autans,
Et porte dans les airs une tête robuste,
Le feuillage, semblable à celui de l'arbuste,
S'agite au moindre souffle, et cède, obéissant,
Au zéphyr qui balance un épi jaunissant.

La discorde bientôt éclate avec audace ;
L'orgueil blessé s'irrite, il insulte, il menace ;
Par d'insolens discours tous les cœurs sont aigris.
Moulouk, chef turbulent des farouches Zégris,
Et le noble Almanzor, chef des Abencerages,
Des Maures indécis partagent les suffrages.

Des sommets de l'Atlas à peine descendu,
Le sang de ses rivaux par ses mains répandu
Arma contre Moulouk la vengeance implacable
D'une tribu puissante aux Zégris redoutable.
Loin de ses ennemis, les sables du désert,
De leur ressentiment le mirent à couvert.
Sacrilége brigand, par ses bandes profanes,
De la Mecque il pillait les riches caravanes,
Et mettait à rançon les dévots pélerins.
Bientôt, riche des fruits de ces hideux larcins,
Il suivit Abdérame, et de ce brigandage,
Malgré l'ordre des camps, il conservait l'usage.
Des Rois de l'Yémen[*] le plus illustre sang,
Magnanime Almanzor, circulait dans ton flanc :
Superbe sans orgueil, affable sans faiblesse,
D'Almanzor la bravoure égalait la noblesse ;
Généreux ennemi, compagnon indulgent,
Père de l'orphelin, appui de l'indigent,
Aux vertus qu'en son cœur infusa la nature,
Une beauté virile ajoutant sa parure,
Des enfans de Damas ce prince était chéri :
Mais le dur Africain, brutalement nourri
Parmi les préjugés d'une aveugle ignorance,
Au farouche Moulouk donnait la préférence.
Heureux les Musulmans, si ces rivalités
N'eussent fait le destin des peuples agités!

Un jour, de ces partis les discordes sanglantes,
Ébranlant de l'État les bases chancelantes,
Du trône partagé feront tomber les Rois :
Entre les factions, seule dictant ses lois,
La haine, armant leurs mains de poignards fanatiques,
Des cours de l'Alhambra souillera les portiques,
Et Grenade long-temps en frémira d'horreur [4].
Prélude malheureux de ces temps de fureur,
Des mutins font déjà briller le cimeterre;
Quand le fier Mustapha se lève avec colère :

Un arrogant dédain éclate dans ses yeux;
Son aspect imposant, son geste impérieux,
Fixent tous les regards, commandent le silence.
« S'il suffisait, dit-il, du rang, de la vaillance,
» Pour dicter aux Français notre suprême loi,
» Quel téméraire ici s'égalerait à moi?
» Mais je ne cherche point ce frivole avantage :
» Le Destin me donna la bravoure en partage,
» Il ne m'accorda point l'art de dissimuler,
» Et combattre est le seul où je veux exceller.
» Mes exploits sont connus, voilà mon plus beau lustre :
» S'il fallait se vanter d'une naissance illustre,
» Le Prophète naquit du sang de mes ayeux :
» Mon père seul, Tarif, est plus grand à vos yeux.

» C'est lui qui, le premier, vous le savez sans doute,

» Des champs européens vous a tracé la route :

» Il commandait Tingis et ses brûlans déserts;

» Du fond de son palais il découvrait les mers

» Qui ceignent de leurs eaux la riche Andalousie :

» Transporté d'une sainte et noble jalousie,

» Il s'écriait souvent : « Ne pourrons-nous jamais

» Respirer la fraîcheur de vos bosquets épais,

» O rives du Bœtis! trop heureuses contrées,

» Non, ce n'est pas en vain que vous m'êtes montrées;

» Vous me verrez un jour, j'en atteste les cieux,

» Soumettre ou ravager vos champs délicieux. »

» Ainsi parlait Tarif : faveur de la fortune!

» L'occasion bientôt se présente opportune :

» L'imprudent Roderic, prince voluptueux,

» Pour Florinde brûlait de feux incestueux;

» Julien sentait au vif l'opprobre de sa fille;

» Mon père lui promit de venger sa famille.

» Feignant de ne servir que son ressentiment,

» Avec quelques héros il vint habilement

» De l'aride Calpé fortifier la cime.

» Le Calife applaudit à cet élan sublime;

» Cent mille Musulmans volèrent sur ses pas;

» Et Roderic vaincu, chassé de ses États,

» Vit son peuple rangé sous la loi du Prophète.

» De mon père l'Espagne est ainsi la conquête [5].

» Mais, j'aime à l'avouer, les plus brillans exploits

» Ne doivent pas ici déterminer le choix,

» Et je vois à regret, par ce vœu téméraire,

» Un soldat avilir son noble caractère.

» Laissez parler de paix ceux dont le faible bras

» Craint de verser le sang et donner le trépas;

» Ou ceux qui, loin des camps, au sein de l'opulence,

» Languissent dans les bras d'une molle indolence:

» Mais vou   qui de l'intrigue ignorez les détours,

» Fuyez, comme un poison, l'air corrompu des cours:

» On y goûte un repos mortel pour la vaillance.

» Voyez-vous ce vieillard à qui l'expérience

» Enseigna le langage entendu par les Rois;

» Aux travaux de la guerre, à l'étude des lois,

» Il consacra jadis sa force, sa jeunesse,

» Maintenant le conseil admire sa sagesse;

» Affaibli par les ans, il nourrit en son cœur

» D'un Musulman zélé l'infatigable ardeur;

» De cette mission lui seul me paraît digne.

» Ibrahim, lève-toi, c'est toi que je désigne :

» Ton éloquente bouche encor peut nous servir.

» Si la France au Koran hésite à s'asservir,

» Les vainqueurs de l'Espagne iront venger sur elle

» Le coupable refus d'un Monarque infidèle. »

Ce discours, applaudi d'une commune voix,

D'Abdérame séduit a décidé le choix.

Revêtant Ibrahim d'une riche pelisse :
« Vieillard, digne en effet que le Ciel le choisisse,
» En son nom, lui dit-il, va prescrire aux Français
» Les tributs que j'exige en leur donnant la paix.
» Des lois de Mahomet vénérable interprète,
» Tu dois être animé de l'esprit du Prophète;
» Va : que nos ennemis te doivent plus qu'à moi,
» Leur prompte obéissance à notre sainte loi. »
À ces mots il s'éloigne, et va, dans la retraite,
Confier au vieillard sa volonté secrète.

D'Aladin, cependant, la criminelle ardeur
Comme un feu mal éteint fomentait dans son cœur;
Cet instant la rallume : ainsi que l'étincelle,
Reste d'un noir tison que la cendre recelle,
Et qui semble assoupie, au souffle d'un moment
S'enflamme et porte au loin un vaste embrasement:
Telle du Sarrasin la passion funeste
Par de fougueux transports déjà se manifeste.
Il veut voir Numérance une dernière fois;
Il faut de son amour qu'elle entende la voix;
Peut-être en sa faveur le temps l'aura changée;
Des chaînes du devoir elle n'est plus chargée,
Et d'un premier époux le souvenir confus
Serait-il un prétexte à d'injustes refus?

Il veut la voir. En vain ses amis plus tranquilles
Tentent, pour l'apaiser, des efforts inutiles;
Il ne les entend plus : les mots honneur, devoir,
Sur son cœur égaré n'ont plus aucun pouvoir;
Si ses lâches amis refusent de le suivre,
Seul, il veut la ravir; sans elle il ne peut vivre.
Tel le jeune taureau, quand de ses premiers feux
On veut contrarier l'essor impétueux,
Si son instinct, au loin, découvre une génisse,
Il n'est pas de torrent, de mont, de précipice,
D'obstacle assez puissant pour arrêter ses pas :
Armé par la fureur, menaçant du trépas,
Son front renverse tout; le plus affreux ravage
Par d'informes débris signale son passage,
Et de ses beuglemens par l'écho répétés,
Les plus hardis pasteurs tremblent épouvantés.
Ainsi, près d'Aladin, ses amis, en silence,
N'osent de son ardeur braver la violence.
Le sombre Fanatisme accourt au milieu d'eux.
De l'africain Massoud il a le front hideux;
Sa voix insidieuse et son regard farouche
Annoncent les desseins que murmure sa bouche :
« Enfans de Mahomet, dit-il en approchant,
» Quand nous touchons enfin aux bornes du Couchant,
» Le Ciel nous aura-t-il prodigué les miracles,
» Aura-t-il devant nous aplani tant d'obstacles,

» Nous aura-t-il soumis tant de peuples divers,

» Pour nous couvrir d'opprobre aux yeux de l'Univers?

» Verrez-vous triompher l'ennemi du Prophète,

» Et vos lauriers flétris tomber de votre tête?

» Qu'Abdérame se trouble à l'aspect des Français;

» Qu'il offre, ou qu'il accepte une honteuse paix;

» Pour moi, qui ne crois pas ces peuples invincibles,

» Dussé-je braver seul des guerriers si terribles,

» J'irai chercher, près d'eux, la gloire ou le trépas.

» Ma voix entraînera nos tribus sur mes pas :

» Il est, n'en doutez point, des Musulmans fidèles,

» Qui, des fils du Koran véritables modèles,

» Ont appris à combattre, et suivent, comme moi,

» Ses préceptes divins sans éluder sa loi.

» Ils savent que du sort l'immuable puissance

» Fixant, avant les temps, l'heure de leur naissance,

» De leurs jours limités a compté les momens,

» En a réglé la suite et les événemens,

» Et qu'à l'instant prévu bornant notre carrière,

» La mort dans le tombeau confond notre poussière

» Sous l'infaillible coup de l'Ange du Destin.

» A celui qui t'inspire, obéis, Aladin!

» Ces désirs effrénés, cette bouillante rage,

» Des volontés du Ciel sont le secret langage;

» Ton cœur reçoit ainsi son ordre solemnel :

» Y résisterais-tu sans être criminel?

» Vois ces nombreux amis ; tous sont prêts à te suivre,

» Et l'ardeur des combats comme toi les enivre.

» Ils sont prêts, et pour eux je t'en fais le serment,

» A partager ta haine et ton ressentiment,

» Et forçant Abdérame à combattre la France,

» A remettre en tes bras la belle Numerance. »

A ces mots le délire ajoutant sa fureur,

Leur bouche (qui pourrait l'entendre sans horreur !)

Boit de leur sang impur un mélange exécrable [16],

Et prend d'un crime affreux l'engagement coupable.

D'Abdérame bientôt enchaînant la raison,

Ils versent dans son cœur un dangereux poison,

Et dictant à son choix leur criminelle élite,

Massoud est d'Ibrahim le premier satellite.

Mais un autre Démon, au milieu des Français,

Avait en-même-temps préparé ses forfaits :

L'Ambition sur eux vient essayer ses forces,

Et sa main leur jetait ses trompeuses amorces.

Elle inspire surtout l'audacieux Rainfroi.

D'un avenir lointain l'imaginaire effroi

Se présente à son âme inquiète et jalouse :

Clotilde eût pu, jadis, devenir son épouse ;

Sa trop grande jeunesse éloigna ce dessein ;

L'Ambition long-temps le nourrit en son sein :

Bientôt de Chilpéric la défaite imprévue
Sur d'autres intérêts avait porté sa vue;
A l'aspect d'un rival son orgueil offensé
Réveille maintenant cet espoir insensé.
Il entend, au conseil, avec inquiétude,
Alpaïde épancher, dans sa sollicitude,
Pour la jeune Clotilde un amour maternel :
Elle espère, elle veut qu'un lien solemnel,
En lui donnant le droit de la nommer sa fille ,
Aux enfans de Clovis unisse sa famille,
Et que cette union devienne désormais
Le garant fortuné d'une éternelle paix:
Elle rappelle enfin la parole donnée;
Son jeune cœur séduit sous la foi d'hyménée;
Les vœux de Carloman, les désirs du soldat,
L'intérêt de ses fils et le bien de l'État.
Charles, par un sourire, applaudit à sa mère.
Mais l'envieux Rainfroi, dont le cœur peu sincère
N'a point encor mûri de si vastes complots,
Au Héros qui l'écoute ose adresser ces mots :

« Je ne viens pas, Seigneur, courtisan peu fidèle,
» A vos regards trompés étaler un vain zèle;
» Auprès de Chilpéric, de ces lâches flatteurs
» Je sus apprécier les poisons corrupteurs,

» Et si la vérité quelquefois peut déplaire,

» Je n'aurai pas du-moins à rougir du salaire.

» Bientôt, il est donc vrai, vous formerez ces nœuds

» Que depuis si long-temps j'appelle de mes vœux,

» Et Clotilde, à mes soins autrefois confiée,

» Verra mon espérance enfin justifiée.

» Mais quels que soient, Seigneur, les désirs du soldat,

» L'ardeur d'un jeune époux, l'intérêt de l'État,

» Est-ce au milieu des camps, dans le fracas des armes,

» Qu'à des guerriers l'hymen peut offrir quelques charmes?

» L'ennemi qui s'avance et menace de près,

» N'en peut-il tout-à-coup déranger les apprêts?

» En un jour de combat changer un jour de fête?

» Et d'un crêpe lugubre entourer notre tête?

» Rappelez-vous ce temps où nos braves ayeux

» Portèrent sur l'Escaut leurs pas victorieux;

» Dans une vaste enceinte au plaisir consacrée,

» Remplissant avec joie une coupe sacrée,

» Clodion, le plus fier de nos Rois chevelus,

» Insultait aux Romains qu'il ne redoutait plus;

» Ses Bardes, à l'envi, par des champs de victoire,

» De ses exploits récents célébraient la mémoire :

» Avide de vengeance autant que de butin,

» L'ennemi tout-à-coup vient troubler le festin;

» Les vases précieux et les débris des tables

» Fournissent aux Français des armes redoutables;

» On combat : mais en vain Clodion éperdu
» Repousse avec ardeur ce choc inattendu;
» Il pleure amèrement les beautés désolées
» Qu'un insolent vainqueur entraîne échevelées,
» Et celles que le fer plonge dans le cercueil.
» Hâtons-nous d'écarter ces images de deuil ?.
» Repoussons Abdérame; aux rives de la Loire
» Faisons avec éclat triompher notre gloire;
» Délivrons l'Aquitaine, et laissons les Français
» Célébrer à-la-fois la victoire et la paix.
» Alors naîtront les jours à l'hymen favorables,
» Jusque là, des guerriers les bras infatigables,
» S'exerçant aux combats, doivent fuir le repos,
» Et l'airain briller seul sur le front des héros. »
Il dit; et s'appuyant sur sa pesante armure,
Des avis différens il entend le murmure,
Comme le nautonnier, au gouvernail assis,
Voit le souffle divers des autans indécis.

Mais bien loin de laisser l'assemblée incertaine,
« Pourquoi, dit Carloman, s'adressant à la Reine,
» Ne puis-je en ce jour même, aux yeux de ces guerriers,
» Aux myrtes de l'hymen réunir les lauriers,
» Et suffire à-la-fois, plein d'une double ivresse,
» Aux vœux de la victoire, à ceux de la tendresse!

12*

» D'autres temps, ô ma mère! exigent d'autres soins:
» Les camps de mon bonheur pourront être témoins
» Quand, le front couronné des palmes de la gloire,
» Je quitterai, vainqueur, les rives de la Loire.
» Plus digne alors des feux dont mon cœur est épris,
» Je pourrai de vos mains en recevoir le prix ;
» Et celle de Clotilde honorant mon courage,
» Notre félicité deviendra votre ouvrage. »
Il l'embrasse à ces mots : que ne peut-il prévoir
Du destin ennemi l'inflexible pouvoir!
Un noir pressentiment qui l'annonce à sa mère,
Verse au fond de son âme une douleur amère;
Elle pleure et se tait : Charles silencieux
Pénètre de Rainfroi les vœux astucieux.

Il rêvait aux moyens de désarmer sa haine,
Lorsque, du premier poste accourant hors d'haleine,
Josse apprend qu'un vieillard, par des discours amis,
Près du Chef des Français demande d'être admis :
Théobald, commandant de la première porte,
Lui ferme le passage; et par sa longue escorte,
De l'avant-garde au camp l'intervalle est couvert.
Charles veut qu'à l'instant l'accès lui soit ouvert :
Clotaire et Sigebert font lever la barrière.
Au son de vingt tambours, sa marche est lente et fière;

Cinquante esclaves noirs, de riches dons chargés,
Les étalaient aux yeux pompeusement rangés :
C'était l'or qu'au Niger on puise sans mélange ;
Des voiles transparens ourdis aux bords du Gange ;
Les tapis qu'au Harem le Persan fastueux
Étend sous des coussins mous et voluptueux ;
Et les tissus brillans où la Chine déploie
Les plus vives couleurs en ses bouquets de soie ;
Les suaves parfums par l'Arabe enlevés
Sur des rochers brûlans à peine cultivés ;
La fève que mûrit la noire Abyssinie ;
Et ce nectar qu'un jour, étrange colonie,
Le Nègre, transplanté sous un climat nouveau,
Fera couler pour nous d'un fragile roseau [18].
Sur les pas d'Aladin, la moitié du cortège
Précédait Ibrahim ; le reste le protège
Contre les flots pressés d'un peuple curieux.
Lui-même, l'œil superbe, et le front sérieux,
Sous un long parasol porté par un esclave,
Entre les deux Barons avance d'un pas grave.
Mais bientôt, quel spectacle a frappé ses regards !
Auprès de l'Oriflamme entouré d'étendards
Qui semblent ériger un trophée à sa gloire,
Sous des voiles d'azur, sur un trône d'ivoire,
La majesté des Rois déployée en ces lieux,
Dans l'éclat de sa pompe est offerte à ses yeux.

Charles, comme le mont dont la sublime tête
Domine les vapeurs jouets de la tempête,
Voit d'un œil satisfait et l'armée et la cour
Former auprès du trône un immense contour.
La croix orne son sceptre et brille en sa couronne;
Et, distingués des Grands dont l'orgueil l'environne,
Childebrand tient le glaive, il punit et combat,
Et le sage Adalbert a le sceau de l'État.

A l'aspect imposant de cette cour guerrière,
Ibrahim étonné s'arrête à la barrière;
Aussitôt, maîtrisant le trouble d'un moment,
Jusques au pied du trône avançant fièrement,
Il porte, avec respect, sa main sur sa poitrine,
Et devant le Héros profondément s'incline.
« Seigneur, dit-il, ô toi, le plus sage des Rois
» Dont les Occidentaux reconnaissent les lois;
» Toi de qui la puissance et le bras intrépide
» Des Empires chrétiens sont la plus ferme égide,
» Et qui, par la grandeur de tes nobles travaux,
» As laissé loin de toi tant d'orgueilleux rivaux;
» Ainsi que le soleil, du haut de sa carrière,
» Lance de toutes parts des torrens de lumière,
» Et remplit l'Univers d'un éclat radieux;
» Ainsi ton nom partout retentit glorieux.

» Je l'ai vu réveiller, jusqu'au fond de l'Asie,
» Des guerriers musulmans la noble jalousie,
» Et pour venir combattre en ces bords étrangers,
» Des déserts et des flots ils bravent les dangers.
» Moi, qu'amène une douce et flatteuse espérance,
» Ambassadeur de paix, je l'apporte à la France.

» L'Émir ne veut plus vaincre; il cherche des amis:
» Satisfait des États que son bras a soumis,
» Des bouches du Bœtis aux rives de la Loire,
» Ses triomphes nombreux suffisent à sa gloire,
» Et, prescrivant lui-même un terme à ses succès,
» Il veut être aujourd'hui l'allié des Français.
» Affermir ton pouvoir, sauver ton héritage,
» Est de cette union le plus faible avantage.
» Maître des continens et souverain des mers,
» L'empire du Calife embrasse l'Univers,
» Et rencontra partout la victoire facile :
» Sous les lois du Koran chaque peuple docile,
» A la voix du Prophète avide d'accourir,
» A peine nous laissa le temps de conquérir.
» Le Persan, l'Indien, le Scythe redoutable,
» Des sables africains le Nomade indomptable,
» Le mol Asiatique et le fier Andaloux,
» Furent de s'y soumettre également jaloux.

» Du Nil au Tanaïs, du Phase à la Garonne,

» Tout ce que de ses flots l'Océan environne,

» Soumis au même culte, éprouve désormais

» Le tranquille bonheur d'une éternelle paix,

» Et sous les mêmes lois tous les hommes sont frères.

» Tu trouveras partout des alliés sincères,

» Ouvrant des ports amis à tes moindres vassaux,

» Des plus riches produits surchargeant leurs vaisseaux:

» Ta main pourra puiser dans la mine profonde

» De l'or, des diamans dont l'Indien abonde,

» Et la sécurité dirigeant leurs projets,

» Tu verras nos trésors enrichir tes sujets.

» Pourrais-tu refuser, ennemi de toi-même,

» D'orner de tant d'éclat ton noble diadème?

» Les Français, diras-tu, satisfaits de tes lois,

» Fameux dans l'Occident par de nombreux exploits,

» Ne veulent qu'une épée et leur indépendance :

» C'est l'orgueilleux conseil d'une fausse prudence.

» Malheur au souverain qui n'a que des soldats!

» La guerre qu'il appelle envahit ses États,

» Et de l'ambition la brillante chimère

» Fait crouler tout-à-coup sa puissance éphémère.

» Celui qui dans la paix a fondé son appui,

» Voit un ciel toujours pur s'étendre devant lui,

» Tout son règne est serein, et plein de jours prospères,

» Il transmet à ses fils ce qu'il eut de ses pères.

» Ainsi, quand sur le trône elle affermit les Rois,
» La paix d'un peuple heureux confirme aussi les droits.

    » Peu touché de ces biens que je viens te promettre,
» Au hasard des combats ardent à se commettre,
» Le Français égaré verrait-il sans trembler
» Les fléaux imminens qui peuvent l'accabler?
» S'il peut être vainqueur, sa défaite est possible :
» Pour être valeureux il n'est pas invincible;
» Et l'esclave souvent, par un maître enchaîné,
» N'est que par la victoire un brave abandonné.
» Ignore-t-il les maux qu'une défaite entraîne?
» Qu'il porte ses regards sur la triste Aquitaine :
» Ce tableau déchirant est placé sous ses yeux.
» Ah! saches profiter d'un instant précieux;
» Demain il n'est plus temps : nos forces réunies
» Trouveront jusqu'à toi les routes aplanies :
» Pour renverser ton trône et pour t'en arracher,
» Jusqu'au champ de bataille il suffit de marcher.
» Nous opposeras-tu des troupes impuissantes?
» De ces nouveaux soldats les cohortes naissantes?
» De nombreux alliés les rapides secours
» De nos prospérités borneront-ils le cours?
» Quels lieux peuvent enfin, après une défaite,
» A l'abri de nos coups t'ouvrir une retraite?

» De la France en péril écoute l'intérêt ;

» Du Ciel qui nous conduit accepte le décret,

» Et comme ont fait partout les Princes les plus sages,

» Adopte, avec nos lois, nos mœurs et nos usages ;

» Je t'offre leur exemple ; Abdérame, à ce prix,

» Consent à recevoir, loin des murs de Paris,

» Afin de te couvrir de son aile propice,

» D'un tribut annuel le léger sacrifice.

» Peut-être d'un refus il serait offensé :

» Le combattre est d'ailleurs un projet insensé ;

» D'échapper à son joug l'espoir est inutile,

» Et la paix que j'apporte est ton unique asile. »

Ainsi parle Ibrahim. On aurait, à ces mots,

Du peuple mécontent vu s'agiter les flots :

Le soldat s'en indigne et la cour en murmure.

Mais Charles, d'un regard, aussitôt les rassure,

Et prenant un souris superbe et dédaigneux :

« Abdérame, dit-il, se montre peu soigneux

» De ménager les Rois dont il veut l'alliance.

» Je ne saurais en lui placer ma confiance ;

» Et ma raison repousse un étranger puissant

» Qui s'annonce en despote et traite en menaçant ;

» Je ne refuse point l'amitié de ton maître ;

» En nous l'offrant, sans doute il a dû nous connaître :

» Croit-il trouver en nous de faibles alliés,

» Prêts à la servitude et rampans à ses pieds?

» Qu'il sache qu'un Français, pour devise chérie,

» A ces deux mots sacrés, *l'Honneur* et *la Patrie*;

» Qu'au prix de l'infamie il n'acheta jamais,

» Avare de son sang, une honteuse paix;

» Et qu'enfin, dédaignant une gloire usurpée,

» Jamais pour protecteur il n'eut que son épée.

» Certes, que deviendrait ce nom si glorieux,

» Qui, dis-tu, dans l'Asie a fait tant d'envieux;

» Ce nom qu'en Occident aucun autre n'efface,

» Si je pouvais céder à la seule menace!

» Tu me parles des Rois qui vous sont asservis :

» Ces exemples ici ne seront pas suivis,

» Et nous repousserons toute attaque étrangère.

» Notre Religion ne nous est pas moins chère :

» Regarde ces drapeaux surmontés d'une croix;

» Ce signe du salut orne le front des Rois;

» Nos guerriers sur leur sein portent sa noble empreinte,

» Et la foi dans nos cœurs est à l'abri d'atteinte.

» Mais Abdérame enfin, qu'exige-t-il de nous?

» Pourquoi nous menacer du poids de son courroux?

» Ai-je par quelqu'outrage attiré sa vengeance?

» A-t-il par ses trésors tenté notre indigence?

» Et les Français venus des bouts de l'Univers

» Ont-ils porté la guerre au fond de ses déserts?

» Ont-ils en ennemis passé les Pyrénées,

» Et des Maures vainqueurs troublé les destinées?

» Ya! conseille à l'Émir d'éviter les combats;

» Il croit impunément attaquer mes États!

» L'éternelle justice est lasse de ses crimes :

» Peut-être elle m'appelle à venger ses victimes,

» Et des décrets du Ciel, mon bras, faible instrument,

» Lui portera peut-être un juste châtiment.

» Son orgueil sur sa tête amoncelle l'orage.

» Le tribut qu'il demande est son dernier outrage :

» Les traits que nous lançons contre nos ennemis

» Sont l'unique tribut à la France permis ;

» Et si les Sarrasins, menaçant nos frontières,

» Nous forcent vers la Loire à porter nos bannières,

» Les efforts généreux de mon peuple irrité

» Les puniront bientôt de leur témérité. »

Un rayon foudroyant, flamme surnaturelle,

En achevant ces mots brille dans sa prunelle :

Le Français applaudit, et cent mille guerriers,

D'un fer étincelant frappant leurs boucliers [19],

Font retentir les cieux; ainsi que le tonnerre

Quand il roule en grondant et fait trembler la terre,

Et qu'au milieu des feux des rapides éclairs

Un calme menaçant règne encor dans les airs.

Ibrahim s'en étonne et demeure en silence.
Le fougueux Aladin auprès de lui s'élance;
Massoud, l'affreux Massoud lui souffle sa fureur :
Sa présence farouche inspire la terreur;
Il semble redouter, altéré de carnage,
Qu'assez de sang humain n'assouvisse sa rage.
Portant de tous côtés ses insolens regards :
« Quoi! dit-il, quand l'Émir s'abaisse à tant d'égards,
» Français, à le braver quel Démon vous engage?
» Seuls, de tous les Chrétiens voués à l'esclavage,
» Oseriez-vous penser échapper à nos fers ?
» Le décret du Destin nous soumet l'Univers;
» Subissez-en la loi. Quel est le téméraire
» Dont l'audace, en champ clos, soutiendrait le contraire?
» Fût-il de l'Occident le plus fier Chevalier,
» Qu'il vienne, je l'appelle en combat singulier. »
Son orgueil indompté, sa féroce arrogance,
Se peignaient sur ses traits et dans sa contenance :
Un gantelet couvert de sept lames d'airain,
Arme d'un poids énorme, enveloppait sa main;
Il l'arrache et le jette au milieu de l'arène,
Ajoutant fièrement : « Le plus hardi le prenne! »
Cet outrage nouveau met l'armée en rumeur :
De la foule s'élève une vive clameur;
Tous voudraient relever ce gage de la guerre.
Plein d'un juste courroux, l'impétueux Clotaire,

Que son rang a placé près de l'Ambassadeur,
Ne peut plus refréner sa belliqueuse ardeur.
« C'est moi, s'écria-t-il, qui t'attends dans la lice;
» Mais de ton insolence arme plus d'un complice;
» Pour venger ma patrie et fatiguer mon bras,
» Ta défaite et ta mort ne me suffiront pas. »
Vers sa tente aussitôt, frémissant, il s'élance;
Il demande à grands cris son coursier et sa lance;
Mais Charles le rappelle avec sévérité :
Le courroux du Guerrier cède à l'autorité.
Ainsi, près du bercail, lorsque le chien sommeille,
Si d'un pâtre inconnu la chanson le réveille,
Il aboie en fureur et court à l'imprudent;
Mais, dès les premiers pas, il s'arrête en grondant,
Rappelé par la voix qu'il apprit à connaître,
Et murmurant encore il retourne à son maître.

Charles s'adresse alors aux Barons indignés;
D'un geste il a calmé les rangs plus éloignés :
« Retenez les élans d'une juste colère;
» Ce jour, braves Français, n'est pas un jour de guerre,
» Et celui des combats n'est pas encor venu.
» Le droit des nations peut être méconnu
» Par un jeune Guerrier dont la bouche imprudente
» S'abandonne aux conseils d'une âme trop ardente;

» Un peuple renommé par de plus douces mœurs,

» Sait respecter les Rois dans leurs Ambassadeurs,

» Et dédaigne l'orgueil d'une vaine jactance.

» Mais l'injure est plus grave en cette circonstance :

» C'est à tous les Français que le gage est lancé.

» Je sens que chacun d'eux peut en être offensé,

» Et je leur dois à tous une égale justice.

» Clotaire, le premier, descendra dans la lice;

» Et la France verra, dans un brillant tournoi,

» Ses nombreux Chevaliers dignes d'elle et de moi.

» Enfans de Mahomet, vous combattrez peut-être;

» A notre loyauté vous pouvez vous commettre;

» Mes regards bienveillans seront fixés sur vous,

» Et la loi du combat est égale pour tous.

» Que la beauté préside à cette noble fête :

» Chrétien ou Musulman, elle ornera la tête

» De celui que le sort déclarera vainqueur. »

Il dit : chaque Français sent palpiter son cœur.

La trompette guerrière et les chants militaires

Réjouissent au loin les échos solitaires :

On entend les hérauts, le clairon à la main,

Proclamer à grands cris, les prix du lendemain;

Et tandis qu'à longs flots une innombrable forle,

Par cent chemins divers rapidement s'écoule,

Suivi des Sarrasins et des Grands de sa cour,

Le Héros dans sa tente est déjà de retour.

Cependant le soleil, dans sa vaste carrière,
Lance les derniers traits de sa vive lumière;
Il s'éteint par degrés : son disque radieux
Sous un voile de pourpre est disparu des cieux,
Et dans l'air embrasé que son ardeur colore,
L'œil reconnaît ses feux et croit le voir encore.
Bientôt ce vif éclat a fait place à la nuit.
C'est alors qu'Ibrahim, par Sigebert conduit,
Trouve un repas splendide en la tente profonde
Où, sur d'épais coussins disposés à la ronde
Par les soins prévoyans de l'hospitalité,
Il dort, parmi les siens, avec sécurité.

NOTES

DU CHANT TROISIÈME.

NOTES DU CHANT TROISIÈME.

---

¹ Solyme, ville sainte, où j'avais pris naissance.

Solyma est la traduction grecque de *Salem*, qui, en hébreu, comme dans la plupart des langues orientales, signifie *paix* : c'est le nom que portait l'antique *Jebus*, dès le temps d'Abraham. (Voyez *la Genèse*, chap. XIV, v. 18; *Josué*, chap. XVIII, v. 28; *les Rois*, Liv. II, chap. V, v. 6.) Lorsque cette ville fut devenue capitale des Rois juifs, et métropole de leur culte, les Grecs ajoutèrent à son nom l'épithète très-convenable de *hiero*, qui signifie *sacrée*. De là le nom *Hiero-Solyma*, adopté par les Latins, et corrompu dans nos dialectes modernes en celui de *Jérusalem*. Je ne puis mieux faire ici que de renvoyer le lecteur à l'intéressante notice donnée sur cette ville par M. de Châteaubriant, *Itinéraire de Paris à Jérusalem*. Il y trouvera l'histoire entière de cette cité, depuis sa fondation par Melchisedech, l'an du Monde 2023, jusqu'à nos jours, avec des détails que la plume de ce grand écrivain était seule capable de peindre.

² Par le crime en tous lieux propager l'Islamisme.

Islam est le nom que les Mahométans donnent à leur religion. « Isla-
» misme, dit l'Académie, se prend dans le même sens que Chrétienté par
» rapport aux Chrétiens. »

Nous avons déjà dit que la violence était la principale cause de ses rapides progrès. L'Abbé de Marigny, dans son *Histoire des Arabes*, Tome I.ᵉʳ, page 274, rapporte un document curieux de la doctrine religieuse et politique des premiers Musulmans. C'est une sommation d'Obéi-dah, Lieutenant du Calife Omar, aux habitans de Jérusalem, dont il

13*

faisait le siége, l'an 15 de l'hégire, 636 de J.-C. « Nous vous requérons
» de déclarer qu'il n'y a qu'un seul Dieu; que Mahomet est son apôtre;
» qu'il y aura un jour du jugement, et que Dieu fera sortir les morts de
» leur sépulcre. Sitôt que vous aurez fait cette déclaration, il ne nous
» sera pas permis de répandre votre sang, ni d'enlever vos biens et vos
» enfans. Si vous refusez de la faire, soumettez-vous à payer tribut, sinon
» j'enverrai contre vous des hommes qui aiment mieux la mort que vous
» n'aimez à boire du vin et à manger de la chair de porc; et je ne vous
» quitterai point, s'il plaît à Dieu, que je n'aie réduit en esclavage et vous
» et vos enfans, après avoir exterminé ceux qui combattent pour vous. »

³ Ses yeux brillans et doux. . . . .

Comme tous les peuples qui ne se mêlent point avec les autres, les
Arabes ont conservé, avec leur ancien costume, un caractère de physionomie qui leur est propre, et qui les distingue de ceux qui les environnent.
Ils sont de race européenne, bien différens par la forme des traits, et
surtout par les qualités morales, du Nègre africain, et même du Turc,
dont l'origine tartare est à peine corrigée par le mélange habituel du sang
européen. Je ne sais plus quel voyageur a remarqué comme un trait particulier aux Arabes, l'œil brillant et comme humide, et prêt à répandre
des larmes. Cette observation singulière n'a point échappé à l'un des plus
grands écrivains de notre siècle. Nommer l'auteur de l'*Itinéraire de Paris
à Jérusalem*, c'est annoncer des remarques aussi judicieuses que profondes, et dignes de toute confiance. « Les Arabes, dit-il, (Tome II ,
» page 192, 3.ᵉ édition,) partout où je les ai vus, en Judée, en Égypte,
» et même en Barbarie, m'ont paru d'une taille plutôt grande que petite;
» leur démarche est fière; ils sont bien faits et légers. Ils ont la tête ovale,
» le front haut et arqué, le nez aquilin, les yeux grands et coupés en
» amande, le *regard humide*, et singulièrement doux. Rien n'annoncerait
» chez eux le sauvage, s'ils avaient toujours la bouche fermée; mais
» aussitôt qu'ils viennent à parler, on entend une langue bruyante et forte-
» ment aspirée; on aperçoit de longues dents éblouissantes de blancheur,

» comme celles des chacals et des onces ; différens en cela du sauvage
» américain, dont la férocité est dans le regard, et l'expression humaine
» dans la bouche. »

⁴ Fils d'un Rabin fameux dans l'art cabalistique.

Les mystères de la cabale furent la folie du quatrième et du cinquième
siècle, comme le somnambulisme est la folie du nôtre. L'amour du merveilleux, si naturel aux hommes, et source de tant d'erreurs quand la raison ne
sait pas le régler, explique assez la vogue momentanée qu'obtinrent alors des
pratiques vaines et superstitieuses. Elles consistaient principalement dans
le pouvoir attribué aux combinaisons des nombres et à l'influence des intel-
ligences célestes. On voit comment les Juifs furent plus particulièrement
imbus de ces erreurs. Faisant un mélange bizarre des théories sans doute
mal entendues de Pythagore, et des notions respectables qu'ils trouvaient
dans leurs livres, ils n'eurent qu'un pas à faire pour arriver à la Magie,
aux Talismans, aux Amulettes, aux Abraxas, et autres puérilités que nous
regardons comme la honte de l'esprit humain. Les cabinets des curieux sont
pleins de pierres gravées, chargées de figures et de noms bizarres, monumens des Basilidiens, des Valentiniens, des Gnostiques, qui dans ces temps
propagèrent ces absurdes chimères. Le nombre sept était le complément
de la vertu des nombres, à cause des sept planètes. Le nombre quatre
était aussi fort important, à cause des quatre élémens. Quant aux puis-
sances célestes, il était facile de les appeler, puisqu'on savait leur nom :
c'était Ananaël, Phren, Yao, Sémès, Arariorasis, Eoom, Bamaïaka,
Corchoni, Lanathanas, Salamauaxa, etc., et mille autres aussi harmonieux
qu'authentiques. On assure que les anneaux constellés ont repris faveur,
comme d'excellens spécifiques contre la migraine : il est fâcheux que le
quinquina ait discrédité le fameux Abracadabra contre la fièvre.

⁵ Le peuple encor tremblait d'une antique terreur.

Il serait difficile de décrire une forêt druidique, sans rappeler la forêt
de Marseille, dont j'ai emprunté quelques couleurs. Tous les littérateurs

connaissent ces beaux vers de Lucain, Liv. III, v. 398. Nous devons à ce
poëte le nom topique des divinités gauloises, que César et Tacite ne désignent que par les noms analogues adoptés des Romains. Il parle aussi du
culte sanguinaire qu'on leur rendait :

« Et quibus immitis placatur sanguine diro
» Teutates, horrens que feris altaribus Hesus,
» Et Tarranis Scythicæ non mitior ara Dianæ. »

PHARS. LIV. I, v. 444.

Tacite nous apprend les horribles détails de ce culte barbare que je rappelle ici : *Stato tempore, in silvam auguriis patrum et priscâ formidine
sacram, omnes ejusdem sanguinis populi legationibus coëunt, Cæsoque
publicè homine, celebrant barbari ritûs horrenda primordia. Est et alia
luco reverentia ; nemo nisi vinculo ligatus ingreditur, ut minor et potestatem numinis præ se ferens. Si fortè prolapsus est, attolli, et insurgere
haud licitum. Per humum evolvuntur.*

6 En priant à voix basse avança lentement.

J'espère qu'on ne me chicanera pas sur les cérémonies que fait Ismaël.
Il paraît qu'aux secrets de la cabale, il joignait ceux de la baguette devi-
natoire : c'est avoir deux cordes à son arc. Pour moi, qui ne suis pas sor-
cier, je n'ai pris quelques notions que dans Horace, Pétrone, et surtout
Ovide, qui, en ravant les sortiléges de Médée, m'a appris l'utilité de la
verveine dans ces occasions :

« . . . . . . Statuit que aras è cespite binas,
» Dexteriore Hecates, at lævâ parte juventæ.
» Has ubi verbenis silvâ que incinxit agresti,
» Haud procùl egesta scrobibus tellure duobus,
» Sacra facit. . . . . »

OVID. *Metam.* Lib. VII.

7 Et des peuples séduits foulant déjà la tête.

Ce portrait de Mahomet est conforme à ce que les historiens en rapportent. D'après l'abbé de Marigny, *Histoire des Arabes*, (Tom. I, p. 47 et suiv.) « Mahomet était d'une taille moyenne, mais bien proportionnée ;
» son teint rembruni et animé annonçait un tempérament robuste. . . .
» Personne n'était plus en état que lui de soutenir long-temps et avec
» constance les besoins de la nature et les travaux les plus fatigans. Il
» avait un génie vaste, capable des plus grands desseins, et une fermeté
» d'âme qu'aucun obstacle ne pouvait étonner. Constant à la poursuite de
» ses projets, il trouvait en lui-même des ressources infinies pour le suc-
» cès. Son esprit vif, souple et pénétrant le guidait sur le choix des
» moyens, et il était presque toujours certain du succès par l'adresse avec
» laquelle il savait s'accommoder aux temps, aux circonstances, et surtout
» au génie de sa nation. . . . . Il avait fait une étude particulière de sa
» langue. . . . . Naturellement éloquent, son style était fort, pathétique. . . . . .
» Ses tours élégans et ses expressions vives. . . Son imagination brillante
» et féconde. . . . . C'est dans l'Alcoran, qu'à travers un mélange singulier
» de contradictions, de fables et de vérités, on le voit toujours marcher
» à son but   avait que dans tout autre climat ce bizarre assemblage
» n'aurait pas eu de succès ; mais il était sûr de ceux qu'il dogmatisait.
» Ses désordres mêmes étaient regardés avec respect par ces fanatiques ;
» il ajoutait un chapitre à l'Alcoran, et ses crimes devenaient des
» vertus, etc. »

8 L'Ambition l'exclut en y plaçant Omar.

Mahomet étant mort à l'âge de 63 ans, sans laisser d'enfant mâle, et sans désigner son successeur, livrait, comme Alexandre, un empire nouveau à la merci de ses ambitieux lieutenans. Celui qui semblait y avoir le plus de droit était Ali, son premier disciple, son gendre et son favori, dont le courage et la jeunesse promettaient un règne long et florissant. Le fanatique Omar, qui, d'abord ennemi du Prophète, était devenu son plus farouche partisan, au point de menacer de son sabre celui qui croirait à la mort de son maître, qu'il prétendait immortel; Omar, disons-nous, sentit combien le choix d'Ali éloignait ses espérances, qu'il cachait encore avec soin. Il eut donc le crédit de faire élire Aboubèkre, beau-père de Mahomet, vieillard qui ne retarda que peu de temps l'exécution de ses ambitieux desseins. En effet, Aboubèkre, qu'il m'était inutile de nommer, étant mort deux ans après, Omar, qui avait eu le temps de préparer ses intrigues, monta sur le trône à l'exclusion d'Ali, qui n'y parvint lui-même qu'après avoir vu quatre compétiteurs le précéder. De là naquit le schisme qui divise encore les Turcs et les Persans.

9 Et livrer aux bûchers leurs immortelles pages.

Nous avons déjà parlé des rapides conquêtes des lieutenans d'Omar. Ce barbare est plus connu par la destruction de la bibliothèque d'Alexandrie, qu'il condamna par cet absurde dilemme : « Si ces livres sont conformes » au Koran, ils sont inutiles; s'ils lui sont contraires, ils sont dangereux. » Perte irréparable, dont nous ne pouvons apprécier l'étendue.

10 Ils verraient, à leurs pieds, ramper tout l'Univers.

Ce fut sous le règne même d'Ali, que Moavias, son lieutenant en Syrie, et Amrou, qui venait de conquérir l'Égypte, levèrent contre lui l'étendard de la révolte, et fondèrent un nouvel empire à Damas. Il n'est pas dans mon plan de détailler les suites funestes de ces divisions : une haine nourrie par des anathèmes journaliers a produit entre ces factions fanatiques des crimes dont le souvenir subsiste encore entre elles. Il semble même que les *Vahabites*, qui dernièrement ont menacé l'empire et la religion de Mahomet, ne sont qu'un troisième parti d'indépendans, dont l'origine date de ces temps reculés où l'histoire les désigne sous le nom de *Kharégites*, et leur donne pour chef *Abdallah-ebn-Vahab*, dont ils ont adopté le nom.

" De la molle Cordoue environner les portes.

A peine maîtres de l'Andalousie, les Maures choisirent Cordoue pour la résidence de leur Émir. Cette ville, qui se glorifie d'avoir donné le jour à Sénèque et à Lucain, était une colonie romaine, qui devint très-florissante sous les Arabes. Elle conserve encore de beaux restes de leur somptuosité. Abdérame était de la faction et peut-être de la famille des Ommiades, que Moavias avait élevée sur le trône de Syrie, ennemie des Abbassides qui parvinrent à les anéantir. Les Sarrasins d'Espagne ne s'étaient point encore rendus indépendans des Califes de Damas.

" Que promet le Koran ? Extermination.

C'est en effet le résumé de la doctrine de ce livre, qui, comme des réformateurs plus modernes, ne laissait que le choix de la persuasion ou de la mort. « Allez prêcher les infidèles, dit le Koran, chapitre *du Livre ;*
» nous les exterminerons s'ils ne se convertissent pas. Lorsque le peuple
» de Noé a méprisé nos commandemens, nous l'avons submergé pour
» servir d'exemple à la postérité,..... O impies! considérez le malheur de
» la ville sur laquelle est tombée une pluie de feu. Nous l'avons exter-
» minée, parce que ses habitans ne croyaient pas à la résurrection. . . . .
» Dis aux méchans : Dieu ne vous éclairera pas, et n'exaucera pas vos
» prières, parce que vous avez démenti son apôtre. Mais nous avons
» exterminé les incrédules. » Et au chapitre *des Prophètes :* « Nous vous
» avons envoyé un livre pour vous instruire; le comprendrez-vous ? Com-
» bien avons-nous exterminé de villes infidèles ? Combien avons-nous établi
» de peuples nouveaux en leur place ? Lorsqu'ils ont senti notre punition,
» ils ont pris la fuite ; ils ont dit : Malheur à nous, nous avons tort ; et ils
» ont parlé de la sorte, jusqu'à ce qu'ils aient été exterminés. »

Il serait facile de multiplier des citations semblables ; je les trouverais sans nombre dans le Koran.

[13] Des Rois de l'Yémen. . . . .

L'Yémen est un vaste pays arrosé, fertile et peuplé, vers la partie méridionale de l'Arabie, que les Anciens et les Modernes ont également surnommée l'*Heureuse*. Les aromates et le café en sont originaires; et ce qui justifie son nom, c'est qu'elle est, après la Chine, le pays le plus anciennement policé de la terre. Volney prétend (*Chronologie d'Hérodote*, p. 194) « que sous le nom d'Arabes, enfans d'Himiar, il a existé » dans l'*Arabia Felix* ou *Yémen*, bien au-delà de six cents ans avant le » siècle de David et de Salomon, un peuple civilisé et puissant, connu des » Grecs à une époque très-reculée, sous le nom d'*Homérites* ou *Sabéens*; » que ce peuple eut un gouvernement régulier, et une série de Rois » dont l'origine se perd dans la plus haute antiquité. . . . .; que la résidence » première et habituelle de ces Rois fut la ville de *Mareb*, appelée aussi » *Saba*, c'est-à-dire *Victorieuse*. » C'est de cette ville que la Reine *Balkis* vint trouver Salomon, mais dans un temps moderne, comparativement à ses prédécesseurs alliés de *Ninus*.

[14] Et Grenade long-temps en frémira d'horreur.

Bâtie par les Arabes au dixième siècle, Grenade fut le dernier asile de leur puissance en Espagne. Elle conserve encore de précieux monumens de leurs arts, parmi lesquels le plus remarquable est l'*Alhambra*, ancien palais des Rois maures, encore empreint de leur magnificence. Une vaste cour environnée de portiques, nommée *la Cour des Lions*, parce que son centre est orné d'une belle fontaine soutenue par des lions de marbre, est devenue fameuse par le massacre que la faction des *Zégris* y fit de celle des *Abencerages*, en 1491, en les y attirant isolément, par trahison, et sous prétexte d'une fête, comme Méhémet-Ali a fait de nos jours en Égypte, pour anéantir la puissance des Beys. Dans son agréable *Essai sur les Maures de Grenade*, Florian donne une idée assez exacte de leur

histoire et de leurs mœurs. J'ai fait dans Moulouk et Almanzor le portrait
moral de leur tribu respective. Suivant Perez de Hita, (*Histoire chevaleresque des Maures de Grenade*, traduite par Sané, p. 111.) « Ce n'était
» pas sans raison que les Abencérages savaient gagner les bonnes grâces du
» beau sexe ; car ils étaient aussi galans que beaux, s'exprimant avec
» élégance, et portant dans tout leur extérieur les marques d'une éduca-
» tion cultivée. Un malheureux se trouvait-il dans le besoin, ils s'empres-
» saient de lui porter de secours : réparateurs des torts, pacificateurs de
» l'État, pères des orphelins, jamais ils ne manquaient à l'obéissance due
» au Monarque ; généreux envers les Chrétiens, ils descendaient dans les
» cachots pour visiter les prisonniers..... Inaccessibles à la crainte, même
» dans les actions les plus périlleuses ; toutes leurs actions étaient accom-
» pagnées de tant de noblesse et de magnificence, que le peuple ne se
» lassait pas de contempler un Abencérage. » Je n'ai pas dû négliger
d'opposer ce beau caractère à celui des farouches Zégris, qui sont le type
africain.

[15] De mon père l'Espagne est ainsi la conquête.

Un des caractères de l'épopée est de placer ainsi, sous la forme de discours, le récit de faits antérieurs, et dont la connaissance importe au but
de l'ouvrage. Il est peu d'évènemens dans l'histoire de ces temps malheureux, dont les conséquences aient été plus funestes que la vengeance du
comte Julien, dont la fille était aimée de Roderic. Ce prince expia son
erreur en mourant pour la défense de sa patrie, et la postérité l'a presque
absous ; tandis qu'elle a justement flétri la mémoire de celui qui, pour
venger une offense personnelle, attira sur son pays les plus affreuses calamités. Tarif, gouverneur de Tingis, aujourd'hui Tanger, sut profiter
habilement de cette circonstance pour se jeter en Espagne. Il se fortifia
sur le mont Calpé, l'une des colonnes d'Hercule, à laquelle la reconnaissance des Maures donna le nom de *Gibel-al-Tarif, Mont de Tarif*, que
nous nommons Gibraltar, et que la politique envahissante de l'Angleterre
a surpris à l'Espagne, pour la honte éternelle de l'une et de l'autre.

¹⁶ Boit de leur sang impur un mélange exécrable.

C'est ce que ces Barbares appellent *le serment du sang*, le plus solennel et le plus irréfragable parmi eux; ils le pratiquent encore. Suivant Mac-Carthy, *Voyage et Séjour de dix ans à Tripoli*, p. 123 : « Sidy Usaph, » actuellement Dey de Tripoly, et Muley-Yésid, fils du Roi de Maroc, » se jurèrent mutuellement le serment d'alliance de la manière la plus » solennelle en ce pays. C'est ce qu'on nomme le mélange du sang. Après » avoir juré sur l'Alcoran de respecter réciproquement leur vie, ils se » blessèrent eux-mêmes avec leurs couteaux, et ayant mêlé leur sang dans » un vase, ils en burent tous les deux. » Cette affreuse pratique ne pouvait être présentée ici que comme l'inspiration du plus aveugle, du plus atroce fanatisme. Il en est de même du dogme de la prédestination, si dangereux par ses conséquences et ses effets. Il est enseigné par le Koran, et poussé jusqu'à l'absurde par ses ignorans sectateurs.

¹⁷ Hâtons-nous d'écarter ces images de deuil.

Grégoire de Tours nous apprend que les *Rois chevelus* étaient les chefs que chaque peuplade de la ligue des Francs élisait sur son territoire. Dans le passage suivant, il parle de Clodion, à qui le surnom de *Chevelu* est demeuré plus particulièrement, qu'il fait succéder à Théodomar, personnage inconnu dans la liste de nos premiers Rois, à la place duquel nous mettons Pharamond, dont cet historien ne parle pas en cet article. *Tradunt enim multi, Francos de Pannonià fuisse digressos, et primùm littora Rheni incoluisse: dehinc transacto Rheno Thorigiam transmeasse; ibique juxtà pagos et civitates, Reges crinitos suprà se creavisse, de primà et, ut ità dicam, nobiliori suorum familià. Quod posted probatum, Chlodovechi victoriæ tradidêre. Idque in sequenti digerimus. Nam in Consularibus legimus, Theodomarem, regem Francorum, filium Richimeris, et Aschilam matrem ejus gladio interfectos, ferunt tunc Chlogionem, utilem ac nobilissimum in gente suâ, regem Francorum*

fuisse. On voit, par ce passage, que les victoires de Clovis ren-
dirent son trône héréditaire. La longue chevelure fut long-temps une
marque de la dignité des Princes, et l'on rasait la tête de ceux que l'on
voulait dégrader. Le fait que raconte Rainfroi est historique : c'est Ætius,
le dernier général des Romains, qui, surprenant les Français dans les fêtes
d'un mariage qu'on croit être celui du fils de Clodion, les dispersa, et,
avec les chariots chargés d'un riche butin, emmena de nombreuses captives.
Ce fait est rapporté par Sidonius Apollinaris, *Panégyrique de Majorien*,
v. 2{0 :

> « Post tempore parvo,
> » Pugnatis pariter francis, quâ cloro patentes
> » Atrebatum terras pervaserat. . . . . . .
> » Barbaricus resonabat hymen, Scythicisque choreis
> » Nubebat flavo similis nova nupta marito :
> » Hos ergò ut perhibent stravit.. . . . . . »

Je passe une longue description du combat, qui se termine par l'enlèvement
de la fiancée :

> « Rapit esseda victor
> » Nubentemque nurum. »

[18] Fera couler pour nous d'un fragile roseau.

J'ai voulu rappeler ici les objets qui, précieux en Europe, à raison de
leur rareté, n'y étaient alors connus que par le commerce avec les Orientaux, et peuvent servir à caractériser leur industrie. Ainsi les tapis de
Perse, les cotons de l'Inde, et, surtout les soies de la Chine, étaient à-
peu-près inconnus des Anciens. L'histoire du Bas-Empire cite le manteau
de soie d'une Impératrice, femme de Valens, en 370. L'encens et les
autres parfums de l'Arabie étaient depuis long-temps dans le commerce ;
mais le sucre, et surtout le café, n'ont été connus que dans ces derniers
siècles. On sait que sous Louis XIV, un Turc, venu à Paris à la suite

d'un Ambassadeur de sa nation, y établit le premier Café, et donna naissance à ce goût devenu général.

¹⁹ D'un fer étincelant frappant leurs boucliers.

Cette manière d'applaudir était une ancienne coutume des Francs.
Considunt armati, dit Tacite : *si displicuit sententia, fremitu aspernatur;
sin placuit, frameas concutiunt. Honoratissimum assensûs genus est,
armis laudare.* De Mor. Germ.

FIN DES NOTES DU CHANT TROISIÈME.

CHARLES-MARTEL.

CHARLES-MARTEL.

CHANT QUATRIÈME.

Tandis qu'aux premiers feux de la naissante aurore,
Par ses sons éclatans la trompette sonore
Aux apprêts de la fête appelle les soldats,
Eude, enivré d'espoir, a dirigé ses pas
Au palais où la Reine est avec Numerance.
« Je t'apporte, ô ma fille! une douce assurance,

» Dit-il, en l'embrassant; qu'elle vive en ton cœur.

» Abdérame bientôt connaîtra son vainqueur :

» Par ses ambassadeurs la France est outragée;

» La guerre se déclare, et tu seras vengée.

» Mets donc, je t'en conjure, un terme à tes douleurs.

» Quand je vois approcher celui de nos malheurs;

» Quand la fortune, enfin, nous devenant propice,

» Répare, en ce beau jour, sa trop longue injustice,

» A d'éternels chagrins veux-tu t'abandonner?

» Je les ai partagés; mais je dois condamner

» Ces pleurs inopportuns, ennemis de tes charmes,

» Et qui semblent douter du succès de nos armes.

» Partage mon espoir : viens reprendre le rang

» A ta beauté moins dû qu'à ton illustre sang;

» Destinée à régner, ose paraître en Reine :

» Tels sont mes vœux, ma fille, et ceux de l'Aquitaine. »

Numerance répond : « Si le Ciel en courroux,

« En n'accablant que moi de ses plus rudes coups,

» Sous une humble chaumière avait caché ma vie

» Loin du faste superbe où je suis asservie,

» Personne à ma douleur ne dicterait des lois.

» Mais de nos sentimens nous n'avons pas le choix,

» Esclaves couronnés : l'utilité publique

» Nous courbe sans pitié sous son joug tyrannique,

» Et ne nous permet pas de pleurer sans témoins.

» De mon cœur ulcéré vous savez les besoins,

» O mon père ! faut-il qu'une veuve éperdue

» Aille d'un peuple vain rassasier la vue?

» Que dévorant son trouble, et cachant ses douleurs,

» On puisse l'accuser d'oublier ses malheurs?

» Et que, de ses devoirs négligeant l'habitude,

» Elle brave les traits de cette multitude?

» Mais, vous-même, en ce jour, quel est votre dessein!

» Verrai-je, sans frémir, ce farouche assassin,

» Qui de mon désespoir connaît trop le mystère!

» Irai-je défier son audace adultère,

» Et rallumer des feux peut-être mal éteints!

» Que vous dirai-je, hélas! sais-je ce que je crains!

— « Au rang qui t'appartient, qu'en te voyant paraître,

» De honte et de terreur il pâlisse, le traître !

» Qu'il se sente souillé d'inutiles forfaits;

» Et qu'en voyant planer tes regards satisfaits

» Sur les guerriers armés pour punir son audace,

» Le remords le tourmente, et la crainte le glace.

» Cet effort, ô ma fille! est un devoir pour toi :

» La patrie et l'honneur t'en imposent la loi;

» C'est le vœu des Français; c'est celui de ton père;

» C'est le cri de l'époux dont la gloire t'est chère.

» Rehausse tes attraits des plus riches atours;

» Brille à tous les regards comme en tes plus beaux jours;

» Ne te dérobe plus aux vœux de l'Aquitaine :

» Épouse assez long-temps, désormais souveraine,

14*

» Ces dons si précieux n'auraient qu'un vain éclat,
» S'ils n'étaient consacrés au salut de l'État.
» Ma fille, y consens-tu? » — « J'obéirai », dit-elle;
Et de ses yeux baissés une larme ruisselle.

Du tournoi cependant l'on a fait les apprêts :
Une lice est dressée au milieu des guérêts.
De toutes parts s'étend une longue barrière;
Elle retient la foule et borne la carrière :
Sur de riches tapis, un trône somptueux,
De la grandeur des Rois siège majestueux,
S'élève à l'Orient : d'un superbe portique
Règne des deux côtés le balcon magnifique,
Aux courtines de pourpre, aux guirlandes de fleurs;
De nombreux pavillons de diverses couleurs,
Des chiffres amoureux, des devises galantes,
De tant de Chevaliers banderoles flottantes,
Ornemens de la lice, en parent le contour.
Ici, l'accès est libre aux seuls Grands de la cour;
Là, pour donner des prix la noble récompense,
Clotilde doit s'asseoir auprès de Numerance ;
Leur place est désignée au centre, au premier rang.
Des juges du tournoi le redoutable banc
Domine sur l'arène; et dans son étendue
Une garde nombreuse est déjà répandue [1].

Bientôt l'ardent Clotaire arrive le premier :
La barrière est ouverte à ce preux Chevalier.
Le coursier qu'il dirige, impatient, superbe,
Dans sa course légère à peine effleure l'herbe ;
Docile et contenu par le mords écumeux,
Son haleine frémit dans ses nazeaux fumeux ;
Son regard animé présage la victoire ;
Il est beau de son maître et partage sa gloire.
Le Héros, précédé par un jeune écuyer
Qui fait étinceler son large bouclier,
Brandit sa forte lance, et, parmi la poussière,
Mesure avec fierté cette longue carrière.
Le transport des Français éclate en le voyant.
Son casque est ombragé d'un panache ondoyant
Qui flotte, et dans les airs se déroule avec grâce ;
L'or et les diamans brillent sur sa cuirasse ;
L'industrieux Éloi, de son savant burin,
Pour le roi Dagobert, y grava sur l'airain,
Produisant de son art un chef-d'œuvre admirable,
De la religion le signe vénérable :
Long-temps on l'admira dans le trésor des Rois ;
Elle fut à Clotaire un prix de ses exploits.
Il la ceint d'une écharpe en franges découpée :
Au même baudrier sa dague et son épée
S'agrafent sur ses flancs : le haubert, les brassards,
Les gantelets épais, les mobiles cuissards,

Tout l'acier que le feu dompta pour cette armure,
Reprit au fond des eaux une trempe plus dure;
Et le fier Chevalier montre, par son maintien,
Que d'une cause juste il sera le soutien ².
Tel paraît un lion au milieu de l'arène :
Devant les spectateurs, superbe, il se promène;
Il rugit, se hérisse; une sombre fureur
Échappe de ses yeux et dévore son cœur.
Il aiguise, en grondant, sa griffe redoutable;
Jusque dans son repos il est épouvantable,
On frémit, trop certain qu'en proie à son courroux,
Il n'est pas d'ennemi qui résiste à ses coups.

Par ses sons éclatans la trompette guerrière
Déjà, devant la Cour, fait ouvrir la barrière,
Déjà du vieux Robert et du sage Adhémar
Voilà les panonceaux sur un large étendard ³;
Ils sont Juges du camp : Charles à leur prudence
Confia du tournoi la suprême intendance.
Ils marchent désarmés et le front découvert;
Leur simple dalmatique entoure le haubert;
Et leur main, agitant un sceptre pacifique,
Donne l'heureux signal d'allégresse publique.
Dix pages, devant eux, sous des tresses de fleurs,
Étalent les présens destinés aux vainqueurs :

Des écus, des carquois, de brillantes armures,
De ces braves guerriers belliqueuses parures [1];
La francisque, l'épée et le noble éperon;
L'écharpe aux franges d'or, le léger ceinturon,
Qui d'un heureux amour furent souvent le gage,
En ce jour solennel sont promis au courage,
De nombreuses Beautés l'aspect voluptueux,
Orne les premiers rangs d'un faste somptueux,
Et l'œil peut reconnaître aux couleurs de ces belles,
Les amans préférés qui combattront pour elles.
Charles, montrant au peuple un front calme et serein,
Sur son trône élevé s'assied en souverain.
L'or brille en ses habits; signe de sa puissance,
La pourpre s'y déploie avec magnificence;
Sa tunique azurée, où s'étale une croix,
Est l'ornement sacré réservé pour les Rois;
Appuyé sur le sceptre, il porte pour couronne,
Un cercle de rubis que la perle environne:
Les Grands auprès de lui sont à-peine placés,
La foule curieuse arrive à flots pressés :
Près de sa reine ainsi l'industrieuse abeille
Quand des tendres gémeaux le souffle la réveille,
En essaim bourdonnant voltige sur l'ormeau;
Elle cherche à son miel un asile nouveau;
Le creux de l'orme antique obtient la préférence;
Tout frémit de plaisir, d'ardeur et d'espérance.

Le Monarque à sa droite a mis l'Ambassadeur.
A sa gauche, Adalbert partage sa grandeur.
Un enfant, à ses pieds, lui sourit avec grâce :
C'est son plus jeune fils, c'est l'espoir de sa race,
Pepin son successeur, et tige de vingt Rois.
Pepin, par sa bravoure affermissant ses droits,
Étouffera l'envie, et, fixant la victoire,
Du règne de son fils préparera la gloire.
Il est loin de prévoir un si brillant destin,
Et son front s'embellit d'un sourire enfantin[5].
Plus bas est Childebrand, à côté de la Reine :
Sur un siège semblable est le duc d'Aquitaine ;
Son cœur était flétri, l'espoir l'a pénétré ;
Il se relève enfin. Sur le même degré,
On voit Clotilde assise auprès de Numerance :
De son bonheur Clotilde a la douce assurance,
Et sa candeur ajoute à sa sérénité ;
La veuve de Munuze a plus de dignité ;
Elle semble à regret souffrir que la parure
Accompagne un instant les dons de la nature ;
Tout l'importune et semble aggraver sa douleur.
Charles veut par leurs mains honorer la valeur ;
Et déjà les guerriers que leur courage entraîne,
Pompeusement armés, sont entrés dans l'arène,
Où le peuple en criant :« *Honneur aux fils des Preux*[6]! »
Voit passer devant lui leur escadron poudreux,

Semblable au tourbillon enfant de la tempête.

Le vaillant Clodomir s'élançait à leur tête :
Fameux dans les tournois comme dans les combats,
De tous ces Chevaliers il précède les pas.
Il a dans Théofrède un émule de gloire ;
Théofrède qu'on vit, aux rives de la Loire,
Esclave trop long-temps de faciles plaisirs,
Consumer sa jeunesse en d'indignes loisirs.
L'amour le rend enfin à l'estime publique.
Du vieux comte de Blois aimant la fille unique,
Il osa, sans renom, solliciter sa main :
Isaure, à ses refus ajoutant le dédain :
« Ma foi d'un Chevalier sera la récompense,
» Dit-elle ; vous, chassez un espoir qui m'offense. »
Théofrède, honteux, promit à ses genoux
De mériter bientôt le nom de son époux ;
Il fait dans les tournois admirer son adresse ;
Isaure est désormais fière de sa tendresse ;
Elle est près d'Alpaïde, et son cœur amoureux
Désire, espère, craint, et ne peut être heureux.
Hugues marche après lui ; Humbert dont le courage
Veut toujours de l'armée obtenir le suffrage ;
Baudoin, par le malheur si long-temps éprouvé ;
Torismond, Ézelin, le noble Mérové,

Rollon, et Valentin dont le cœur intrépide
D'une gloire nouvelle est toujours plus avide,
Modèrent avec art des coursiers généreux
Dont l'or pare la tête et les flancs vigoureux,
Et le plus dur acier, le poitrail et la croupe.
A ces guerriers succède une seconde troupe :
C'est les fils de Conan, Arthus, Éric, Albert;
Le courageux Berthaire; Albon et Caribert;
Enguerand, qui naquit sur les bords de l'Isère;
Le jeune Thiéry, qu'applaudit son vieux père,
Et le fier Valeran et Budic le breton,
Marculphe, de Clovis illustre rejeton,
Et Modoald, fameux par son indifférence.
De tous ces Chevaliers épris de Numerance,
Lui seul, ne recherchant que la gloire et l'honneur,
Dédaigne d'un regard le frivole bonheur.

Tandis que ces héros volent dans la carrière,
Les guerriers Sarrasins, troupe non moins altière,
S'élancent dans l'arène à pas précipités.
Leurs superbes coursiers, par leurs cris excités,
Passent avec vitesse, et leur course légère
Est celle de l'éclair précurseur du tonnerre,
Lorsque, pendant la nuit, sous un ciel nébuleux,
L'horizon embrasé tressaille de ses feux.

Le peuple à leur aspect garde un profond silence.
Étalant à l'envi la barbare opulence
De leur luxe étranger, sur leurs fronts basanés
Est un épais turban à replis contournés;
D'un riche doliman ils couvrent leur armure;
Leur sabre, que suspend une large ceinture,
Sur le sable décrit la trace de leurs pas;
Un léger bouclier s'arrondit sur leur bras,
Et dans leur main s'agite une lance allongée,
Qu'ils semblent dans le sang avoir déjà plongée,
Tant la fureur se peint en leurs yeux menaçans.
Tel doit être un vautour, quand ses regards perçans
Cherchent du haut des airs une innocente proie.
Le Fanatisme éprouve une infernale joie;
Il anime sa troupe, il l'enflamme, et soudain
En montrant Numérance au fougueux Aladin,
D'un criminel espoir le monstre l'encourage,
Et redouble à-la-fois son amour et sa rage.

Presque tous ces guerriers, Barbares inconnus,
Des pays éloignés dont ils étaient venus
Conservaient quelque étrange et bizarre coutume.
Différens par les traits, les mœurs et le costume,
On y voyait Ali, Giaffar, Attabek,
Et le persan Nadir, et le tartare Usbek;

Morad, fils d'Yésid, et son barbare frère;
Noradin, qui long-temps fut un hardi corsaire;
L'arménien Asaph, apostat odieux,
Déserteur de la Croix qu'adoraient ses ayeux;
Omar qui, d'Aladin déterminé complice,
Aurait bravé pour lui le crime et le supplice.
Les autres, dans leur camp à peine renommés,
De pillage et de sang bassement affamés,
Pour suivre de Massoud la trace criminelle,
N'écoutaient que l'ardeur d'un fanatique zèle.
Mais, comme dans la nuit, lorsqu'un astre nouveau
De ses sinistres feux allumant le flambeau,
Se distinguant à peine au milieu des étoiles,
De rayons dangereux perce les sombres voiles,
Et des mortels tremblans attire les regards;
De l'infernal Massoud ainsi les yeux hagards,
L'air dédaigneux et fier, l'aspect dur et farouche,
L'effrayante ironie errante sur sa bouche,
Du peuple et de la cour fixent les yeux sur lui,
Serait-ce qu'en sa force il a mis son appui?
Au perfide Aladin il a cédé ses armes;
Et s'il combat, dit-on, ce sera par des charmes :
Tel est le bruit commun tout-à-coup répandu,
Et chacun étonné croit l'avoir entendu.
Massoud à tous les yeux en paraît plus horrible;
Mais à nos Chevaliers il n'est pas plus terrible.

De l'une et l'autre part, ces courageux rivaux,
Brûlant de s'éprouver en ces nobles travaux,
Attendaient le signal avec impatience.
Le prudent Adhémar sur le balcon s'avance.
Il craint les Sarrasins : dans leurs regards affreux
Il surprend d'un forfait le complot dangereux ;
Il redoute Aladin, sa criminelle flamme,
Et l'empire nouveau qu'elle a pris sur son âme.
Pourquoi le sage, hélas! voit-il dans l'avenir
Des maux que vainement il cherche à prévenir!
Que lui sert le timon de la prudence humaine,
S'il ne peut résister au torrent qui l'entraîne!
« Guerriers, dit Adhémar, vous savez des tournois
» Quelles sont, parmi nous, les généreuses lois :
» Honneur et loyauté, courtoisie et franchise,
» Des braves Chevaliers c'est ici la devise.
» Vous combattrez ailleurs ; mais en ces jeux guerriers,
» Où le sang ne doit pas arroser vos lauriers,
» Réglez par la raison l'usage de vos forces,
» Et sachez de l'orgueil dédaigner les amorces ;
» Vous êtes concurrens et non pas ennemis.
» Le prix du vrai courage en ce jour est promis
» A celui qui, trois fois, joutant avec adresse,
» Saura dans le succès modérer son ivresse. »
Il dit ; mais ce discours, par les vents emporté,
Dans les divers partis est à peine écouté.

Déjà, prêt au combat, l'impétueux Clotaire,
Avancé dans la lice, attend son adversaire,
Et lui jette un regard où se peint le dédain.
Cet orgueilleux appel, entendu d'Aladin,
Attise dans son cœur sa brutale colère;
Il saisit en fureur une lance légère;
De son coursier fougueux il excite les flancs,
Écarte ses amis, s'échappe de leurs rangs,
Accepte le défi. La triste Numerance
Frémit à cet aspect qui double sa souffrance;
Sur son sein qui palpite elle baisse les yeux,
Et les détourne en pleurs de ce monstre odieux.
Semblable à la bergère innocente et timide,
Qui, cherchant une fleur sous un buisson perfide,
Trouve un affreux serpent, dont le dard inhumain
S'élance tout-à-coup, prêt à piquer sa main.
Le Maure est animé d'une infernale audace;
Sa bouche furibonde exhale la menace;
Il vole au Chevalier, jetant de toutes parts
De ses yeux menaçans les farouches regards.
Massoud l'avait armé d'un bouclier magique,
Doué par les enfers d'une force énergique,
Impénétrable aux traits qu'il semble repousser,
Et dont les coups sur lui se viennent émousser.
« Va, mon fils, lui dit-il, aux yeux de ta maîtresse,
» Va montrer ta valeur et prouver ta tendresse;

» Ne crains aucun revers : cet écu précieux,
» Ainsi que le Koran, est descendu des cieux,
» Lorsque de nos tribus contre lui mutinées,
» Le Prophète soumit les villes obstinées.
» Son bras jamais sans lui n'eût livré de combat;
» Il lui dut les succès de son apostolat,
» Et cent fois éprouva son pouvoir admirable. »
Le crédule guerrier croit être invulnérable;
L'orgueil est sur son front, la rage est dans son cœur;
Son rapide coursier seconde sa fureur;
De la lice bientôt il eut touché le terme.
Mais, au milieu, Clotaire est posté de pied ferme;
Il l'attend fièrement et le laisse approcher.
Détaché par les eaux, comme on voit un rocher
Qui du sommet des monts roule et se précipite;
A l'horrible fracas de sa chute subite
Des vallons effrayés la forêt retentit;
Tombant de cime en cime, il court, saute, bondit;
Mais d'un roc élevé tout-à-coup se présente
La tête sourcilleuse et la masse imposante;
Il le heurte, se brise, et vole par éclats :
Tel le Maure a trouvé Clotaire sur ses pas.
Ce brave Chevalier baisse sa forte lance;
Aussi prompt que la foudre, à son tour il s'élance,
Fond sur son ennemi qui tend le bouclier;
Mais à peine la pointe en a touché l'acier,

Qu'elle se brise, et laisse aux regards de l'armée
Un tronçon inutile en sa main désarmée.
« Ici, la loyauté sans doute a peu de part, »
Dit Clotaire; et tournant son cheval avec art,
D'un choc impétueux il met dans la poussière
Le Maure et son coursier repoussés en arrière.
Il passe, et va fournir la carrière en vainqueur.
Le Maure, à cet affront qui déchire son cœur,
Dans les bras de Massoud dont la voix l'encourage,
Se relève animé d'une nouvelle rage;
Il écume, il blasphême, il jure de venger
L'honneur de son parti. « Déloyal étranger,
» Dit le hideux Massoud, s'adressant à Clotaire,
» Tel est donc des Chrétiens l'infâme caractère;
» Ils ne sauraient briguer un futile laurier,
» Sans se couvrir de honte aux yeux du vrai guerrier.
» Accourez, Musulmans! punissez sur ce traître
» L'injure du Croissant, et faites-lui connaître
» Que l'affront d'Aladin a rejailli sur vous. »
— « Lâches! répond Clotaire enflammé de courroux,
» Laissez dans votre camp ces ruses infernales;
» N'apportez au combat que des armes égales,
» Et venez tous ensemble; ici je vous attends. »
Les Maures en effet partaient en-même-temps.

Au cri qui s'éleva de la foule indignée,
L'Eure retint ses eaux dans sa source éloignée;
Et Chartres fit entendre un long mugissement.
Les Dames de la cour, dans leur saisissement,
De leur siège aussitôt se lèvent éplorées;
Pleines d'un juste effroi, pâles, décolorées,
La plupart, en fuyant, poussent d'horribles cris;
Sur la lice on en voit fixer leurs yeux surpris;
On en voit se presser à côté de leur mère;
On en voit appeler leur époux ou leur frère;
A la peur qui les trouble elles cèdent souvent :
Telle la feuille éparse est le jouet du vent.
Charles, du haut du trône, au Ciel qu'il en atteste
Adresse ses douleurs en ce moment funeste:
De cette perfidie il le prend à témoin.
Mais de la réprimer Childebrand a le soin;
Les gardes, à sa voix, sont entrés dans la lice.
Charles faisait serment de livrer au supplice
Le coupable agresseur en ce désordre affreux,
Lorsqu'il voit Ibrahim qui, d'un front douloureux,
De son trône frappant la marche la plus basse,
Implorait sa clémence et lui demandait grâce.

Par un lâche forfait jusqu'alors inconnu,
Le pouvoir des hérauts est déjà méconnu.

Sous l'égide des lois et de la foi publique
Ils opposaient partout leur sceptre pacifique
Au rapide progrès de ces crimes nouveaux;
Ils tombent renversés sous le pied des chevaux :
Des ministres de paix le sang rougit la terre!
Barbares! respectez leur sacré caractère;
Chez quel peuple sauvage et par quels ennemis
Un si noir attentat fut-il jamais commis!

Le cri des Chevaliers dont la troupe s'avance,
Annonce aux Sarrasins une prompte vengeance.
La visière est baissée et la lance en arrêt;
Les coursiers, pleins d'ardeur, volent comme le trait
Parti d'une baliste avec effort tendue;
Un nuage poudreux les dérobe à la vue;
Et dès le premier choc, au milieu du fracas
Et des sanglans débris retombés en éclats,
Les Maures, les Français roulent dans la poussière,
La mélée, à l'instant, devient plus meurtrière.
De deux monts opposés, tels les torrens rivaux
Versent dans le vallon leurs turbulentes eaux;
Se heurtant en fureur, les ondes courroucées
De ce terrible choc ne sont pas repoussées;
Leurs flots, en se mêlant, sillonnent les guérets,
Encombrent les moissons du débris des forêts,

Arrachent les vergers, dévastent les prairies,
Entraînent les troupeaux avec les bergeries,
Et d'un affreux désordre épouvantent leurs bords :
Ils semblent, confondus, réunir leurs efforts;
Mais toujours ennemis, même au sein de la plaine,
Ils roulent à grand bruit leur discorde et leur haine.
Des partis opposés l'égal acharnement
Ne connaît plus de borne en ce fatal moment.
Le glaive au fer tranchant seconde leur colère;
Bien mieux que des tournois la lance trop légère,
Il porte, plus rapide, un coup plus assuré :
S'il se brise, à l'instant un poignard acéré
Rend, frappant de plus près, l'attaque plus cruelle,
Et le sang, des deux parts, également ruisselle.
Comme on voit dans les bois les chênes, les ormeaux,
Confondre leur feuillage et mêler leurs rameaux,
Quand le souffle inconstant, vomi par la tempête,
Agite en sens divers leur orgueilleuse tête;
Des casques, des turbans le mélange confus
Laisse peu des vainqueurs distinguer les vaincus;
Le fer brille au travers d'une épaisse poussière,
Et la seule fureur plane sur la carrière.

Hugues blesse Nadir; par la lance d'Arthus,
Giaffar, Attabek, à-la-fois abattus,

15*

Sentent ce que la honte ajoute à la colère.
D'Omar, le jeune Éric, moins heureux que son frère,
Brave le choc terrible et n'y peut résister;
Mais Albert, son vengeur, est plus à redouter :
Sa lance plie et rompt sur l'écu du Barbare.
D'un glaive redoutable Ézelin se prépare
A défendre Éribert attaqué sous ses yeux.
Ali, comme un lion rendu plus furieux
Lorsqu'il se voit contraint à céder la victoire,
En attaquant Budic veut recouvrer sa gloire;
Mais d'un bras vigoureux, le vaillant Chevalier
Le frappe dans sa course et le force à plier.
Marculphe et Valeran, Caribert et Berthaire,
Sans chercher dans la foule un illustre adversaire,
La pressent devant eux et combattent sans choix.
Théofrède et Baudouin assaillent à-la-fois
Alamir et Morad. Sur les monstres sauvages
Qui de la noire Afrique infestent les rivages,
Ou qu'elle entend rugir aux sommets de l'Atlas,
Alamir exerçait la force de son bras :
Pirate du désert, son frère, plus avare,
Faisait aux voyageurs une guerre barbare;
Méconnaissant les droits de l'hospitalité,
Il n'était aucun frein à sa brutalité,
Lorsque se dérobant aux rencontres des braves,
Il traînait sans pitié de malheureux esclaves.

C'est lui qui de Baudoin affronte le courroux :
Il ne saurait long-temps résister à ses coups ;
Il combat cependant : leurs lances alongées
Dans leur rapide essor déjà sont engagées ;
Le fer croise le fer, heurte le bouclier
Et se brise : aussitôt l'un et l'autre guerrier
Retourne avec ardeur, et dans sa course agile
Charge son bras nerveux d'une arme moins fragile,
Et d'une pointe aiguë anime son coursier.
Le Sarrasin élève une masse d'acier,
Le Chrétien sa francisque. Ainsi quand sur l'enclume,
D'un métal embrasé comprimant le volume,
Deux énormes marteaux tombent à coups pressés,
Tels ceux par ces guerriers, l'un à l'autre adressés,
Retentissent au loin, et leurs mains irritées,
Par l'enfer en courroux semblent être agitées.
A toute leur fureur se livrant sans détour,
Se cherchant, s'évitant, s'attaquant tour-à-tour,
A leur perte acharnés, chaque fois qu'ils se frappent,
Le bouclier résonne et des feux s'en échappent.
Morad soutient un choc mille fois redoublé ;
Mais Baudoin voit la crainte en son regard troublé ;
Son ardeur s'en accroît : d'une atteinte soudaine
Il le jette sanglant au milieu de l'arène
Et va chercher ailleurs un nouvel ennemi.

Cependant Théofrède imitant son ami,

Aux yeux de son amante, à coups de cimeterre,
Attaquait de Morad le redoutable frère.
La fureur transportait le farouche Alamir.
Tremblante et sans couleur, on vous voyait frémir,
Tendre Isaure, à l'aspect de cette lutte horrible;
Vos yeux étaient fixés sur ce Maure terrible;
Votre cœur palpitait : de votre jeune amant
Suivant avec effroi le moindre mouvement,
Vous le vîtes, trois fois, d'une main intrépide,
Repousser d'Alamir le tranchant homicide,
Et trois fois, déployant la force de son bras,
Sur le front ennemi suspendre le trépas;
Lorsqu'en son désespoir, tout-à-coup, le Barbare,
D'un fer mal assuré que la fureur égare,
S'abandonne au hasard, et sur le gantelet
Brise les anneaux d'or d'un riche bracelet,
Don précieux d'amour et fortuné présage.
Le Chevalier troublé sent pâlir son visage;
C'était le gage heureux de son prochain bonheur.
Isaure, par un cri, le rappelle à l'honneur;
Son regard le ranime; et sa main palpitante,
Montrant le don nouveau d'une écharpe éclatante
Que la victoire encor devra lui mériter,
Alamir accablé ne peut lui résister.
Théofrède vainqueur accourt aux pieds d'Isaure,
Reçoit le tendre prix de la fuite du Maure,

Et revient triomphant au milieu du danger.

Le brave Clodomir brûlait de s'engager
Avec un ennemi digne de sa colère :
Noradin s'offre à lui. Cet insolent corsaire,
S'intitulant encor dominateur des mers,
Balance un frêne épais, durci par cent hivers,
Qui fut de ses vaisseaux la plus robuste antenne :
Elle lui sert de lance; il la couche sans peine,
Et d'un choc imprévu frappe le Chevalier.
La lice retentit au son du bouclier;
Mais Clodomir, semblable au rocher dont la cime
S'offre immobile et fière aux assauts de l'abîme,
N'est pas même ébranlé d'un si terrible effort.
« Imprudent, lui dit-il, viens-tu chercher la mort?
» Les vents sont impuissans à protéger ta fuite;
» Vengeur du nautonnier je vole à ta poursuite;
» L'Océan rassuré me devra ton trépas. »
Il dit; et Noradin, qui ne lui répond pas,
Dirige contre lui son antenne noueuse.
Le Chevalier l'écarte, et sa main vigoureuse
Assenne un coup terrible au Maure consterné,
Qui chancelle, et tombant, par le poids entraîné,
Échappe au fer vengeur qui tranche son aigrette
Et le triple turban enroulé sur sa tête.

Torismond !... mais que dis-je ! oserais-je en mes vers
Peindre de ces Héros tous les exploits divers !
Dix Bardes à-la-fois ne sauraient y suffire [10] ;
Et plus rapidement que je ne puis écrire,
Tandis que pour chacun de ces vaillans guerriers
Je tresse une couronne, il cueille vingt lauriers.
Tous suivent, pleins d'ardeur, le chemin de la gloire.
Mais je dois en ces chants consacrer la mémoire,
O brave Valentin ! du combat glorieux
Où de l'affreux Massoud tu fus victorieux.
En vain ce noir Démon, en déployant sa rage,
Voulut par un prodige étonner ton courage ;
Aux yeux d'un peuple entier frémissant de terreur,
Tu rendis impuissans son bras et sa fureur.

Déjà de Modoald la redoutable épée
Du sang impur d'Usbek avait été trempée ;
Asaph ose l'attendre et l'appelle au combat.
Le Français indigné : « Malheureux apostat,
» Dit-il, vil déserteur de la foi de tes pères,
» Ce fer terminera tes destins trop prospères. »
Il l'attaque, animé d'un noble emportement.
Le souple Arménien l'évite adroitement,
Et tirant du carquois une flèche acérée,
La décoche, hâtant sa fuite accélérée.

Le trait frappe le casque, et, non loin du guerrier,
Va du beau Valentin percer le baudrier ;
Mais par un double airain sa pointe repoussée,
Porte un coup sans effet, plie et tombe émoussée.
Valentin irrité cherche l'audacieux :
Massoud, le faux Massoud, s'offre alors à ses yeux ;
Il le voit consommant son criminel ouvrage,
Des Maures abattus ranimer le courage ;
Il fond sur lui. Semblable au taureau généreux
Que harcèle un chasseur par ses dogues nombreux,
Si, lorsqu'il va punir un injure récente,
L'imprudent vient braver sa corne menaçante,
Aussitôt, enflammé d'un plus noble courroux,
Il détourne sur lui sa vengeance et ses coups ;
Tel Valentin méprise une atteinte légère,
Et réserve à Massoud le poids de sa colère :
« Oui, tu mérites seul tout mon ressentiment,
» Dit-il, et je te porte un juste châtiment. »
Penché sur son coursier, à ces mots il s'élance ;
Sur l'écu du Barbare il dirige sa lance ;
Comme un roseau fragile elle rompt dans sa main.
Le monstre, en affectant un féroce dédain,
A peine l'a touché d'une pique infernale :
Effet prodigieux de cette arme fatale !
D'une flamme invisible il se croit embrasé,
Et, dans le même instant, son cheval écrasé,

Frappé d'un coup subit tel que frappe la foudre,
S'abat et roule au loin dans le sang et la poudre ;
L'éperon l'aiguillonne : ainsi qu'un jeune ormeau
Courbé par l'ouragan l'affronte de nouveau,
Tel Valentin plus fier, dans son ardeur nouvelle,
Suit les pas de Massoud, à grands cris le rappelle,
Et d'un glaive éprouvé dont il arme son bras,
Le menace en fureur. Il ignorait, hélas !
Qu'il allait épuiser son courage et ses armes
A combattre un Démon et ses funestes charmes.
Bientôt sur cet écu son glaive s'est brisé ;
Il n'a plus de francisque ; un poignard aiguisé
Est une arme trop faible et sert mal sa vengeance :
Le farouche Massoud lui présente sa lance,
Et sa terrible voix lui défend d'approcher.
Ainsi, quand l'aigle altier plane sur le rocher
Où sa jeune couvée est encor dans son aire,
Par un serpent sorti de son affreux repaire,
S'il la voit menacée, aussitôt il s'abat,
Et par des cris aigus le défie au combat :
Le serpent se redresse, il siffle, il se balance ;
Rapide comme un trait, l'aigle fond et s'élance,
Des ongles et du bec mord et frappe au hasard ;
Le reptile irrité vibre son triple dard,
Empoisonne les airs de sa fétide haleine,
Et sait rendre long-temps la victoire incertaine.

Mais la Religion qui soutient ces Héros
Et qui du Fanatisme épiait les complots,
Le voit, cachant encor sa marche ténébreuse,
Préparer au Croissant une victoire affreuse :
Soudain elle dévoile, à ses yeux éperdus,
Son front si redoutable aux méchans confondus,
Et couvrant le guerrier de son égide sainte,
Remplit son ennemi de stupeur et de crainte.
Il est comme le loup surpris par le berger,
La nuit, dans le bercail qu'il venait égorger,
Lorsque, pour l'arracher à sa dent carnassière,
Tout-à-coup à ses yeux on montre la lumière.
Le Démon découvert ne dissimule plus :
Il sent tous ses efforts désormais superflus ;
Il frémit, il rugit, et sa rage impuissante
Dans ses traits altérés en est plus menaçante.
Bientôt il s'abandonne à toute sa fureur ;
Le peuple épouvanté tremble saisi d'horreur ;
Le monstre a tout l'enfer dans son regard farouche ;
Sa bave corrosive écume sur sa bouche ;
Formidable géant, il agite en sa main
Un poignard mille fois rougi de sang humain,
Et sa voix effroyable, émule du tonnerre,
Retentit dans les airs et fait mugir la terre.
De son courage seul Valentin assez fort
Avance en le bravant et méprise la mort :

Ses yeux ne voyaient pas l'égide favorable,
Aux coups de ce Démon toujours impénétrable;
Que la Religion abaisse devant lui:
En elle cependant il a mis son appui;
Le Fanatisme en vain, d'une main homicide,
S'efforce d'écarter sa formidable égide;
Partout elle l'oppose à son bras furieux.
Son éclat tout céleste est terrible à ses yeux,
Ils en sont offusqués; et, détournant la tête,
Par des rugissemens annonçant sa défaite;
Il ne résiste plus à l'ascendant vainqueur
Qui jette tant d'effroi jusqu'au fond de son cœur:
Il cède, et le blasphème exhale sa colère.
A l'aspect du chasseur, la féroce panthère,
Ainsi, contrainte à fuir, abandonne à regret
Une proie assurée et long-temps son jouet.

Cependant Aladin, si près de Numerance,
Sentait avec ses feux croître son espérance;
Brûlé de vains désirs, son criminel dessein
Agitait sa pensée et bouillait dans son sein,
De ses regards impurs dévorant la Princesse,
Égaré, transporté d'une coupable ivresse;
Il hâtait de ses vœux le funeste moment
Qui devait la livrer à son emportement.

Telle sous le buisson est la couleuvre immonde,
Quand du souffle empesté qu'elle jette à la ronde
Le tendre rossignol sur le saule perché,
Au milieu de ses chants peut en être arraché;
Il se trouble déjà, déjà sa voix flexible
De ses premiers accens n'a plus le ton paisible;
Et du réduit obscur dont il n'ose sortir,
Le monstre, ouvrant la gueule, est prêt à l'engloutir:
Tel le traître Aladin attendait sa victime.
Le Fanatisme encor favorise son crime;
Parmi ses compagnons vaincus et repoussés,
Sur lui seul, en fuyant, il a les yeux fixés,
Et ce regard sinistre, entretenant sa rage,
Lui rend des assassins le féroce courage.
Au travers du tumulte invoquant vainement
L'appui des Sarrasins, leur horrible serment:
« Est-ce ainsi, disait-il, qu'humiliant la France,
» Vous devez dans mes bras remettre Numerance!
» Rangez-vous près de moi : si j'ai quelques amis,
» Il est temps d'accomplir tout ce qu'ils m'ont promis.»
Nadir vient à sa voix, et Noradin s'arrête;
Omar les accompagne. Aladin, à leur tête,
Sans chercher à se faire un cortège nombreux,
Marche favorisé d'un nuage poudreux;
Il vole à Numerance, il la saisit, l'emporte,
Dans ses bras forcenés la presse à demi morte,

Et ses yeux sur ce front pâle et décoloré
A̶ ̶s̶o̶ ̶ issent les feux dont il est dévoré.
Il fuit, comme un faucon dont la serre cruelle
F̶ ̶i̶ ̶ve de son nid la tendre tourterelle.

A l'aspect imprévu de ce lâche attentat,
Le peuple, par ses cris animant le soldat,
Au-devant d'Aladin court et se précipite.
Mille glaives partout s'opposent à sa fuite.
Il brave tout; la foule et le fer menaçant,
Et les rangs agités qu'il renverse en passant;
Comme un noir ouragan qui, du haut des montagnes,
Fond, et dans un instant ravage les campagnes;
Ses complices en vain veulent le protéger ;
Carloman accourait, et le sort va changer.
Plein d'indignation, d'amour et de colère,
Il s'était élancé du trône de son père;
Sans casque, sans cuirasse, une pique à la main,
A la jeune noblesse il montrait le chemin.
« Traîtres! votre valeur n'en veut-elle qu'aux femmes? »
Criait-il, poursuivant ces ravisseurs infâmes :
« Arrêtez : pensez-vous que je puisse oublier
» Les plus sacrés devoirs d'un loyal chevalier ? »
Il fond sur Aladin : sa pique vengeresse
D'un fer long et tranchant le poursuit et le presse.

Averti par les cris de son peuple éperdu,
Son bras, déjà levé, demeure suspendu :
Le Barbare en effet, par un vil stratagème,
Du corps de Numerance en se couvrant lui-même,
Dans sa fuite, opposait de cet objet aimé
Au fer de Carloman le sein inanimé.
Arrêté dans sa fougue, il voit, plein d'épouvante,
Qu'il attentait lui-même aux jours de son amante ;
Il tressaille d'horreur, se détourne, et soudain
La pique menaçante échappe de sa main,
Tombe et roule à ses pieds, le laissant sans défense,
Lorsque, redoutant peu d'aggraver son offense,
Le Sarrasin le frappe et lui blesse le bras.
Le traître ! il eût voulu lui donner le trépas,
Et sa main trop coupable eût consommé le crime ;
Mais d'amples vêtemens sauvèrent sa victime.

Après ce coup fatal, qui pourrait l'arrêter ?
Son aveugle fureur semble s'en irriter ;
Les larmes d'Ibrahim, ses prières sont vaines :
Du coursier d'Aladin il a saisi les rênes ;
Sous les pas criminels de ce Maure effréné,
Il est dans la poussière indignement traîné.
Du Rhône débordé la vague impétueuse,
Telle, entraîne un vieux pin, dont la tête orgueilleuse

Avait bravé cent ans la fureur de ses eaux ;
Son tronc déraciné, ses robustes rameaux,
Plongent dans le courant, et sur le sein de l'onde
Se remontrent souillés par une fange immonde.
Effrayé du péril qui menace ses jours,
Omar lui porte seul un utile secours,
L'arrache, en soutenant sa marche chancelante,
Aux élans d'une foule aveugle et turbulente ;
Tandis qu'avec Ali le puissant Noradin
Oppose ses efforts aux fureurs d'Aladin.

Vain espoir ; tout obstacle envenime sa rage :
Jusqu'à ses compagnons il prodigue l'outrage,
Et du peuple écartant les flots tumultueux,
Dans ses rangs entr'ouverts s'élance impétueux.
Le prudent Adhémar commande, prie, exhorte :
Des Français irrités que la fureur transporte,
Il contient la vengeance et calme le courroux.
Robert est près de lui ; ses yeux sereins et doux,
Son vénérable front blanchi par un grand âge,
La noble gravité qui brille en son visage,
De ses traits imposans la touchante douceur
Devaient seuls désarmer l'odieux ravisseur.
Sur les pas d'Aladin, un fantôme effroyable
Apparaît tout-à-coup : son bras impitoyable,

Agitant des serpens et dégoutant de sang;
Le frappe sans relâche et déchire son flanc;
D'un noir bandeau, sans doute, il fascinait sa vue;
Il le pousse, égaré, dans la longue avenue
Où Robert s'avançait calme et plein de l'espoir
Que tout allait enfin rentrer dans le devoir.
Funeste illusion de la prudence humaine!
Arrêtez, bon vieillard, votre perte est certaine!
Il n'est plus temps.... Ainsi le bœuf laborieux,
Chargé du joug pesant d'un maître impérieux,
Malgré ses longs travaux conservant son courage,
Du pas dont il allait chaque jour à l'ouvrage
Se livre au coup mortel : digne d'un autre sort,
Il va, sans défiance, au-devant de la mort;
Ainsi le vieux Robert avance vers le traître.
Il croit par la raison le désarmer peut-être :
Sa bouche lui sourit; il lui tendait les bras;
Il tombe enveloppé des ombres du trépas.
De son front entr'ouvert la blessure profonde
Vomit un sang épais, qui de ses flots inonde
Sa barbe, ses cheveux, et souille ses habits.
Il pousse un cri plaintif; ses yeux appesantis
En vain cherchent le jour; sa débile paupière,
Lasse de cet effort, se ferme à la lumière :
Il expire. Aussitôt, ardente à le venger,
Au-devant du Barbare accourant se ranger,

La foule, méprisant sa fureur délirante,
Arrache de ses bras la Princesse expirante.
Le Fanatisme fuit et ne le soutient plus.
Le traître en vain s'épuise en efforts superflus;
Pâle, effrayé, tremblant, il se jette en arrière;
Et bientôt abattu, couché dans la poussière,
Mille glaives sur lui se lèvent à-la-fois.
De Carloman alors on distingue la voix :
« Réservez, criait-il, ces brigands aux supplices;
» Déjà nos Chevaliers amènent leurs complices;
» Ils doivent tous ensemble expier ces forfaits,
» Et vos justes désirs vont être satisfaits. »

Des Sarrasins vaincus la troupe consternée
Était, vers le portique, à grand bruit entraînée :
Le peuple ému suivait en demandant leur mort.
Le jeune Thiéry, dans un noble transport,
Avait, un des premiers, poursuivi le perfide :
Avec quelques amis, dans sa course rapide,
Il arrive bientôt à ce lieu plein d'horreur.
Quel objet, tout-à-coup, l'a frappé de terreur!...
Un cadavre sanglant est couché sur la terre :
Réunis à l'entour, les soldats de son père
Par des gémissemens lui disent son malheur.
Dans un cri déchirant s'exhale sa douleur;

La pâleur de la mort déforme son visage;
Il tombe. . . . . Ainsi périt une vigne sauvage,
Quand l'orme où, jeune encor, son cep est attaché,
Est par un ouragan rudement arraché.

D'un si lâche forfait les remords implacables,
Déjà de leurs serpens tourmentent les coupables,
Et gravent sur leur front la honte et la terreur :
Le Démon n'est plus là, leur soufflant sa fureur,
Et remplissant leur sein d'une altière insolence.
Conduits au pied du trône ils gardent le silence,
Charles jette sur eux un coup-d'œil irrité :
« Voilà donc jusqu'où va votre témérité!
» Dit-il; pour assouvir des feux illégitimes,
» Vous frappez au hasard les plus nobles victimes;
» Ce sont là vos exploits! Perfides assassins,
» Ils ont trop réussi vos infâmes desseins.
» Allez de ces forfaits subir la juste peine;
» L'innocent Ibrahim verra seul l'Aquitaine. »
Ce vieillard laisse alors éclater ses douleurs;
Le front dans la poussière, il répandait des pleurs;
Il lève, en sanglottant, sa tête vénérable.
« Ah! Seigneur, parmi nous il est un grand coupable,
» Il faut que je l'avoue, hélas! et j'en frémis.
» Mais du crime d'un seul tous seront-ils punis?

16*

» Les confondant, sans choix, dans le même supplice,

» Pouvez-vous méconnaître et blesser la justice?

» Écoutez, en son nom, de plus doux sentimens.

» J'ai vu les Sarrasins, en ces affreux momens,

» Entraînés, il est vrai, par une erreur funeste;

» Mais ce crime odieux chacun d'eux le déteste.

» Sur qui doit retomber cette erreur d'Aladin?

» Qui faut-il accuser?..... l'inflexible Destin".

» C'est lui qui le pressant en ce moment sinistre,

» S'en fit, malgré lui-même, un terrible ministre,

» Et qui, seul, disposant de son bras forcené,

» L'a d'une main de fer, en l'abîme entraîné.

» S'il faut que ses amis à vos yeux soient coupables;

» Si vos lois, les frappant de coups inexorables,

» Les proscrivent ensemble et leur donnent la mort;

» Accordez-moi, Seigneur, de partager leur sort.

» Retournerais-je seul dans le camp d'Abdérame?

» Sur moi de ces malheurs il jettera le blâme:

» Où sont les Musulmans que je t'ai confiés?

» Dira-t-il : à ses yeux eux seuls justifiés,

» Poursuivi par la haine et par la calomnie,

» Je traînerai mes jours avec ignominie.

» En étendant sur moi votre arrêt solemnel,

» Sauvez mes cheveux blancs d'un opprobre éternel;

» Je demande la mort à vos pieds que j'embrasse,

» Je demande la mort, je la demande en grâce. »

A peine la douleur lui permet d'achever.
Charles lui tend la main et le fait relever :
« Ibrahim, lui dit-il, votre seule innocence
» Désarme notre bras et suspend ma vengeance.
» Sans doute je devrais à moi-même, à l'État,
» Un châtiment sévère à ce lâche attentat;
» Mais votre caractère est pour moi trop auguste,
» Et je sais pardonner sans cesser d'être juste.
» Allez, quittez ce camp par vos crimes troublé;
» Déjà par le remords Aladin accablé
» Voit le sort qui l'attend : sa tête criminelle
» Cessera d'accuser la justice éternelle,
» Et doit tomber ici sous le glaive des lois.
» Au nom de la patrie et vengeurs de ses droits,
» Mes Français, de la Loire occupant les rivages,
» Dissiperont bientôt vos phalanges sauvages,
» Et rejetant loin d'eux un barbare étranger,
» Ils sauront le combattre et non pas l'outrager. »
Il dit; par mille cris les soldats applaudissent;
Trois fois de leurs clameurs les vallons retentissent [1];
Trois fois les javelots frappent les boucliers,
Et les échos trois fois rendent des sons guerriers.
Le farouche Aladin, bourrelé par son crime,
D'un œil épouvanté voit le fond de l'abîme
Qui par les passions fut creusé sous ses pas;
Dans les fers et la honte il attend le trépas.

Ibrahim sur son sort répand en vain des larmes;
Ses amis attristés et maudissant leurs armes,
Au courroux des Français se hâtent d'échapper.

Mais, chez les Sarrasins qu'il s'empresse à tromper,
Le Démon les devance, et d'une bouche impure
Vomit la calomnie et la noire imposture.
Mille bruits mensongers circulent à-la-fois;
La haine, la vengeance empruntant mille voix,
Dépeignent le Français comme un peuple parjure,
Dont tout le sang à-peine expîra cette injure;
Abdérame lui-même, ivre de ces poisons,
Fait déjà préparer le fer et les tisons,
Et jetant sur la France un regard plein de rage,
Jure de la couvrir de feux et de carnage.
Accourus près de lui, barbares courtisans,
De pillage et de meurtre avides partisans,
L'orgueilleux Mustapha, Mesrour de qui la bouche
Ne laissait échapper qu'un murmure farouche,
Le parricide Amrou, le puissant Acomat,
Motassem qui régnait par un assassinat,
Le noir Gazan, Moulouk, Osmin qui de son frère
Insolent favori partageait la colère,
Le servile Almamon et l'impie Alalior,
Sélim, Moavias, et mille autres encor;

Dans le transport fougueux qui soudain les anime,
Répètent son serment d'une voix unanime.
Cette imprécation, que l'enfer entendit,
Dans ses gouffres profonds sourdement retentit;
Et la Religion, redoublant de constance,
Du Ciel par un soupir demanda l'assistance.

Le retour d'Ibrahim est bientôt annoncé;
L'Émir le voit paraître, et d'un œil courroucé :
« Apprends-moi les affronts que t'a fait un perfide,
» Dit-il; d'un envoyé l'inviolable égide
» N'a donc pu te sauver de sa noire fureur!
» Un jour, les Musulmans diront avec horreur,
» Il était des Français; leur orgueil téméraire
» D'Abdérame vainqueur provoqua la colère;
» Il attira sur eux sa vengeance et ses coups :
» Son bras, dans un instant, les extermina tous [13]. »
— « Seigneur, dit Ibrahim, en essuyant ses larmes,
» La fortune en ce jour n'a pas suivi nos armes;
» Le vaillant Aladin.....; pardonne à ma douleur.....;
» Aladin sur sa tête attira son malheur.
» L'amour a fait son crime, hélas! mais son supplice
» Serait même en ces lieux dicté par la justice.
» L'audacieux Français se prépare aux combats;
» Sa défaite sans doute illustrera ton bras;

» Son imprudent orgueil ne veut point reconnaître

» Un étranger puissant qui négocie en maître :

» Il refuse un tribut; il veut garder sa foi;

» Il se croit digne enfin de combattre avec toi.

» Mais ne t'abuse pas : (loin de moi ses louanges!)

» J'ai vu Charles; j'ai vu ses nombreuses phalanges :

» Les Rois que ta valeur soumit jusqu'aujourd'hui,

» L'Aquitain, l'Espagnol étaient auprès de lui

» Ce que la frêle hysope est au cèdre superbe.

» Ses peuples belliqueux pullulent comme l'herbe,

» Quand le Nil dans sa couche a retiré ses eaux;

» Et la jeunesse altière, autour de ses drapeaux,

» Est semblable au concours d'innombrables étoiles,

» Quand la nuit dans les cieux étend ses sombres voiles.

» Marche donc, il est temps, à de nouveaux lauriers;

» Le Français a déjà disposé ses guerriers,

» Et leur dernier adieu fut le cri de la guerre. »

Abdérame, à ces mots, se lève avec colère.

Animé par la voix des plus audacieux,

Trois fois il prend du sable, et le lançant aux cieux :

« Que cette armée enfin, dit-il, soit confondue,

» Ainsi que cette poudre est dans l'air répandue. »

Aussitôt dans sa tente il se dérobe au jour.

Mais du traître Aladin le criminel amour

N'aura-t-il donc produit qu'un forfait inutile?
L'Ambition frémit : en ruses plus fertile,
La voix du Fanatisme encourage ses vœux.
De Moulouk il suffit qu'elle attise les feux;
Ce Guerrier, dès long-temps connu de Numerance,
Ne s'était point flatté d'une vaine espérance;
Mais quand l'Ambition soufflera dans son sein,
Elle y fera germer un coupable dessein.
Elle cherche Ismaël, dont les mains sacrilèges
Préparaient à l'écart d'impuissans sortilèges :
« Va sous les pavillons des valeureux Zégris,
» Lui dit-elle; Moulouk, de Numerance épris,
» Attend l'occasion que ma main protectrice
» Bientôt à son amour fera naître propice:
» De ses nobles desseins je dirige le cours;
» Va, je présiderai moi-même à tes discours. »
Le vieillard obéit. Dans le fond de sa tente,
Le fier Moulouk, en proie au feu qui le tourmente,
Interrogeait son cœur rongé d'un sombre ennui.
D'un pas mystérieux Ismaël vient à lui :
« Depuis long-temps, dit-il, j'ai su lire en ton âme,
» O Moulouk! je connais ton espoir et ta flamme,
» Et je puis disposer, si mon art n'est pas vain,
» La veuve de Munuze à te donner sa main.
» Pourquoi, digne héritier d'un si grand capitaine,
» N'oserais-tu prétendre au trône d'Aquitaine;

» Du règne des Zégris être nommé l'auteur ;
» Du Maure et du Chrétien puissant modérateur,
» Devenir leur arbitre, et sur tes Pyrénées,
» Des Lis et du Croissant régler les destinées?
» Aspire à ce destin, il est digne de toi :
» De seconder tes vœux je m'impose la loi ;
» Je lirai dans le Ciel le moment favorable;
» Et s'il nous réservait un revers déplorable,
» Si dans ce noble essor il fallait succomber,
» Sur les débris d'un trône il est beau de tomber. »

Dans le camp des Français un cortège funèbre
Accompagnait, hélas! cette beauté célèbre,
Dont les charmes naguère attiraient tous les cœurs.
On voyait à l'entour ses compagnes en pleurs ;
Son père, à ses côtés, fixait les yeux sur elle;
Morne, silencieux, une angoisse cruelle
L'oppressait, et ses pleurs ne pouvaient pas couler.
Le jeune Carloman osait le consoler :
Négligeant sa blessure, oubliant sa souffrance,
Flatté de quelqu'espoir, et tout à Numerance,
Il avait cru l'entendre une fois soupirer ;
Son sein encor glacé paraissait respirer,
Et la vie, en son cœur jusqu'alors incertaine,
S'annonçait faiblement et ne battait qu'à peine;

Mais tout faisait prévoir le terme de ses maux.
Ainsi, quand la gelée a frappé nos coteaux,
Et que des froids tardifs engourdissent la terre,
La sève ralentie aussitôt se resserre,
Tout languit; mais bientôt une douce chaleur
Ranime la verdure et le bouton de fleur;
On voit, sous le buisson, la violette éclore,
Et d'un tendre incarnat la rose se colore.

Cependant à Robert ses amis valeureux
Rendaient en ce moment un devoir douloureux.
Parmi ces combattans que l'honneur et la gloire
Ont toujours sur ses pas conduit à la victoire,
Et qui de la Neustrie entourent l'étendard,
Sont ceux de qui l'Yonne arrose le rempart,
Et qui de l'Auxerrois cultivent les collines.
Aimon les rassembla des campagnes voisines:
Mille jeunes guerriers, choisis dans ses vassaux,
Légèrement armés, marchent sous ses drapeaux:
A celle de leur chef leur bravoure est égale.
Aimon, que décorait la pourpre épiscopale [5],
Pour les derniers honneurs, en ces tristes momens,
D'un long habit de lin couvre ses vêtemens.
Jusqu'à ses pieds descend une étole bénite;
Sa chape, dont le limbe en ondoyant s'agite,

Le couvrant tout entier, s'agrafe sur son sein :
Son front porte la mitre, et l'on voit dans sa main
Le bâton pastoral, simple et touchant emblème
Des devoirs que l'Église impose au rang suprême.
Sur les pas de la croix dont le diacre est chargé,
Il marche, précédé par un nombreux clergé;
Un flambeau dans leurs mains, de notre âme est l'image,
Quand des liens du corps le trépas la dégage,
Et qu'immortelle et pure elle remonte aux cieux.
L'air retentit de chants lugubres et pieux;
L'écho répète au loin leur lente psalmodie,
Et des clairons plaintifs la sombre mélodie
Répond, en suspendant ces cantiques sacrés.
Des soldats de Robert les bataillons serrés,
Le cœur gros de soupirs, les yeux mouillés de larmes,
Avancent tristement en renversant leurs armes :
Ils suivent sa bannière; on porte devant eux
Son casque au long cimier, son écu généreux,
Son glaive redouté, sa brillante cuirasse,
Sa tranchante francisque et sa pesante masse.
Précédant ce trophée et non loin du cercueil,
Charles marche à pas lents près des Barons en deuil;
Cette pompe funèbre est dignement fermée
Par les divers soldats du reste de l'armée;
Et ce noble coursier qui, jusqu'à ce moment,
Au signal des combats s'élançait fièrement,

Il va baissant la tête, et semble reconnaître
Qu'on pleure autour de lui le trépas de son maître.
Des jours de l'homme sage, ô fortuné destin,
Quand la douleur publique en honore la fin !

Non loin du camp français, d'une chapelle antique,
Dont la lampe des morts dore l'arceau gothique,
On voit le toit modeste, et quelques vieux ormeaux
Embrassent son clocher de leurs vastes rameaux.
Là règne le silence; et souvent la prière,
Fléchissant les genoux, le front dans la poussière,
Implore en soupirant le Dieu de l'Univers.
Un cloître est à l'entour : sur des marbres divers
On n'y lit point des grands l'épitaphe superbe;
Mais, en cherchant la croix qui se cache sous l'herbe,
Le citoyen obscur vient, les larmes aux yeux,
S'incliner sur la tombe où dorment ses aïeux :
De Charles quelquefois l'humilité profonde
Y mit sa gloire aux pieds du Rédempteur du monde.
C'est là que de Robert les restes sont placés.
Du jeune Thiéry les sens long-temps glacés
Se raniment enfin : l'airain du sanctuaire
L'avertit des devoirs qu'on y rend à son père,
Et la voûte du temple a redit ses douleurs.
Charles en l'approchant : « C'est assez par des pleurs,

» Jeune et vaillant guerrier, honorer votre père.

» Il était mon ami; sa mémoire m'est chère;

» Ses exploits sont gravés dans notre souvenir :

» Et son nom glorieux vivra dans l'avenir.

» Imitez ses vertus; que de son héritage

» Elles soient à vos yeux le plus noble partage,

» Et que votre valeur guide dans les combats

» Les braves Neustriens qui marchaient sur ses pas. »

Il dit et se recueille. On l'écoute en silence.

De son émotion domptant la violence,

Aimon, du Dieu puissant qu'il prie avec ferveur,

Par le nom de son fils implore la faveur :

Il adore en tremblant sa justice éternelle;

Invoquant, plein d'espoir, sa bonté paternelle,

A l'entour du cercueil il prie à demi voix;

Il l'asperge d'eau sainte, et vers le Ciel trois fois

Le parfum de l'encens monte avec la prière.

Robert est descendu dans la tombe : une pierre

Le sépare à jamais de tout le genre humain.

Charles en gémissant y grave de sa main

Les vertus et le nom du guerrier qu'elle enferme;

Et le peuple, à l'aspect de notre dernier terme,

S'écoule en répétant ces consolans souhaits :

« Qu'il vive au sein de Dieu, qu'il y repose en paix! »

NOTES

DU CHANT QUATRIÈME.

NOTES DU CHANT QUATRIÈME.

¹ Une garde nombreuse est déjà répandue.

Le goût des spectacles, enfant de la curiosité, a pris chez tous les peuples la teinte de leurs mœurs, et s'est modifié avec elles. Les *tournois*, destinés à faire briller aux yeux des dames la valeur et l'adresse des Chevaliers, convenaient particulièrement aux Français, peuple galant et belliqueux. La description de ces jeux est un accessoire nécessaire de la peinture de ces temps. Je n'entreprendrai pas de justifier les couleurs dont je me suis servi : nous avons des ouvrages, tels que ceux de Ducange et de Sainte-Palaye, où les curieux trouveront les plus minutieux détails. Il faut observer néanmoins que le temps apportait beaucoup de modifications à ces usages, qui variaient de siècle en siècle, et que je les peins ici dans leur simplicité primitive.

² Que d'une cause juste il sera le soutien.

Je saisis cette première occasion de peindre les armures du huitième siècle, d'après les monumens qui nous en restent, dans le but principalement de faire ressortir leur différence avec celles des Musulmans ; contraste qui serait surtout favorable à la peinture. J'éviterai cependant les détails de ce genre, dont l'aridité ne peut être pardonnée qu'une fois.

Moins favorisés que les Anciens dans les descriptions de cette espèce, nous n'avons à nommer ni demi-dieux ni artistes célèbres : le seul que nos annales présentent à cette époque est saint Éloi, qui, avant d'être trésorier de Dagobert et évêque de Noyon, avait été un habile ouvrier en métaux. Il vivait en 66o, moins d'un siècle avant Charles-Martel.

³ Voilà les panonceaux sur un large étendard.

« *Panonceau*, dit l'Académie, écusson d'armoiries, mis sur une affiche,
» pour y donner plus d'autorité, ou sur un poteau, pour marque de juri-
» diction. » Tel est l'usage moderne des panonceaux; ils désignent ici les
juges du camp, et annoncent leur autorité. On les portait solennelle-
ment autour de l'arène, pour les faire connaître à tous les assistans.

⁴ De ces braves guerriers belliqueuses parures.

Tels étaient les objets de luxe de nos pauvres ancêtres; ils n'avaient
rien pour la sensualité ou la mollesse; tout se rapportait à la guerre, et
leur armure était souvent leur unique richesse. *Omnes in bello versantur*,
dit César, loc. cit. *atque eorum, ut quisque est genere copiis que amplissimus, ita plurimos circum se Ambactos, clientesque habet. Hanc unam
gratiam, potentiamque noverunt.* Tacite dit des Germains : *Argentum et
Aurum propitii an irati Dii negaverint, dubito. Nec tamen affirmaverim
nullam Germaniæ venam argentum, aurumve gignere; quis enim scru-
tatus est? Possessione et usu haud perinde afficiuntur. Est videre apud
eos argentea vasa legatis et principibus eorum muneri data, non in alia
utilitate quam quæ humo finguntur. . . . . Dotem, non uxor marito, sed
uxori maritus offert. Intersunt parentes et propinqui, ac munera probant.
Munera non ad delicias mulieribus quæsita, nec quibus nova nupta
comatur; sed boves, et frænatum equum, et scutum cum framea gladio-
que. In hæc munera uxor accipitur. Hos conjugales deos arbitrantur.* Il
était difficile que du mélange de ces deux peuples sortît une nation effé-
minée, à une époque encore si rapprochée de son origine.

⁵ Et son front s'embellit d'un sourire enfantin.

Pepin, connu dans nos annales sous le nom de Pepin-le-Bref, et plus
encore comme chef de la seconde race, était frère puîné de Carloman, fils
comme lui de Charles-Martel et de Rotrude. Il était très-jeune encore
lors de l'invasion des Sarrasins, et ne put prendre part aux glorieux évé-

nemens de cette époque. La renommée qu'il mérita bientôt, et qui lui
valut le trône des Français, autant que la gloire de son fils, le seul pour
qui, depuis Pompée, le surnom de Grand soit devenu un nom propre,
m'imposait la loi de lui donner un souvenir. Il fut heureux, par-conséquent
il eut des flatteurs. Le moine auteur de la Vie de saint Willibrod, évêque
d'Utrecht, assure que ce saint personnage avait prophétisé sa grandeur
future dès le moment de sa naissance. Voici ses paroles rapportées par les
historiens de France, Tome III, p. 641 : *Idem quoque vir Deo amabilis,*
spiritu prophetico prædixerat, quæ post rerum eventus vera probavit :
baptizavit igitur Pipinum filium fortissimi Ducis Francorum Karoli,
patrem hujus nobilissimi Karoli qui modò cum triumphis maximis glo-
riosâ regit imperium : de quo Pipino patre ejus, vir Dei, præsagâ voce
tali, coram discipulis prædixit : scitote quod infans iste sublimis erit
valdè et gloriosus, et omnium præcedentium Francorum Ducibus major.
Saint Willibrod aurait mieux rencontré avec Charlemagne.

° . . . . Honneur aux fils des Preux !

C'est par cette acclamation que les Chevaliers étaient reçus dans la lice
des tournois, quels que fussent d'ailleurs leur mérite et leur renommée :
car, suivant nos prudens aïeux, « Nul n'était déclaré preux avant sa
» mort. »

' Brûlant de s'éprouver en ces nobles travaux.

Ces combats singuliers entre des guerriers de nations rivales étaient,
d'après les idées de ces temps, de véritables épreuves, d'où ils auguraient
le succès futur d'une guerre. Cette superstition était invétérée chez les
Germains; Tacite la rapporte en ces termes : *Est et alia observatio*
Auspiciorum, quâ gravium bellorum eventus explorant. Ejus gentis cum
quâ bellum est, captivum quoquo modo interceptum, cum electo popu-
larium suorum, patriis quemque armis committunt. Victoria hujus vel
illius, pro præjudicio accipitur. L'observation de ces vieux préjugés si

difficiles à déraciner, forme souvent une chaîne non interrompue qui lie les temps anciens aux temps modernes. Celui-ci n'a pas perdu toute sa force, et il est assez remarquable qu'on l'a retrouvé chez les Mexicains et chez d'autres peuples d'une civilisation naissante.

8 Honneur et loyauté, courtoisie et franchise.

Les règles des tournois semblent, malgré la rudesse de ces jeux, avoir été dictées par la galanterie la plus attentive. Tout était calculé pour honorer les Dames qui présidaient à ces fêtes, y donnaient les prix, et y tenaient le premier rang. La bravoure et la franchise étaient le titre le plus sûr à leur bienveillance, et le moindre soupçon de crainte ou de trahison était puni de la désapprobation générale, quelquefois même de peines corporelles. « Ces règles consistaient, dit M. de Jaucour, à ne point » frapper de la pointe, mais du tranchant de l'épée; à ne pas combattre » hors de son rang, ni frapper le cheval de son adversaire; à ne porter » des coups de lance qu'au visage ou au plastron; à ne plus frapper un » chevalier dès qu'il avait levé la visière de son casque, et à ne pas se » mettre plusieurs contre un seul. »

9 Et revient triomphant au milieu du danger.

Ces incidens n'étaient point rares dans les tournois. « Le titre d'esclave » ou serviteur de sa Dame, que chaque Chevalier nommait à haute voix » en entrant au tournois, était comme le gage de la victoire, et ce pri- » vilége s'achetait par des exploits..... A ce titre, les Dames joignaient » ce qu'on nommait *faveur, joyau, enseigne*, etc. C'était une écharpe, » un voile, une coiffe, une manche, une mantille, un bracelet, un nœud, » en un mot quelque pièce détachée de leur habillement ou de leur » parure; quelquefois un ouvrage tissu de leurs mains, dont le Chevalier » favorisé ornait le haut de son heaume, de sa lance, de son écu, sa » cotte d'armes ou autre partie de son armure. Si dans la chaleur de » l'action le sort des armes faisait passer ces gages entre les mains d'un » vainqueur, la Dame envoyait à son Chevalier un gage nouveau pour

» l'engager à enlever les enseignes de son ennemi, et à lui en faire
» offrande. »   (De Jaucour, *Encyclop.* V. Tournoi.)

1° Dix Bardes à-la-fois ne sauraient y suffire.

Contemporains des Druides, et leur ayant survécu de plusieurs siècles,
si nous admettons l'authenticité des chants d'Ossian, les *Bardes* n'avaient
pas comme eux une existence politique. Recevant leur mission du génie,
ils chantaient la gloire, obéissant à une inspiration indépendante des con-
venances sociales. On les retrouve donc dans tous les rangs. Souvent ils
célébraient les batailles où ils avaient combattu ; aussi habiles à exciter le
courage des soldats qu'à chanter leurs exploits. *Apud Gallos*, dit Strabon, *tria sunt hominum genera quæ magno in honore habentur : Bardi,
Vates et Druides. Bardi cantilenas cantant poëtæque sunt : Vates
sacrificant, et rerum naturalium indagationi explicationique dediti
sunt : Druides rerum naturalium disciplinæ philosophiam moralem adji-
ciunt.* Leurs poésies, conservées dans la mémoire des peuples, devenaient leurs seules annales : *Magnum ibi numerum versuum ediscere
dicuntur*, dit César.... *neque fas esse existimant ea litteris mandare....
quod neque in vulgus disciplinam efferri velint, neque eos qui discunt,
litteris confisos, minus memoriæ studere.* Et c'est parce que nous avons
perdu jusqu'à leur langue, que nos premières antiquités sont couvertes d'un
voile impénétrable.

On conçoit combien étaient recherchés ces dispensateurs de la renommée ; ils excitaient au-moins la curiosité, et cette passion est aussi vive
qu'une autre. Honorés et récompensés, ils se multiplièrent, et dégéné-
rèrent bientôt en *Trouvères, Troubadours, Jongleurs*, etc., la plupart sans talent, s'étudiant à flatter les Grands plutôt qu'à instruire les
peuples. Homère est sans doute le plus sublime des Bardes : il chanta les
Héros qu'il avait pu connaître, et les hauts faits dont il eût pu être témoin.
On en retrouve encore chez les peuplades les moins avancées dans la
civilisation ; chacune a son Barde, dont les chants distribuent la louange
ou le blâme. C'était encore une coutume que les Francs avaient apportée
de la Germanie : *Celebrant*, dit Tacite, *carminibus antiquis, quod*

unum apud illos memoriæ et annalium genus est; . . . . sunt illis hæc quoque carmina, quorum relatu, quem Barditum vocant, accendunt animos, futuræque pugnæ fortunam ipso cantu augurantur. Quant au nom de *Bardes*, les langues du Nord nous en montrent l'étymologie dans le mot qui exprime le chant des oiseaux.

[11] Qui faut-il accuser ? . . . . l'inflexible Destin.

Je n'ai pas dû négliger cette application naturelle de la doctrine du Koran sur la prédestination; et sans étendre cette idée, il suffit de la présenter en cette circonstance pour en démontrer la fausseté et le danger.

[12] Trois fois de leurs clameurs les vallons retentissent.

On sait que les Anciens avaient la coutume de pousser de grands cris en présence de l'ennemi, soit pour lui inspirer l'épouvante, soit pour s'animer au combat; mais il paraît que les Germains avaient, dans ces occasions, un usage particulier que les Francs avaient pu porter dans la Gaule, et qui n'était pas connu des Romains, puisqu'il est rapporté par Tacite, qui, sans doute, n'en fait mention que parce qu'il n'était pas ordinaire. Il consistait à renforcer la voix en appuyant la bouche contre l'écu: *Terrent enim trepidant ve, prout sonnuit acies. Nec tam voces illæ quam virtutis concentus videntur. Affectatur præcipuè asperitas sont et fractum murmur, objectis ad os scutis, quo plenior et gravior vox repercussu intumescat.*

[13] Son bras, dans un instant, les extermina tous.

Je serais trop heureux si ces vers rappelaient ceux de notre divin Racine, dont ils sont sans doute une réminiscence:

« Je veux qu'on dise un jour aux siècles effrayés:
» Il fut des Juifs; il fut une insolente race;
» Répandus sur la terre, ils en couvraient la face :
» Un seul osa d'Aman attirer le courroux,
» Aussitôt de la terre ils disparurent tous. »

(ESTHER, Act. II, sc. 1re.)

Je me serais bien gardé d'effacer cette ressemblance : les passions ont partout le même langage dans les mêmes situations ; et je suis fier que mon cœur ait battu un instant comme celui de cet admirable poëte.

¹⁴ Trois fois il prend du sable, et le lançant aux cieux.

« Nous avons vu aujourd'hui les gens du rebelle Sidy-Useph, ramasser
» du sable dans la plaine, et le jeter par poignées vers la ville. Ils veulent
» par là témoigner leur mépris pour les soldats du Bey, et les provoquer
» au combat. »   (*Voyage à Tripoli*, T. II, p. 304.)

*Ambulabat itaque David et socii ejus per viam cum eo : Semei autem
per jugum montis, ex latere contra illum gradiebatur, maledicens, et
mittens lapides adversum eum, terranique spargens.*

(Reg. II, cap. XVI, v. 13.)

¹⁵ Aimon, que décorait la pourpre épiscopale.

Les annales de cette époque et des siècles suivans nous offrent tant d'exemples d'Évêques guerriers, que je crois inutile de justifier ma fiction par des citations. C'était une conséquence du gouvernement féodal, qui obligeait les possesseurs de fiefs à suivre à la guerre leur suzerain, à la tête de leurs vassaux. Lorsque les Évêques devinrent seigneurs temporels, ils se trouvèrent soumis à cette obligation, et plusieurs ne se firent aucun scrupule de s'y conformer. Le judicieux Montaigne en fait la remarque, Liv. I, chap. XLI, et cite l'exemple de l'évêque de Beauvais : « Comme
» les femmes qui succédoient aux pairies avoient, nonobstant leur sexe,
» droit d'assister et opiner aux causes qui appartiennent à la iurisdiction
» des pairs : aussi les pairs ecclésiastiques, nonobstant leur profession,
» estoient tenus d'assister nos Roys en leurs guerres, non-seulement de
» leurs amis et serviteurs, mais de leur personne aussi. L'evesque
» de Beauais se trouvant avecques Philippe-Auguste en la bataille de
» Bouvines, participoit bien fort courageusement à l'effect ; mais il luy
» sembloit à devoir toucher au fruict et gloire de cet exercice sanglant

» et violent..... Il vouloit bien assommer, mais non pas blesser, et pour-
» tant ne combattait que de masse. »

Cet usage était si général au huitième siècle, que, suivant la remarque
de Montesquieu, Liv. XXX, chap. XVII : « Ils demandèrent à Charle-
» magne de ne plus les obliger d'aller à la guerre; et quand ils l'eurent
» obtenu, ils se plaignirent de ce qu'on leur faisait perdre la considéra-
» tion publique : et ce prince fut obligé de justifier là-dessus ses inten-
» tions. » Les Croisades nous en offrent plusieurs, qui croyaient remplir
un devoir religieux en combattant les Infidèles. Combien plus favorable
est la position d'Aimon, qui, à ce motif, peut ajouter celui de délivrer sa
patrie. Cet Évêque d'Auxerre leva deux fois à ses frais une armée, qu'il
conduisit en Aquitaine, à Charles-Martel.

FIN DES NOTES DU CHANT QUATRIÈME.

CHARLES-MARTEL.

CHARLES-MARTEL.

CHANT CINQUIÈME.

Tandis que des Français la foule consternée
Déplore de Robert la triste destinée,
Que l'armée et la cour, d'une commune voix,
Proclament ses vertus et vantent ses exploits,
Et que les bataillons des enfans de la Loire,
Par de sincères pleurs honorent sa mémoire;

Alpaïde tremblante et cachant son ennui,
A suivi Carloman, et veille auprès de lui.
Aladin, autrefois, dans sa jalouse rage,
Sut faire du poison un criminel usage;
Enivré des fureurs d'un génie infernal,
En ce jeune héros découvrant un rival,
Qui pourrait assurer que, dans sa frénésie,
Des plus subtils venins des serpents de l'Asie
Son homicide fer n'était pas infecté?
Suivant l'antique usage en ces temps respecté,
Les filles des Barons, de leurs mains virginales,
Recueillaient avec soin les fleurs médicinales,
Les simples des vallons, modestes végétaux
Que sema la nature autour de leurs châteaux,
Et que foule en passant l'insouciant vulgaire :
De leurs sucs mélangés elles savaient extraire
Un baume précieux, antidote puissant,
Dont la vertu suprême au blessé languissant
Rendait en peu de temps et la force et la vie :
D'une trève la guerre était-elle suivie?
Au retour des combats, les braves Chevaliers
Trouvaient dans ces châteaux des soins hospitaliers;
Les douceurs du repos succédant aux alarmes,
Leur faisaient de la paix apprécier les charmes;
Et souvent un guerrier tendre et reconnaissant,
D'un amour sans espoir sentait le feu naissant,

Et, comblé des bienfaits d'une main secourable,
Emportait dans le cœur une plaie incurable.

Clotilde avait appris, dès ses plus jeunes ans,
A rendre aux malheureux ces soins compatissans;
L'infortune jamais, d'une voix douloureuse,
N'implora vainement sa pitié généreuse,
Et jamais son ardente et douce charité
N'abandonna l'infirme en son obscurité.
Mais c'était au soldat frappé dans les batailles,
Dont le fer ennemi déchira les entrailles,
Qu'on lui voyait porter le plus vif intérêt :
Ses délicates mains lui donnaient, en secret,
Les soins affectueux qu'on ne saurait attendre
Que d'une sœur chérie ou d'une épouse tendre.
Elle vit Carloman affronter le danger,
Et le même regard osa l'encourager:
En ce terrible instant, oubliant Numerance,
Elle ne respirait que l'honneur de la France;
Mais bientôt sur son cœur ayant repris ses droits,
L'amour y règne seul : cette fille des Rois,
En sa noble fierté mesurant l'intervalle
Qui devait de son rang éloigner sa rivale,
Tantôt se défendant d'un sentiment plus doux,
Écoutait les conseils de son orgueil jaloux;

Et plus souvent encor redevenue amante,
Comme un fragile esquif jouet de la tourmente,
Agitée, elle cède à ses vives douleurs.
Alpaïde surprend le secret de ses pleurs;
Et de son désespoir vivement alarmée,
En lui donnant le nom de fille bien-aimée,
Sur son sein maternel recueille ses sanglots.
Clotilde encouragée éclate par ces mots:

« Que ne puis-je en douter! il est trop vrai, Madame,
» Et son cœur embrasé d'une nouvelle flamme,
» Vainement, désormais, prétendrait à m'aimer :
» Il a rompu les nœuds que vous vouliez former;
» Et ma main, sans retour, repoussant un parjure,
» Doit punir son offense et venger mon injure.
» Une vaine apparence aurait pu m'abuser,
» Dites-vous? Je l'aimais, et prompte à l'excuser,
» J'ai caché ma douleur depuis l'heure cruelle
» Où la Cour, et vous-même, avez vu l'infidèle,
» Sur de nouveaux appas fixer ses yeux épris.
» Mais serais-je insensible à d'injustes mépris!
» Aujourd'hui même encore, aux regards de l'armée,
» Sans soins de ma tendresse ou de sa renommée,
» Affrontant les poignards des Maures furieux,
» Il l'arrache des bras d'un rival odieux.

» Alors qu'il manifeste un intérêt si tendre,
» Quels outrages nouveaux n'en puis-je pas attendre?
» M'y verrai-je exposée, et ce dernier affront
» Des enfans de Clovis rougira-t-il le front?....
» Que dis-je!... de Clovis!... Hélas! suis-je sa fille!
» Moi, malheureuse! moi, sans appui, sans famille,
» Faible et triste jouet des caprices du sort;
» Ah! que me reste-t-il? la douleur et la mort. »
Elle se jette en pleurs dans les bras d'Alpaïde.
La Reine la console : « A quel soupçon perfide
» S'abandonne, ô ma fille, un cœur simple et jaloux?
» Vous accusez mon fils! Je l'ai vu, comme vous,
» En Chevalier français, venger avec courage
» L'innocente beauté qu'un ravisseur outrage.
» Il a bravé la mort : pouvait-il faire moins?
» Mais vous êtes l'objet de ses plus tendres soins :
» Ses sermens, prononcés d'une bouche sincère,
» Si vous ne les croyez, interrogez son père;
» Sur l'avenir lui-même a rassuré mon cœur :
» Il veut en votre époux couronner un vainqueur;
» Enchaîner le Destin....» — « De celui qui m'accable,
» Puissai-je, dit Clotilde, être seule coupable! »
Elle marche à ces mots : son front décoloré
Est empreint des ennuis de son cœur éploré.
Ainsi, lorsqu'au printemps la terre fécondée
Reçoit d'un ciel ami la bienfaisante ondée,

Le soleil, au couchant, de ses plus vifs rayons
Brille dans chaque goutte et dore les sillons;
Mais le tonnerre au loin gronde dans le nuage,
Et les champs reverdis sont menacés d'orage.

Le jeune Carloman, d'un œil reconnaissant
Voit des Reines pour lui l'amour compatissant[2].
A-peine elle a sondé la sanglante blessure,
Clotilde est plus tranquille, et sa voix le rassure.
« Ah! de tant de bontés que je connais le prix! »
Dit-il, en élevant ses regards attendris :
« Qu'elles ont de douceurs! ô Clotilde! ô ma mère!
» J'ai vengé mon pays : ma blessure m'est chère.
» Mais, voulant arracher Numérance à la mort,
» N'aurais-je donc tenté qu'un inutile effort?
» Portez-lui vos secours, s'il en est temps encore..... »
— « Qu'entends-je! dit Clotilde : au feu qui vous dévore
» Vous ne pouvez donc pas résister un moment?
» Malgré vous il éclate avec emportement;
» Et lorsqu'à ma douleur je faisais violence,
» Vous me forcez vous-même à rompre le silence.
» Que ne puis-je en mon cœur comprimer pour toujours
» Des maux dont l'amertume empoisonne mes jours!
» Perfide! avez-vous pu me faire cet outrage?
» Jouissez de mes pleurs, puisqu'ils sont votre ouvrage!

» En secret trop long-temps mon sein en fut baigné.
» Triomphez, désormais, de ce cœur dédaigné :
» Je vous rends vos sermens : portez à l'étrangère
» L'hommage peu flatteur d'une flamme légère.
» Si du trône le Ciel me défend d'approcher,
» Aux yeux du monde entier je saurai me cacher :
» De la tombe entre nous mettant tout l'intervalle,
» Je ne vous verrai point couronner ma rivale :
» Pour apporter bientôt un terme à mon malheur,
» Ingrat ! il suffira de ma seule douleur. »

   Le Prince est interdit. « Mon fils, lui dit la Reine,
» Rassurez ma tendresse et modérez sa peine.
» Nourrissant un dessein peu conforme à nos vœux,
» Avez-vous le désir de former d'autres nœuds ?
» Clotilde, que mon cœur adopta pour sa fille,
» Ne sera-t-elle plus l'espoir de ma famille ?
» Et parmi les Français, sous des noms flétrissans
» Verrai-je, à juste titre, appeler mes enfans ?..... »
— Carloman l'interrompt : « Cessez, cessez, ma mère ;
» La douleur qui m'oppresse est déjà trop amère.
» Éloignez un soupçon qui touche à mon honneur.
» Puissai-je vous placer au faîte du bonheur,
» O Clotilde ! Le trône est un faible apanage
» Pour toutes les vertus qui sont votre partage.

» Vous seule, je le jure, avez reçu ma foi,
» Et remplir ma promesse est ma première loi.....
» Mais n'entendez-vous pas le signal des batailles!
» Il fait, plus que jamais, tressaillir mes entrailles.
» S'il m'appelle aux combats, c'est pour vous mériter:
» Gloire, patrie, amour, qui pourrait hésiter! »

Dès l'aurore, en effet, les trompettes guerrières
Rassemblaient les soldats autour de leurs bannières.
Tous accourent armés : leur belliqueuse ardeur
Brille dans leurs regards, fermente dans leur cœur,
Et donne du succès l'espérance certaine.
Bientôt cent bataillons se rangent dans la plaine,
Et déployés au loin, cent escadrons nombreux
S'avancent au travers d'un nuage poudreux.
Des rayons du soleil chaque armure étincelle :
Tels, du fond des vapeurs que l'Autan amoncelle,
Précurseurs de l'orage, on voit de mille éclairs
Les feux muets encor se croiser dans les airs.
Vers les cieux tout-à-coup s'élève un cri de joie :
L'Oriflamme paraît; Childebrand la déploie :
L'élite des guerriers la précède et la suit,
Et les sons de l'airain l'annoncent à grand bruit.
Un noble enthousiasme électrise l'armée :
Élevant sa francisque, agitant sa framée [3],

Faisant briller son glaive, et frappant son écu,
Chaque soldat s'écrie : « A l'ennemi vaincu !
» Vive France et le Preux qui nous mène à la gloire! »
En répétant ces cris, présage de victoire,
Les échos éloignés font entendre à-la-fois
Jusqu'aux camps sarrasins leur formidable voix.
Abdérame en frémit : dans leurs vives alarmes,
Les Maures étonnés recourent à leurs armes,
Et poussant à leur tour des cris audacieux,
Osent braver la France en blasphémant les cieux.
Ainsi, quand l'ouragan, noir fléau des campagnes,
Amasse ses fureurs au sommet des montagnes,
Dans le nuage épais déchiré de ses feux,
La foudre rebondit en roulemens affreux;
Mais elle est loin encore, et le troupeau timide,
Se pressant sur les pas du pasteur qui le guide,
Sans espoir d'échapper au choc des élémens,
Exprime son effroi par de longs bêlemens.
Fier du dépôt sacré commis à sa vaillance,
D'un pas superbe et lent, Childebrand qui s'avance,
Au centre de l'armée est à peine rendu,
On donne le signal dès long-temps attendu.
A l'instant le soldat, impatient de gloire,
Marche, plein de courage, aux rives de la Loire,
Abandonnant ces champs à de nouveaux sillons.
Charles donne l'exemple aux premiers bataillons;

18*

Comme l'ardent Vesper précède les étoiles,
Quand la nuit dans les cieux étend ses sombres voiles.

Fuyant des Sarrasins l'homicide fureur,
Bientôt un peuple entier, chassé par la terreur,
Loin des murs désolés que le Maure ravage,
Échappant aux poignards, aux feux, à l'esclavage,
Implore en gémissant, dans les rangs des Français,
Un asile assuré contre ces noirs excès :
Le débile vieillard, appuyé sur sa fille,
Au Ciel qui l'en priva demande sa famille ;
L'épouse, de l'époux massacré dans ses bras,
Montre le sang tout tiède et pleure le trépas ;
Cette autre vient cacher, innocente adultère,
D'un déshonneur forcé le crime involontaire ;
Ici, la vierge en vain appelle ses parens ;
Là, le père égaré cherche ses fils errans ;
L'enfant, près de périr sur le corps de sa mère,
Reçoit les vains secours d'une main étrangère ;
L'infirme, dont les jours touchent à leur déclin,
Fuit une mort trop lente ; et le jeune orphelin,
Justement effrayé de leur sort qu'il ignore,
Pense, privé des siens, les retrouver encore.
Des soldats leurs douleurs excitent la pitié :
Tous, empruntant la voix de la douce amitié,

Prodigues de bienfaits, semblent autant de frères
D'un frère infortuné soulageant les misères :
Avec ces malheureux, l'un partage son pain ;
L'autre étanche leur soif ; nul ne réclame en vain
Les secours généreux d'une âme bienveillante ;
Et leurs yeux essuyés par une main vaillante,
Surprennent dans ces yeux ombragés de lauriers,
Une larme honorable à ces braves guerriers.
Parmi tant de revers, bientôt la renommée
Vient d'un affreux désastre épouvanter l'armée :
On répète ce cri : « Poitiers n'existe plus !... »
O cité malheureuse ! ô regrets superflus !
Tes fils sont égorgés, tes murs réduits en cendre !
Hunalde et ses soldats n'ont donc pu te défendre !

De ces feux que la nuit découvre à l'horizon
Quelle main criminelle alluma le tison ?
De l'impie Alahor les brigands exécrables
Souillés cent et cent fois de forfaits innombrables,
Auraient-ils reculé pour un nouveau forfait ?
Le triomphe à leurs yeux n'eût été qu'imparfait,
Si de leurs ennemis l'opulente patrie
N'avait rassasié leur avare furie.

Dans sa tente Abdérame à peine est de retour,
Alahor se présente au milieu de sa cour :
Le farouche Alahor, nourri dans les alarmes,
N'avait connu jamais d'autre droit que les armes,
Et la cupidité d'un infâme voleur,
Aux yeux même des siens entachait sa valeur ;
Son âme corrompue unissait à ce vice
La froide cruauté, fille de l'avarice,
Celle qui se complaît aux pleurs des malheureux.
Parmi les Sarrasins il se rendit fameux
En brisant les autels et les saintes images
Qui des peuples chrétiens reçoivent les hommages,
Et faisant immoler, au milieu des tourmens,
Les pontifes sacrés sur les temples fumans.
Il avait vu frémir l'Espagne et l'Aquitaine,
A l'aspect des brigands ministres de sa haine,
Et leurs forfaits partout répandant la terreur,
Son nom seul inspirait une profonde horreur.
Il lève au milieu d'eux ses sanglantes bannières :
Noirs enfans du Siwah, ces peuplades grossières
Habitaient l'Oasis, où d'Ammon, autrefois,
L'oracle mensonger fit entendre sa voix [4].
Le Nasamon errant, l'avare Troglodyte,
Qui fouille sans relâche une terre maudite
Et lui rend les trésors qu'il trouve dans son sein ;
Le cruel Garamante, et le noir Abyssin,

Pour leur commune idole avaient fondé ce temple [5].
Les peuples africains, séduits par leur exemple,
Du fond de leurs déserts apportaient tous les ans
Sur ces bords inconnus les plus riches présens.
Le pasteur Lybien, et le soldat Numide;
Le Barce, le Gétule, et le Nègre timide;
L'habitant de Memphis, qui, superstitieux,
Venait d'inscrire Ammon au nombre de ses dieux;
Celui de Méroé, résidence des sages;
Et celui qui du Nil cotoyant les rivages,
Jusqu'en Éthiopie, après de longs détours,
Se plonge dans les lacs où commence son cours [6];
Tous venaient prodiguer l'encens et les richesses
A l'oracle trompeur dont les fausses promesses,
Appât que tend la fourbe à la crédulité,
Ainsi que leurs désirs flattaient leur vanité.
Peu connu de la Grèce, en ce climat sauvage
Du fils d'Olympias ce Dieu reçut l'hommage [7];
Caton le dédaigna [8]. L'oracle ayant cessé,
Par ses adorateurs ce temple délaissé
Ne présenta bientôt qu'un monceau de décombres,
Où d'énormes serpens, glissant parmi les ombres,
Cherchaient une retraite, et loin de tous les yeux
Gardaient de ces trésors les dépôts précieux.
Des souvenirs confus, des préjugés bizarres,
Les faisaient respecter de ces peuples avares;

Alahor y porta ses sacrilèges mains;
Il osa violer ces sacrés souterrains,
Dont l'or n'assouvit pas son infâme avarice;
Et les brigands nombreux qu'il prit à son service
Lui portaient chaque jour des temples dépouillés
Les plus beaux ornemens par leurs crimes souillés.

De sa brutale rage Alahor les enflamme:
Ils s'élancent en foule aux tentes d'Abdérame.
Leurs membres demi-nus sont noirs et décharnés;
Leurs flancs, d'un pagne étroit à peine environnés,
Sont couverts, au combat, d'une armure légère,
Ouvrage d'une main à nos arts étrangère;
Un informe turban cache leur front hideux;
Et des cordons divers attachent autour d'eux
Le sabre, le poignard, et les flèches rapides
Que lancent en fuyant ces combattans perfides.
Ils accourent montés sur de grêles chevaux:
Alahor leur promet des pillages nouveaux;
Et par ce lâche espoir captant leur confiance,
Se présente à l'Émir et demande audience.
« Je m'étonne, Seigneur, qu'en un si long repos
» Tu laisses, lui dit-il, languir tant de héros;
» Leur courage en murmure, et tu sais si l'armée
» A cette inaction était accoutumée.

» Qu'est devenu ce temps où de brillans exploits
» Soumettaient chaque jour des Chrétiens à nos lois;
» Où du fier Andaloux tu prolongeais la chaîne
» Jusqu'aux peuples tremblans de la riche Aquitaine,
» Et portant aux Français le Koran et des fers,
» Tu semblais à ton joug attacher l'Univers?
» Déjà, sans éclairer de nouvelles conquêtes,
» Le soleil trop souvent a passé sur nos têtes;
» Nous ne combattons plus; que dis-je! nos soldats
» Vainement de leur sabre appellent les combats;
» Tu ne les entends plus, et leurs mains intrépides
» De sang et de butin paraissent moins avides.
» Renoncent-ils à vaincre? ou les Rois ennemis
» Au glaive Musulman sont-ils enfin soumis?
» Non: la France chrétienne impunément nous brave;
» Et l'Aquitaine encor, trop indocile esclave,
» Arborant à Poitiers d'orgueilleux étendards,
» Ose par sa révolte offenser nos regards.
» Je ne souffrirai pas qu'une ville rebelle
» Refuge des vaincus, dans ses murs les recelle;
» Et tu verras bientôt leurs débris enchaînés
» Au milieu de nos camps par mes mains entraînés. »
Il dit, et n'attend pas qu'Abdérame réponde;
Il pique son coursier : sa horde furibonde,
Annonçant par des cris ses coupables desseins,
S'accroît à chaque pas de nombreux assassins.

Tel un faible torrent qu'une pluie orageuse
A grossi tout-à-coup d'une eau trouble et fangeuse,
Au travers des guérets étendant ses fureurs,
Menace, en mugissant, les pâles laboureurs;
On voit, pleines d'effroi, les familles entières
A ses flots destructeurs délaisser leurs chaumières,
Emporter leurs enfans, fuir avec leurs troupeaux,
Les déposer en pleurs au sommet des coteaux,
Et d'un air consterné contempler les ravages
D'une mer en courroux qui n'a plus de rivages;
A l'aspect d'Alahor, effrayés, palpitans,
Tel Poitiers voit s'enfuir ses nombreux habitans,
Cherchant loin de ses murs, ou dans la citadelle,
Contre les coups du Maure un asile fidèle.
Dans un désordre affreux, poussant d'horribles cris,
Les uns de leur fortune emportent les débris;
Les autres, résistant à ces vives alarmes,
Mettent leur confiance en d'inutiles armes;
En cent lieux différens, tous fuyant à grands pas
Ont l'espoir incertain d'échapper au trépas,
De soustraire du-moins aux hordes menaçantes,
Des femmes, des enfans, les foules innocentes.
Heureux, pour qui s'ouvrant les barrières du fort,
Peut les y déposer ainsi que dans un port:
Heureux qui, laissant tout, excepté son vieux père,
Y trouve ses enfans dans les bras de leur mère [10].

De ces retranchemens assis sur le rocher,
Quel Maure audacieux tenterait d'approcher?
Sur de larges fossés, où dort une eau tranquille,
De flexibles anneaux portent un pont mobile,
Et le Clain, de ces murs qu'il ceint de tous côtés,
Embrasse étroitement les sinuosités.
Leur pied se raffermit au fond de ces abîmes;
Et levant dans les airs leurs orgueilleuses cimes,
Le front ceint de créneaux, vingt menaçantes tours
Du fleuve et des remparts défendent les contours.
C'est là que des Chrétiens assurant la retraite,
Entouré d'ennemis, Hunalde les arrête:
Couvrant de leur valeur les abords de ces lieux,
Ses soldats quelque temps semblent victorieux;
Mais ils cèdent enfin, et dans l'étroite issue
Leur phalange héroïque est à peine reçue;
Le pont, en gémissant, s'élève avec effort,
Et laisse un peuple entier aux horreurs de la mort.
Elle dévore tout : la vieillesse et l'enfance,
Dont la faiblesse et l'âge est la seule défense;
Le paisible artisan, le soldat généreux,
Le pasteur vénéré de tant de malheureux,
Le père environné de sa jeune famille,
Le frère avec la sœur, la mère avec sa fille,
L'épouse dont l'amour a fécondé le sein,
Tous tombent à-la-fois sous le glaive assassin.

Le Maure à la pitié demeure inaccessible;
L'enfer guide son bras et le rend inflexible :
Ainsi le moissonneur, sa faucille à la main,
Au travers des guérets s'ouvre un large chemin;
Il avance, et le fer abat sur son passage
Et le tendre bluet et le pavot sauvage,
Et parmi les monceaux des épis jaunissans,
On voit se dessécher toutes les fleurs des champs.
Plus d'espoir, plus d'asile! une foule éplorée
Par le glaive ennemi sans cesse est dévorée :
Des cris sourds et confus, des accents douloureux
S'exhalent étouffés de ce tumulte affreux :
Comme les flots émus d'une mer courroucée,
Par les vents déchaînés vers ses rives poussée,
Tour-à-tour sur la grève elle avance à grand bruit,
Et reculant soudain, l'abandonne et s'enfuit;
Telle, dans son effroi, cette foule agitée,
Dans le fleuve tantôt roule précipitée;
Tantôt, impétueuse et bravant le trépas,
Elle voit le vainqueur céder devant ses pas.

Qui pourrait de ce jour retraçant tous les crimes,
De ces vils Africains dénombrer les victimes;
Les peindre, encouragés d'un facile succès,
S'abandonnant sans frein aux plus cruels excès,

Souillés, ivres de sang, et s'en repaître encore
Sans pouvoir étancher la soif qui les dévore?
Véridique témoin des maux qu'ils ont commis,
C'est à toi de les dire, ô Muse!.... et tu frémis!....
Ah! je respecterai le voile impénétrable
Dont le temps a couvert cette page exécrable;
Mon pinceau se refuse à tracer tant d'horreurs.
Mais on vit, au milieu de ces noires fureurs,
Une femme encor jeune, une épouse, une mère,
Déployer des vertus l'auguste caractère;
Et peut-être, au récit de ses malheurs touchans,
Nos neveux d'une larme honoreront mes chants.

Fille d'un vieux guerrier, dont les traits vénérables
Portaient de sa valeur les traces honorables,
Et qui, malgré les ans, s'animait quelquefois
Au noble souvenir de ses anciens exploits,
Blanche, en voyant le jour, avait perdu sa mère,
Et faisait les plaisirs et l'orgueil de son père;
Attentive aux leçons qu'il gravait dans son cœur,
Trouvant dans la vertu le calme du bonheur,
Elle avait dédaigné l'hommage du vulgaire,
Et les nœuds de l'hymen l'unissaient à Lothaire.
Un lustre était passé depuis que ces époux
Coulaient des jours sereins en des liens si doux;

Deux fils de leur amour étaient le tendre gage :
L'un, vif et sémillant des grâces de son âge,
Dans ses jeux enfantins imitait les combats;
A peine l'autre encor formait ses premiers pas :
Trop faible, et soutenu d'une longue lisière,
Il venait reposer sur le sein de sa mère.
Heureux par son épouse, heureux par ses enfans,
Dévoué tout entier à des soins si touchans,
De sa félicité savourant tous les charmes,
Pour s'y livrer, Lothaire avait posé les armes;
Mais dès que sa patrie eut besoin de son bras,
On le vit les reprendre et voler aux combats.
Bientôt des Aquitains retardant la défaite,
Ses valeureux soldats couvrirent leur retraite;
Mais cédant aux vainqueurs, et cédant les derniers,
D'un barbare ennemi malheureux prisonniers,
Accablés des rigueurs d'un cruel esclavage,
De leur triste patrie ils voyaient le ravage.

Lothaire, qu'alarmaient la nature et l'amour,
Sur les jeunes enfans qui lui doivent le jour,
Sur son épouse, hélas! et si tendre et si chère,
Sur ses concitoyens, ses amis, son vieux père,
Exposés sans défense aux plus affreux malheurs,
Frémissait dans ses fers qu'il arrosait de pleurs;

Mais son cœur nourrissait une vague espérance.
De ses gardes enfin trompant la vigilance,
Couvert du voile épais d'une profonde nuit,
Jusqu'à ses compagnons il arrive sans bruit.
Son aspect ranimant la valeur de ces braves :
« Traînerons-nous long-temps ces honteuses entraves,
» Dit-il, et le guerrier qui ne craint pas la mort
» Ne serait-il donc plus l'arbitre de son sort?
» Si vous voulez me suivre et venger l'Aquitaine,
» Que tardez-vous encore à briser votre chaîne?
» Un instant peut suffire, et tous sont précieux :
» Le plus vil instrument arme l'audacieux,
» Et la fortune même obéit au courage.
» Mourons avec honneur ou sortons d'esclavage. »
Ces mots sont, à voix basse, à peine prononcés;
Soulevés à-la-fois, ces captifs courroucés,
Ainsi que d'un volcan l'explosion subite,
Forcent de leur prison la cohorte interdite,
S'arment de sa dépouille et donnent le trépas
A ceux qui pour combattre accourent sur leurs pas.

Le superbe Almanzor et ses tribus guerrières
Pour la garde du camp veillaient à ses barrières;
L'éclat de ce désordre au milieu de la nuit
Par des chemins divers en ces lieux les conduit.

Lothaire enveloppé veut s'ouvrir un passage;
Almanzor lui résiste et le combat s'engage.
Des coups de toutes parts dans l'ombre sont portés;
D'une égale fureur les guerriers transportés,
Se frappent au hasard, et l'horreur des ténèbres
Semble ajouter encore à ces scènes funèbres.
Par le nombre accablé, l'Aquitain mal armé,
D'un noble désespoir est long-temps animé :
La haine de ses fers redouble son courage.
Cependant dans les rangs du fier Abencerage
Se mêlent des guerriers de toutes les tribus :
Tel un torrent fougueux, dont les flots suspendus
Rencontrent dans les champs une digue puissante,
Accumule sans cesse une onde frémissante,
Et d'une sale écume inonde les sillons.
Osmin, toujours fidèle, accourt aux pavillons
Où sur d'épais coussins reposait Abdérame :
« Que la sérénité, dit-il, règne en ton âme :
» Seigneur, jusques à moi les échos de la nuit
» D'un tumulte imprévu semblent porter le bruit;
» Un esclave bientôt m'en apprendra la cause.
» A tout évènement que ton bras se dispose;
» Apprends à tes guerriers, apprends à l'ennemi,
» Que dans les voluptés tu n'es pas endormi. »
L'Émir, à ce discours, se lève et prend ses armes;
Il fait tonner au loin le tambour des alarmes;

Et tout le camp s'émeut à cet affreux signal.

Lothaire soutenait un combat inégal :
Cerné de toutes parts, une horde nouvelle
Vainement le poursuit, le presse, le harcelle;
Qui pourrait l'arrêter ? c'est l'ours démuselé
Retrouvant un courroux long-temps dissimulé,
Et vengeant ses affronts sur la foule imprudente.
Peu nombreuse, sa troupe est toujours plus ardente.
Comme un roc élancé roule et s'ouvre un chemin
Au travers des moissons; tels, l'épée a la main,
Animés d'une haine ardente et courroucée,
Sur la foule ennemie et déjà repoussée,
Ils passent, résolus d'arriver à la mort,
Si la fortune enfin condamne leur effort.
Courage infructueux! L'intrépide Lothaire
Méritait ses faveurs et l'éprouve contraire :
Des guerriers d'Almanzor le triomphe est certain.
Ce Maure combattait le Héros aquitain :
« Quel vain espoir, dit-il, a séduit ton courage?
» Veux-tu rompre tes fers? cède à l'Abencerage :
» Je connais l'exigeance et les droits du malheur,
» Et je sais par l'estime honorer la valeur.
» Cède ou crains le trépas. » — « Cette menace est vaine,
» Lui répond le Guerrier, pour qui brise sa chaîne.

» La mort est toujours prête à rompre nos liens :
» Je l'affronte et l'attends pour échapper aux miens ;
» Qu'elle frappe. » — « Chrétien, accepte ma promesse,
» Dit le noble Almanzor : que le carnage cesse;
» Sois libre désormais; c'est assez combattu :
» Ainsi le vrai courage honore la vertu. »
Ces braves, à ces mots, laissent tomber leurs armes.

Rassuré cependant des premières alarmes,
Déployant des tourmens l'appareil infernal,
Abdérame en courroux, devant son tribunal
Fait amener Lothaire et ses vaillans complices.
Une foule barbare attendait leurs supplices :
Déjà le fier despote en a dicté l'arrêt;
On en fait, à leurs yeux, l'épouvantable apprêt;
Almanzor les défend : sa noble bienveillance
Contre un tyran jaloux protège la vaillance.
Des fers des Musulmans généreux fugitifs,
Sa parole est sacrée; ils ne sont plus captifs :
Qu'ils usent à leur gré des droits qu'elle leur donne;
Celui de les punir n'appartient à personne;
Il y va de sa gloire; il ne peut consentir
Qu'aux yeux de ses soldats on l'ose démentir;
Mais sa vengeance au-moins ne sera pas trompée.
En achevant ces mots il saisit son épée :

Sa tribu menaçante, éparse autour de lui,
A ses discours hautains assure son appui,
Et fait craindre à l'Émir des guerres intestines.
« Que m'importe, dit-il, ce que tu leur destines:
» Le Koran aux Chrétiens qui tombent sous nos lois,
» Du turban ou des fers ne laisse pas le choix ". »
Il dit avec colère, et rentre dans sa tente,
Laissant des Aquitains la troupe mécontente
S'écrier qu'au parjure ils préfèrent la mort.
Lothaire à ce devoir les anime d'abord;
Mais écoutant enfin les vœux de sa tendresse,
Il éprouve lui-même un instant de faiblesse,
Source d'un repentir qui doit être éternel.
La nature s'éveille en son cœur paternel ;
Elle met dans sa bouche un serment qu'il déteste;
Son front des apostats prend le signe funeste;
L'infidèle turban en couvre la rougeur :
Il ne peut du remords calmer le ver rongeur;
Le Dieu qu'il trahissait, par des avis sévères
Le rappelle sans cesse au culte de ses pères.

Mais bientôt, dans Poitiers, un transfuge indiscret
Divulgue imprudemment ce malheureux secret:
Blanche est peut-être, hélas! la dernière à l'apprendre.
A ce récit, son cœur religieux et tendre

19*

De deux coups de poignard est à-la-fois percé;
La mort couvre ses traits de son voile glacé;
Dans les bras de son père elle tombe expirante.
Mais recouvrant enfin son âme délirante,
Elle parle en ces mots dictés par la douleur :
« O vous! qui déplorez l'excès de mon malheur;
» Amis, dont la pitié me tend une main sûre,
» Parlez; ne craignez point de toucher ma blessure;
» Du destin désormais je puis braver les coups;
» Répondez-moi sans feinte; ai-je encore un époux?
» Mes malheureux enfans ont-ils encore un père?
» Pourquoi ne vient-il pas dans les bras de leur mère?
» Ah! qui peut l'arrêter! faut-il encore un jour
» Que sa trop longue absence afflige mon amour!
» Mais avec sa patrie il succomba peut-être!....
» Non. Il est en ces lieux et je le vois paraître.
» Quel prestige!... Est-ce lui?... Qui l'aurait pu changer?...
» N'est-il pas revêtu d'un habit étranger?
» N'est-ce pas le turban qui lui couvre la tête?
» Mon époux apostat!... Malheureux!... Ciel!... Arrête.
» En abjurant ton culte, en trahissant ta foi,
» Tu rompis les liens qui t'unissaient à moi :
» Une horrible barrière à jamais nous sépare.
» Que dis-je?... O mes enfans!... Ils sont les tiens, barbare!..
» Sois heureux;.... ton parjure avancera mes jours.
» Je devrais te haïr;.... ah! je t'aime toujours. »

Sans couleur et sans voix alors elle retombe,
Et semble se pencher sur le bord de sa tombe.
Sa jeunesse et surtout l'amour de ses enfans
Surmontèrent ses maux ; mais ses traits languissans
En portèrent toujours la déplorable empreinte ;
Et lasse de la vie, elle voyait sans crainte
De l'avare Alahor les farouches guerriers
Franchir de tous côtés les remparts de Poitiers..

Dans une basilique, auprès de sa demeure,
Où ses chastes soupirs s'exhalaient à toute heure
Aux pieds d'un Dieu mourant seul témoin de ses pleurs,
Elle allait prosterner ses pieuses douleurs.
De ce temple sacré le vaste péristyle
De l'infirme et du pauvre est le dernier asile :
On l'y voyait souvent donner aux malheureux
De charitables soins le secours généreux,
Et ses jeunes enfans, d'une main diligente,
Distribuaient d'aumône à la foule indigente.
Mille fois sur leur front d'innocence embelli,
Brilla l'émotion dont leur sein est rempli ;
Mais, de ce jour terrible ignorant le mystère,
Ils ne sont attentifs qu'à consoler leur mère.
Une sombre stupeur occupait les esprits ;
On entendait au loin d'épouvantables cris ;

Courant de toutes parts, des femmes gémissantes
Apportaient en ce lieu leurs larmes impuissantes :
Ici, l'une accusait le Ciel sourd à ses vœux ;
Là, dans son désespoir s'arrachant les cheveux,
Le front pâle et terni, roulant dans la poussière,
L'autre l'importunait de sa vaine prière :
Toutes, le cœur navré d'affreux pressentimens,
Par des pleurs, des sanglots, de longs gémissemens,
Tâchaient de le fléchir : Blanche a plus de courage,
Et cependant le trouble est peint sur son visage.
Ainsi, quand le Verseau, père des aquilons,
De leur souffle orageux désole les vallons,
Le mont inaccessible aux coups de la tempête
Au-dessus de la brume élève encor sa tête ;
Déjà l'épais brouillard l'enveloppe à son tour,
Voile son front superbe, et bientôt à l'entour
Éclatent les fureurs du plus terrible orage.

Blanche avec ses malheurs sent grandir son courage.
Son père en ce moment se présente à ses yeux :
D'un projet qu'il concentre il semble soucieux ;
Son œil sombre et pensif a réprimé ses larmes ;
Oubliant sa vieillesse il a repris les armes ;
Un casque tout poudreux couvre ses cheveux blancs ;
Son antique cuirasse est autour de ses flancs ;

Le poids de son écu charge sa main tremblante,
Et sa lance affermit sa marche vacillante.
Blanche accourt éplorée et tombe à ses genoux :
« Arrêtez, ô mon père! ô ciel! où courez-vous?
» Quoi! vous abandonnez votre jeune famille!
» Que feront vos enfans, que fera votre fille,
» Seule, sans protecteur, sans conseils, sans appui! »
Le vieillard lui répond : « O ma fille! aujourd'hui,
» Ma main trop faible, hélas! ne peut plus vous défendre.
» Je vais chercher la mort qui se fait trop attendre.
» A ce noble dessein ne vous opposez pas;
» Assez de force encore animera mon bras,
» Et vous saurez du-moins que, sans ignominie,
» En guerrier généreux j'ai terminé ma vie. »
— « Quel sera notre sort si vous nous délaissez?
» Dit Blanche en sanglotant : mon père! ah! frémissez!
» J'ai perdu mon époux : dans un vil esclavage
» D'un farouche soldat serai-je le partage?
» Vos enfans, dans les fers, verront-ils outrager
» Le sein qui les forma sans pouvoir le venger?
» Vous détournez les yeux : écoutez ma prière;
» Ne la rejetez pas, ce sera la dernière:
» Mon père, ayez pitié de votre propre sang ;
» Sauvez-le de l'opprobre et frappez notre flanc.
» Jeunes infortunés! avez-vous reçu l'être
» Pour languir avilis par un barbare maître! »

— « O ma fille! cessez de déchirer mon sein,

» Dit le vieillard : vos pleurs ébranlent mon dessein.

» Qu'attendez-vous de moi? Qu'en ce moment funeste,

» Du dernier de mes jours je vous donne le reste?

» J'y consens; je demeure; et mourant près de vous

» Le coup de mon trépas me semblera plus doux.

» Qu'est devenu ce temps où ma pesante armure

» Était de mes beaux jours la plus chère parure;

» Où sortant d'un tournoi, vainqueur de mes rivaux,

» Je cherchais au combat des triomphes nouveaux;

» Où je voyais enfin des mains de la victoire

» Élever chaque jour un trophée à ma gloire?

» Mais quoi! d'un froid mortel mon bras appesanti

» Par les glaces des ans est en vain ralenti;

» Je sens, à votre aspect, de mon ardeur première

» La flamme au fond du cœur revivre toute entière.

» Ma fille, mes enfans, ma patrie et ma foi,

» Quels objets sont plus chers et plus sacrés pour moi!

» Imitez mon exemple, ô généreuses femmes!

» Montrez aux Sarrasins la trempe de vos âmes :

» Quand la nature exige un vigoureux effort,

» Votre sexe sensible est toujours le plus fort :

» Au comble du malheur redoublez de constance;

» Étonnez l'ennemi par votre résistance;

» Et si le Ciel enfin voulait que ces lambris

» Vous fissent un tombeau de leurs sanglans débris,

» Quel plus beau monument pourrait transmettre aux âges
» De vos mâles vertus les nobles témoignages! »

En achevant ces mots, il voit de toutes parts,
Pressés par l'ennemi, des blessés, des fuyards,
Déployer des héros le courage indomptable,
Et rendre leur défaite illustre et redoutable.
Le vieillard les appelle; il fait un drapeau blanc
De l'écharpe à longs plis arrachée à son flanc;
Et son bras l'agitant du haut du péristyle:
« Venez, s'écriait-il, d'une foule débile
» Prendre ici la défense et protéger les jours,
» Des femmes, des enfans réclament vos secours;
» Ils vous tendent les bras, et leurs mains innocentes
» Veulent combattre aussi ces hordes menaçantes.
» Quel lieu plus favorable attend votre valeur? »
Mille voix, où l'espoir se mêle à la douleur,
Implorent ces guerriers; l'amour de la patrie
Se joint à la pitié dans leur âme attendrie:
Ils volent; et tandis que soulageant leurs maux,
De leurs riches habits déchirant des lambeaux,
Les unes, d'une main douce et compatissante,
Fomentent des blessés la plaie encor récente,
D'autres, d'un fer pesant arment leur faible bras,
Et leur fierté nouvelle affronte le trépas.

Le combat recommence et devient plus terrible :
Encourageant les siens par un blasphême horrible,
Le noir Oglou, pressant leurs pas accélérés,
S'élance et les conduit jusqu'aux premiers degrés.
Il ne peut les franchir ! les traits, les feux, les pierres,
Armes que la fureur rendait plus meurtrières,
Sur sa noire tribu pleuvent de toutes parts;
Elle s'épuise en vain de flèches et de dards;
Des braves Aquitains l'invincible courage
Repousse les assauts et fatigue sa rage.

Lothaire cependant, dévoré de remords,
Long-temps à les cacher avait mis ses efforts :
Les soins infructueux d'une prudence vaine
Aux cris d'un cœur troublé le dérobaient à peine;
Dans le repos des nuits, dans les travaux du jour,
La honte et la douleur l'assaillaient tour-à-tour,
Et le Ciel irrité, sur sa tête coupable,
Semblait appesantir sa vengeance implacable.
« Amis, dit-il à ceux qui marchaient avec lui,
» Votre cœur, jusqu'ici rongé d'un sombre ennui,
» Refuse-t-il d'admettre un rayon d'espérance?
» Voilà notre patrie : ah! pour sa délivrance,
» Partageant mon espoir, ne vous semble-t-il pas
» Que le Ciel à dessein ait dirigé nos pas?

» S'il veut qu'en notre sang notre crime s'efface,
» De ce dernier bienfait, amis, rendons-lui grâce;
» Vers nos concitoyens hâtons-nous de courir :
» Puissions-nous les revoir, les sauver et mourir. »
A ces mots il s'élance, et son courage entraîne
Ceux dont le cœur toujours brûle pour l'Aquitaine.
Ils entrent sans obstacle en ces murs désolés,
Jusqu'en leurs fondemens par les feux ébranlés,
Où la mort, entassant de nombreuses victimes,
Triomphe du succès des plus horribles crimes.
Une trop juste haine exaspère leurs bras;
Le sang à longs torrens coule devant leurs pas;
Malheur aux Sarrasins dont la foule trompée
D'un infâme pillage est sans crainte occupée!
Telle est leur soif ardente à venger leur pays,
Que par leurs actions incessamment trahis,
Méconnus du Chrétien, suspects à l'Infidèle,
Ils gardent du turban l'enseigne criminelle.
Mais, arrachés aux fers, combien d'infortunés
De leurs libérateurs demeurent étonnés?
Lothaire les rassure et s'en fait reconnaître :
« Pour la foi, disait-il, où le Ciel m'a fait naître,
» Heureux si dans ces murs je rencontre la mort!
» Mais vous, de ma famille apprenez-moi le sort?
» O Blanche! ô mes enfans! dois-je espérer encore
» De pouvoir vous soustraire aux outrages du Maure!

» Marchons à leur secours : ah! puissai-je à leurs yeux
» Reprendre de la Croix le signe glorieux. »

Déjà de ces guerriers la phalange inconnue
Du sacré péristyle aborde l'avenue;
A ce terrible aspect pourrait-elle hésiter?
Les rangs sont enfoncés; rien ne peut résister :
Au travers du tumulte et parmi le carnage,
Elle s'ouvre à l'instant un horrible passage;
Mais de tant de valeur les Aquitains troublés,
Cherchent à l'accabler de leurs traits redoublés;
Ces turbans, ces carquois, cette armure étrangère,
Nourrissent leur erreur : « Suspendez, ô mon père,
» Ces coups dont vos amis reçoivent le trépas :
» C'est votre fils, c'est moi qui reviens dans vos bras;
» J'accours pour vous défendre. » A ces mots de Lothaire
Les partis, agités d'un mouvement contraire,
De leurs cris confondus épouvantent ces lieux.
Alhassem ramenait les Maures furieux;
Lothaire les attaque, et sa main vigoureuse,
Frappe aussitôt leur chef d'une masse noueuse,
Qui, parmi les débris de l'écu fracassé,
Jette au loin le Barbare à ce coup terrassé.
Le dur Obéïdah, que sa haine transporte,
A venger Alhassem excite sa cohorte;

Abdoul est avec lui ; Moussa le suit de près.
Le Héros aquitain, en butte à tous les traits,
Combat avec ardeur, presse, dissipe, chasse
Les nombreux ennemis qu'étonne son audace,
Et les voit devant lui s'enfuir épouvantés,
Ainsi que les brouillards par les vents emportés.
Mais, par le Fanatisme instruit de leur défaite,
Alahor les rallie et s'avance à leur tête.
Il marche environné des bataillons choisis
Qu'il rassembla lui-même au fond des Oasis,
Brigands déterminés dont il connaît le zèle :
Par les mots odieux d'apostat, de rebelle,
Il sait leur inspirer un délire infernal.
Lothaire à ces dangers sent son courage égal;
Avec ses compagnons, au nom de la patrie,
Sur les noirs Africains il fond avec furie,
Et foulant sous ses pas les plus audacieux,
Le reste fuit : deux fois il est victorieux;
Mais un trait décoché par une main trop sûre
Lui porte dans le flanc une large blessure,
Et le sang à longs flots rougit le doliman.

Blanche le reconnaît sous l'habit musulman :
Cet instant, dans son cœur, réveille sa tendresse;
Son sang coule; elle vole. Autour d'elle on s'empresse;

Pour repousser le Maure on redouble d'efforts.

Elle passe au travers des mourans et des morts;

Et dans le doute affreux auquel elle est en proie,

Palpitante à-la-fois de douleur et de joie :

« O toi! toi, que je n'ose appeler mon époux,

» Infidèle ou Chrétien, viens-tu... » — « Digne de vous,

» Je viens mourir ici pour mon Dieu, ma patrie. »

Il presse sur son cœur son épouse attendrie :

« Mon père? mes enfans?... Dieu! mets-les dans mes bras:

» Ton courroux est fléchi; je bénis mon trépas. »

Mais Blanche qu'il étreint en essuyant ses larmes,

Découvre la blessure objet de ses alarmes,

En arrache le fer, en étanche le sang,

Des longs plis du turban enveloppe son flanc,

Et, lui rendant la force, enflamme son courage.

Lothaire prend un casque et retourne au carnage;

Son nouveau bouclier resplendit d'une croix;

Il est faible et souffrant; mais il entend la voix

De l'épouse qu'il aime, et cette voix chérie

Semble rendre à son bras sa première furie.

Le Démon voit encor les Maures culbutés

Sous les coups du Héros tomber de tous côtés.

Terrible et rugissant d'une infernale rage,

Il se montre à Mahmoud : « Détruisant mon ouvrage,

» Un seul guerrier, dit-il, arrête nos efforts,

» Et je n'en verrai pas partager mes transports!

» Marche, et que ce Chrétien roule dans la poussière.»
Agitant à ces mots sa sanglante bannière,
Il donne le signal; aux flancs de son coursier
Le Maure fait sentir une pointe d'acier,
Le lance en bondissant aussi prompt que la foudre,
Et l'escadron, suivi d'un nuage de poudre,
Dérobe à tous les yeux le guerrier renversé,
Sous les pieds des chevaux expirant terrassé.
Ainsi tombe le lis que la grêle orageuse
Frappe défiguré sur la terre fangeuse;
Son éclat disparaît, ses parfums ne sont plus,
Il meurt, et du hameau les vœux sont superflus.

Blanche pousse un long cri; le désespoir l'entraine:
Sous le sanglant écu d'un soldat d'Aquitaine,
De l'époux qu'elle perd et qu'elle a tant aimé,
Elle vient protéger le corps inanimé.
Elle ne voit que lui : la mort frappe autour d'elle;
Auprès de ses enfans son père la rappelle;
Insensible au danger, défendant son époux,
D'un barbare vainqueur elle brave les coups.
Mais la nature parle à son âme en délire;
Elle sent qu'elle est mère, et son cœur se déchire.
Tout-à-coup mille cris de terreur et de mort
Lui montrent l'ennemi, par un dernier effort,

Maître du péristyle, et d'une main sanglante
S'acharner, sans pitié, sur la foule tremblante.
La nature l'emporte; on la voit accourir,
Embrasser ses enfans, leur apprendre à mourir;
Et tandis qu'en ses bras une main meurtrière
De leur sang innocent l'arrose toute entière,
Une flèche à son père apporte le trépas.
A ce terrible aspect Blanche ne frémit pas;
Une sombre stupeur flétrit son front livide :
Telle, sous le filet, la colombe timide,
Effrayée, immobile, attend dans la douleur
Le sort que lui prépare un cruel oiseleur;
Elle a vu par ses mains sa compagne froissée,
Et des mêmes lacets elle est embarrassée.
Blanche attendait la mort auprès de ses enfans,
Quand le plus forcené de ces lâches brigands,
L'eunuque Bagoas, dont un sérail infâme
En corrompant les mœurs avait dégradé l'âme,
D'un coup de javeline ouvre son chaste flanc.
Elle meurt avec joie : elle mêle son sang
A celui de ses fils, à celui de son père.
Son âme libre et pure abandonne la terre,
Sûre que ses enfans, dans la honte et les fers,
N'auront point à pleurer sur de si grands revers.
Ainsi, dans nos vergers, quand d'une heureuse année,
Par un sombre ouragan l'espérance est fanée,

La rose, dont les vents ont terni les couleurs,
Se penche tristement sur les débris des fleurs;
En vain, pour dérober ses boutons à l'orage,
Elle les a cachés sous un épais feuillage;
Sur leur tige rompue ils sont frappés à mort,
Et bientôt, tendre mère, elle a le même sort.

Le Génie infernal qui préside à ces crimes
Cherchait d'un œil ardent de nouvelles victimes :
Ce carnage, ce sang, ces captifs enchaînés,
Les cadavres épars de tant d'infortunés,
Tous les maux à-la-fois pesant sur l'Aquitaine,
Repaissaient sa fureur sans assouvir sa haine :
Ses vœux étaient remplis sans être satisfaits.
Que peut-il ajouter à ses nombreux forfaits¹²?
Mêlée à l'incendie une épaisse fumée
Couvrait d'un crêpe obscur la ville consumée,
Et du palais altier jusqu'aux humbles maisons,
Tout croulait sous les feux qu'allumaient ses tisons.
Un superbe édifice alors frappe sa vue :
Ses somptueuses tours se perdent dans la nue,
Et la Croix plane au loin sur leur faîte élevé.
« Mon triomphe, dit-il, n'est donc pas achevé!
» Vainement j'aurai pu, dans la même poussière,
» De ce peuple écraser la masse toute entière;

» Vainement, aux enfers allumant mon flambeau,
» J'aurai pu de ces murs ne faire qu'un tombeau :
» Qu'importe à ma fureur, si la Croix que j'abhorre
» Insulte à ma puissance et s'y remontre encore! »
A ces mots, d'une trompe au son rauque et discord,
Il donne le signal au farouche Alahor,
Et guide, en blasphémant, ce brigand sanguinaire
Et sa horde sauvage au sein du sanctuaire.
On dit qu'en cet instant de sacrilége horreur,
Dans ce temple envahi d'une juste terreur,
Des saints sur les autels les images frémirent;
De longs cris de douleur les voûtes retentirent;
L'effroi qui pénétra jusqu'en leurs monumens,
Des morts, en leur repos, troubla les ossemens;
Et le soleil lui-même, en voilant sa carrière,
A ces crimes nouveaux refusa sa lumière.

La désolation était dans les saints lieux.
Courbant dans la poussière un front silencieux,
Tremblante, prosternée en cette enceinte auguste,
La Foi se recommande aux prières du juste.
Le juste prie en vain ; il n'est pas écouté.
Tous les feux sont éteints; l'autel est déserté :
La nef majestueuse et ses vastes portiques,
De l'orgue solennelle et du chant des cantiques

Ne retentiront plus : le tabernacle ouvert
D'un long voile de deuil est tristement couvert,
Et l'église gémit en ce jour déplorable.
Aux marches de l'autel, un Prélat vénérable
S'incline, et le pavé de ses pleurs est baigné.
Aux volontés du Ciel dès long-temps résigné,
Une sainte ferveur animait sa prière ;
Son âme dans ses yeux se peignait toute entière ;
Maxime, en bon pasteur, voudrait pour son troupeau
Sacrifier sa vie et fermer le tombeau.
Alahor jusqu'à lui s'avance avec audace :
Le calme du vieillard le confond et le glace.
Sur ses longs cheveux blancs vingt lustres entassés [3]
Commandent le respect ; et des âges passés
La sublime vertu, la sagesse profonde,
Dans le cœur de Maxime habitaient en ce monde.
Ému d'un saint courroux : « Oses-tu dans ce lieu
» Montrer le front pervers d'un ennemi de Dieu !
» Y viens-tu provoquer les coups de ce tonnerre
» Dont il frappe l'impie au jour de sa colère ? »
Dans ses yeux, à ces mots, brille un feu plus qu'humain ;
Le tonnerre vengeur semble être dans sa main ;
Et Dieu même au méchant a parlé par sa bouche.
Alahor interdit baisse un regard farouche,
Et le remords déjà se glisse dans son cœur.
Le Démon qui l'obsède exalte sa fureur ;

20*

Et plaçant le blasphème en sa bouche hautaine :
« Je ne crains point, dit-il, le Dieu de l'Aquitaine ;
» Sa foudre est impuissante et n'a pas éclaté
» Quand j'ai détruit cent fois son autel dévasté.
» Il t'abandonne ; et seul je protège ta vie,
» Pourvu que des trésors, objets de mon envie,
» Les précieux dépôts confiés à ta foi,
» Et cachés en ces lieux, soient ouverts devant moi.
» Toi seul en a les clefs, que ta main me les livre ;
» Obéis sans murmure, ou tu cesses de vivre. »

Maxime lui répond : « Qu'il meure en son péché
» Celui qui dans sa fange est toujours empêché !
» Insensé ! penses-tu que nous perdions nos peines
» A rassembler ici des richesses mondaines ?
» Le Chrétien les méprise. Ah ! que sert pour le Ciel
» L'or que les passions arrosent de leur fiel ?
» Nous cherchons la vertu : c'est le trésor du sage ;
» C'est le seul dont la mort ne peut ravir l'usage,
» Et qui nous reste encor devant l'Être éternel
» Que ta folie insulte au pied de son autel.
» Cesse de l'irriter : assurant sa vengeance,
» Sur les ailes du temps l'éternité s'avance :
» Sa justice est terrible, et malheur mille fois
» A qui tombe en ses mains en méprisant ses lois.

» Ce temple est sa demeure. Ah! crains que sans refuge

» Le trépas ne te livre au courroux de ton juge. »

Des hurlemens affreux couvrent ces derniers mots :

Le Fanatisme agite et soulève les flots

D'une foule sans frein, menaçante, irritée,

Par le désordre même au désordre excitée,

Et dont la main avide espère mettre enfin

Les richesses du temple au milieu du butin.

Elle s'abandonnait à sa rage ordinaire :

Le meurtre avait souillé le seuil du sanctuaire;

Le sang de l'autel même inondait les degrés,

Et coulait par torrens sur ces marbres sacrés,

Où des infortunés, de tout rang, de tout âge,

Échappés aux hasards des fers et du carnage,

Et désirant la mort comme un terme à leurs maux,

Les yeux levés au Ciel attendaient leurs bourreaux.

Là, malheureux témoins des misères publiques,

Ministres du Très-Haut, des Prêtres pacifiques

Le priaient pour le peuple immolé sous leurs yeux;

Ils s'offrent avec calme aux Maures furieux.

Leurs vœux sont exaucés : des armes menaçantes

Frappent de toutes parts leurs têtes innocentes,

Et de ces assassins, loin de fuir le courroux,

Aux pieds du saint Pontife ils tombent sous leurs coups.

Ils imitent ainsi le dévoûment sublime,

L'exemple généreux que leur donne Maxime.

Auprès de ce vieillard, le farouche Alahor,
En qui la soif du sang cède à la soif de l'or,
Employait tour-à-tour menaces et promesses.
« Tu les vois, dit le Saint, les voilà nos richesses ;
» Ces martyrs de nos biens sont le plus précieux ;
» Tu n'en saurais trouver aucun autre en ces lieux :
» Il ne satisfait pas ton infâme avarice ;
» C'est le froment du Ciel[14]. Hâte mon sacrifice :
» J'espérais près de Dieu devancer ces élus. »
Alahor à ces mots ne se possède plus :
La honte et le dépit rongent son cœur avare ;
Et son espoir déçu le rendant plus barbare,
D'une main forcenée il saisit le vieillard,
Et de l'autre, trois fois, élevant le poignard,
Il le plonge trois fois dans son sein vénérable.
« Va donc jouir enfin de ce sort désirable,
» Dit-il en rugissant ; meurs, puisque tu le veux ;
» C'est ainsi qu'Alahor aime à remplir tes vœux. »
Maxime, en pardonnant à sa rage cruelle,
Va recevoir au Ciel une palme immortelle.

De l'autel aussitôt brisant les ornemens,
Quand les uns de ces murs sapent les fondemens,
Foulent aux pieds la Croix, mutilent les images,
Des vases consacrés a de pieux usages

Font un riche monceau, dont l'aveugle hasard
Doit donner à chacun sa criminelle part;
Les autres des tombeaux ont soulevé la pierre :
L'avarice a des morts remué la poussière;
Elle ose y pénétrer, fouiller parmi ces os
Voués par la nature à l'éternel repos,
Leur poudre s'en indigne, et forme un long nuage
De fantômes légers incertain assemblage,
Qui, sortis du néant pour les désabuser,
D'un regard irrité semblent les accuser :
Ils errent menaçans à l'entour de leur tombe.
L'avarice du Maure à sa frayeur succombe :
Alahor fuit lui-même obsédé de remords,
Et, pour dissimuler son crime envers les morts,
S'aidant de tous les feux qui dévorent la ville,
De décombres fumans il couvre leur asile.

Comme un tigre repu qui se couche et s'endort
Sur le daim palpitant qu'il vient de mettre à mort,
Tandis que ses petits, de leurs griffes cruelles,
Déchirent les lambeaux des timides gazelles;
Du Fanatisme ainsi les farouches soldats,
Lorsqu'il médite encor de nouveaux attentats,
Rassasiés de sang et lassés de carnage,
Disputaient, sous ses yeux, les restes du pillage.

L'Ambition survient : versé de toutes parts,
Le sang des Aquitains assouvit ses regards.
« Auteur de tant de maux ! j'aime à te reconnaître
» Aux forfaits variés que ta main sait commettre,
» Dit-elle au Fanatisme, et jamais les enfers
» N'ont vomi sur la terre un Démon plus pervers.
» A ta rage je veux que ma rage réponde :
» Plus que toi de fléaux je couvrirai le Monde;
» La France anéantie, arborant le Croissant,
» J'efface des Chrétiens le culte florissant,
» Et comprimant partout les élans du courage,
» Dans le sang des mortels je fonde l'esclavage.
» Guide des Musulmans, toi qui règnes sur eux,
» Toi qui mets en leurs mains les poignards et les feux,
» Demeure, et nourrissant cette ardeur pour les crimes,
» Offre-lui chaque jour de pareilles victimes.
» Tu n'en saurais manquer : vois ces vastes cités,
» Dont la guerre jamais et ses calamités
» N'ont approché les murs; Amboise est dans ces plaines;
» Je distingue de Tours les campagnes lointaines.
» Si de la renommée il faut croire les bruits,
» Là de nos longs travaux nous cueillerons les fruits,
» Et de la Loire enfin dépassant la barrière,
» Un seul jour nous soumet la France toute entière.
» Adieu, je t'abandonne un si riche butin,
» Et je vais assurer ce glorieux destin. »

Elle part à ces mots, et du sein d'un nuage
Dont les flancs obscurcis laissent tomber l'orage,
Elle plane bientôt sur le camp des Français,
Où la nuit favorise et cache son accès.

NOTES

DU CHANT CINQUIÈME.

NOTES DU CHANT CINQUIÈME.

' Rendait en peu de temps et la force et la vie.

Les hôpitaux et les ambulances à la suite des armées sont un des bienfaits les plus signalés du Christianisme, qui a perfectionné la civilisation
en y infusant le précepte de la charité. L'histoire si détaillée de Rome
antique et de ses institutions ne signale aucune des précautions prises par
ces vainqueurs du Monde, pour secourir les nombreuses victimes de leur
politique guerrière. Nous y voyons, au contraire, l'art si utile et si grave
de la médecine, abandonné à des esclaves ou à des affranchis, et la science
même, abrutie par le charlatanisme et la superstition, se confondre, par les
lois qui la proscrivent, avec de prétendus maléfices et la chimère des sortiléges. Ce n'est que dans les temps modernes qu'ont été fondés les hôpitaux;
et c'est à la Religion que les doit l'humanité.

Dans le moyen âge, la pitié si active dans le cœur des femmes, les appelait
au secours des blessés pour les querelles de leurs époux; et l'on en voit
encore beaucoup donner des soins touchans aux pauvres habitans des
campagnes; car, suivant la spirituelle remarque d'une femme des plus distinguées de notre siècle, (M.me de Rémusat, *Essai sur l'Éducation des
Femmes*, chap. XII, p. 209.) « la souffrance les touche, et bien loin
» d'effrayer leur délicatesse, le triste aspect des maladies éveille en elles
» une sollicitude secourable. A quelque excès que la mollesse et le luxe
» les ait énervées, jamais on n'a vu s'éteindre entièrement en elles cet
» instinct charitable, cette vocation de *sœurs-grises* qui leur est commune
» à toutes. »

Les anciens Germains, bien moins barbares à cet égard que les Romains,
étaient suivis à la guerre par leurs femmes, pour panser leurs blessures,
leur apporter des encouragemens et des vivres, et ranimer leur courage

par l'horreur de la servitude. *Ad matres, ad conjuges vulnera ferrunt ; nec illæ numerare, aut exsugere plagas pavent : cibosque et hortamina pugnantibus gestant. Memoriæ traditur, quasdam acies inclinatas jam et labentes, à fœminis restitutas, constantiâ precum et objectu pectorum et monstratâ cominùs captivitate, quam longè impatientius fœminarum suarum nomine timent.*   (Tacite, *de Mor. Germ.*)

² Voit des Reines pour lui l'amour compatissant.

Les lecteurs familiarisés avec nos annales savent qu'à cette époque on donnait le nom de *Reines* à toutes les femmes du sang royal. Je soupçonne que cette observation, négligée par les historiens modernes, a pu les induire en erreur sur le rang de quelques *Princesses*, qui aujourd'hui ne recevraient que ce nom.

³ Élevant sa francisque, agitant sa framée.

La *framée* était le javelot des Germains. Le fer en était court et étroit. Cette arme, dit Tacite, était si facile à manier, qu'elle servait à combattre de près ou de loin, suivant l'occurrence : *Rari gladiis aut majoribus lanceis utuntur. Hastas, vel ipsorum vacabulo frameas gerunt, angusto et brevi ferro, sed ità acri et ad usum habili, ut eodem telo, prout ratio poscit, vel cominùs, vel eminùs pugnent.* C'était l'arme principale de leur cavalerie : *Et eques quidem scuto frameâque contentus est. Pedites et missilia spargunt, pluraque singuli, atque in immensum vibrant, nudi aut sagulo leves.* La framée servait aussi à leurs jeux téméraires, qui consistaient à sauter nuds au travers des lances et des épées : *Genus spectaculorum unum atque in omni cœtu idem. Nudi juvenes, quibus id ludicrum est, inter gladios se atque infestas frameas saltu jaciunt. Exercitatio artem paravit, ars decorem. Non in quæstum tamen aut mercedem, quamvis audacis lasciviæ pretium est voluptas spectantium.*

⁴ L'oracle mensonger fit entendre sa voix.

L'oracle du désert, le Dieu des sables, Ammon, que les Romains, qui rapportaient tout à leurs usages, nous ont fait connaître sous le nom de Jupiter-Ammon , était la divinité principale des peuples du nord de l'Afrique ; et son temple, placé sans doute au centre des contrées soumises à son culte, fut célèbre dès la plus haute antiquité. La mythologie grecque, accoutumée à revêtir ses fictions des formes les plus gracieuses, racontait que deux colombes noires, parties en-même-temps de Thèbes, étaient allées rendre des oracles, l'une dans la forêt de Dodone , l'autre dans les sables de l'Afrique. Hérodote réduit cette fable à son véritable sens: il tenait des Prêtres égyptiens, que les Phéniciens ayant enlevé deux Prêtresses thébaines, l'une fut vendue chez les Grecs, et l'autre en Afrique, où elles établirent leurs oracles. Cela prouve la haute antiquité de ce temple , où la divinité était représentée sous la forme d'un bélier.

La situation de ce lieu, visité par Alexandre , était depuis long-temps inconnue , lorsqu'en 1797, le voyageur Horneman le retrouva dans l'oasis de Siwah : « C'est, dit-il pag. 92 et suivantes , un oasis dans l'intérieur » de l'Afrique, d'environ deux lieues de longueur sur une lieue et demie » de large , fertile, surtout en palmiers. Les habitans, rassemblés aujour- » d'hui dans différentes bourgades , habitaient autrefois des cavernes creu- » sées dans le rocher. Le terrain est bien arrosé, et en quelques endroits » marécageux. Il produit du grain, de l'huile et divers végétaux , mais » surtout des dattes célèbres parmi les Arabes , pour leur excellence. .... » C'est là qu'on voit encore les ruines du temple de Jupiter-Ammon. On » en reconnaît encore la forme extérieure, et l'enceinte qui l'entoure était » très-forte , et faite de murailles épaisses. Les barbares habitans l'ont » fouillé et bouleversé de tous côtés, pour y chercher les trésors qu'ils y » supposent enfouis. On voit à l'entour plusieurs catacombes, où l'on » trouve encore des fragmens de momies épargnées par les Musulmans. » Ce voyageur y reconnut la fontaine jadis consacrée au soleil : c'est elle qui forme cet oasis, en arrosant et fertilisant les sables.

« Silvarum fons causa loco, qui patria terræ
» Alligat, et domitas unda connectit arenas. »

PHARS. LIV. IX , v. 530.

⁵ Pour leur commune idole avaient fondé ce temple.

> « . . . . Æthiopum populis, Arabum que beatis
> » Gentibus, atque Indis unus sit Jupiter Ammon. »

PHARS.

Horneman ajoute que « les Troglodytes, les Nasamons, les Garamantes,
» les Éthiopiens et les Lybiens étaient les peuples les plus voisins de ce
» temple. » Les *Nasamons* étaient des peuplades errantes qui, dans l'été,
laissaient paître leurs troupeaux sur les côtes, et allaient cueillir des dattes
dans les oasis. Pline dit qu'ils furent nommés *Nas-Ammon*, parce qu'ils
habitaient dans les sables.

On croit que les *Troglodytes* furent ainsi nommés par les Grecs, parce
qu'ils se creusaient des habitations souterraines. (τρῶγλη, *caverna.*) C'était
les plus barbares des peuples de l'Afrique. Les Rois d'Égypte les avaient
soumis, et l'Écriture les nomme parmi les soldats innombrables de Sésac
assiégeant Jérusalem sous Roboam : *Neo erat numerus vulgi quod venerat cum eo ex Ægypto : Libyes scilicet, et Troglodytæ et Æthiopes.*
Paralip. II, chap. XII, v. 3.

Les *Garamantes* étaient les peuples les plus éloignés que les Romains
connussent dans l'intérieur de l'Afrique. Virgile, Égl. VIII, v. 44, les
nomme *extremi Garamantes.* Lucain place chez eux le temple de Jupiter-
Ammon :

> « Ventum erat ad templum, Libycis quod gentibus unum
> » Inculti Garamantes habent : stat corniger illis
> » Jupiter ut memorant, sed non aut fulmina vibrans
> » Aut similis nostro, sed tortis cornibus Ammon. »

(PHARS. L. IX, v. 514.)

L'*Abyssinie* est trop connue par les voyages de Bruce et de Salt, pour
que je m'y arrête ici. Ce dernier voyageur confirme que c'est le nom de
l'Éthiopie. « Ce nom d'Éthiopiens ou Æthiops Jawan est l'appellation
» favorite par laquelle les Abyssiniens se distinguent eux-mêmes. » (T. II,
p. 248.) Au reste, il faut remarquer que, par l'Éthiopie, les Anciens

entendaient moins un pays déterminé qu'une vaste étendue de déserts inconnus habités par des Noirs. L'intérieur de l'Afrique est encore pour nous couvert du même voile.

⁶ Se plonge dans les lacs où commence son cours.

Le Nil, comme tous les fleuves des zônes torrides, fut l'objet d'un culte superstitieux de la part des peuples riverains, qui s'y plongeaient avec une religieuse reconnaissance. De là l'empressement que les zélés mettaient à remonter aux sources, où ils croyaient sans doute que les eaux étaient plus pures. Ce motif, et le phénomène des crues périodiques de ce fleuve, avaient excité une telle curiosité, que Rome a plusieurs fois sacrifié ses légions à cette vaine recherche; et que Lucain fait dire à César, qu'il renoncerait à la guerre s'il pouvait découvrir les sources du Nil :

» . . . . . . Nihil est quod noscere malim
» Quam fluvii causas per secula tanta latentis
» Ignotum caput : spes sit mihi certa videndi
» Niliacos fontes; bellum civile relinquam. »

A-moins que cet ambitieux ne voulût faire entendre qu'il lui était aussi difficile de renoncer à ses projets que de découvrir les sources du Nil. Les Anciens plaçaient sur ce fleuve l'île de Méroé, dont Pline fait une description pompeuse, ainsi que de la capitale du même nom, résidence des Reines de ce pays, qui paraît avoir été souvent gouverné par des femmes. Mais les relations des premiers missionnaires portugais qui pénétrèrent en Abyssinie, firent bientôt disparaître cette île imaginaire et toutes ses merveilles : ils mirent de l'importance à éclaircir ce point de géographie, et nous firent connaître le cours du Nil, depuis sa sortie du lac de *Dembéa* jusqu'à sa jonction avec le *Tacaze* ou *Atbora*, nommé par les Grecs *Astaboras*. Ces rivières entourent les parties les plus fertiles et les plus peuplées de l'Abyssinie, autour de *Gondar*, sa capitale, et ont donné lieu à la fabuleuse Méroé. Déjà le Tasse en avait des notions très-exactes, lorsqu'il disait :

« Gli Ethiopi di Meroe indi seguiro;

» Meroe, che quindi il Nilo isola face,

» Ed Astabora quinci: il cui gran giro

» E di trè regni, e di due fè capace. »

(Gerus. Lib. Cant. xvii)

Ces notions sont confirmées par les voyageurs les plus modernes. Suivant la carte d'Abyssinie, publiée par M. Salt, en 1810, « Le Nil, appelé » *Araoui*, prend sa source au lac de Dembéa, au centre de l'Abyssinie, » par les 12 degrés de longitude septentrionale. Ce lac est formé non loin » de Gondar, capitale de ce pays, par la réunion d'un grand nombre de » rivières. Le Nil, qui s'en échappe, prend d'abord son cours au sud-est, » inclinant au sud jusqu'à environ le 10.e degré: là il tourne au nord- » ouest, et reçoit plus au nord les grandes rivières de Tacaze et de Marab, » qui ont leurs sources dans les hautes montagnes de l'Abyssinie, à l'est, » entre le lac et la Mer-Rouge. » J'ai sous les yeux une autre carte de ces contrées, publiée par M. Bonne, en 1740, exactement conforme à ces renseignemens. Les sources du Nil et celles du Tacaze sont très-rappro-chées, et sous le même parallèle; leur confluent est à plus de deux cents lieues vers le 18.e degré. Telle est la fameuse Méroé que je trouve comme une île ordinaire dans les cartes de Hondius, gravées en 1530. Mais j'y trouve aussi le pays d'Eldorado.

J'ai suivi la tradition poétique, en faisant de Méroé le pays des sages. On sait qu'Homère appelle les Éthiopiens *les plus justes des hommes*, et qu'il fait aller chez eux les Dieux de l'Olympe, pour savourer la fumée de leurs hécatombes. Cette allégorie signifie peut-être que la véritable sagesse ne se trouve pas dans les bornes du Monde connu, et qu'il faut la chercher dans une utopie imaginaire.

7 Du fils d'Olympias ce Dieu reçut l'hommage.

Quinte-Curce, le romancier plutôt que l'historien d'Alexandre, rap-porte, Liv. IV, avec assez de détails, la visite que ce conquérant voulut faire à Jupiter-Ammon. Il le fait partir du lac Mœris, et traverser le désert en quatre jours, *quatriduum per vastas solitudines absumptum est*, avec si peu de précautions, que sa suite aurait beaucoup souffert de la soif, si une pluie, qu'il attribue avec quelque raison, dans ces climats, à un miracle, n'était venue la rafraîchir. La description qu'il fait de cet oasis est conforme à ce que nous en avons rapporté d'après Horneman: *Accolæ sedis, sunt ab oriente proximi Æthiopum : meridiem versus, Arabes, Troglodytis cognomentum est. Horum regio usque ad rubrum mare occurrit. At, quâ vergit ad occidentem alii Æthiopes colunt, quos Symnos vocant; à Septemtrione Nasamones sunt, gens Syrtica, navigiorum spoliis quæstuosa.* Nous passons la description de l'oasis, du temple et de la fontaine du Soleil, pour arriver à celle de l'idole et de son culte ; *Id quod pro Deo colitur, non eamdem effigiem habet, quam vulgò Diis artifices accomodârunt. Umbilico tenus, arieti similis est. Habitus smaragdo et gemmis coagmentatus ; hunc, cum responsum petitur, navigio aurato gestant sacerdotes, multis argenteis pate⟨?⟩ ab utroque navigii latere pendentibus; sequuntur matronæ, virginesque, patrio more, inconditum carmen canentes, quo propitiari Jovem credunt, ut certum edat oraculum.* L'historien paraît croire qu'un homme tel qu'Alexandre, n'a fait ce périlleux voyage que dans le vain but de se faire appeler fils de Jupiter. Croyons, pour l'honneur de l'un et de l'autre, que, dans le dessein qu'il avait de s'emparer de l'Égypte, il voulait capter l'esprit d'un peuple superstitieux, en se mettant sous la protection de sa principale divinité. Cette démarche ne serait sans cela que ridicule et puérile.

[8] Caton le dédaigna.

C'est encore une tradition poétique que Lucain a embellie de son énergique poésie. Caton cède aux désirs de ses soldats; il brave les sables du désert pour les conduire à l'oracle d'Ammon. Organe de l'armée, Labienus l'exhorte à consulter le Dieu :

« Sors obtulit, inquit,
» Et fortuna viæ, tam magni numinis ora
» Consilium que Dei. . . . .

21*

 » Datur ecce loquendi

 » Cum Jove libertas : inquire in fata nefandi

 » Cæsaris. . . . .

       » Duræ saltem virtutis amator

 » Quære quid est virtus, et posce exemplar honesti. »

La réponse de Caton est trop belle pour n'être pas rapportée ici :
c'est le monument le plus précieux de la philosophie antique ; de cette
morale épurée qui laissant les fables absurdes de la mythologie à l'ignorante
superstition du vulgaire, s'élevait jusqu'à l'idée sublime de l'unité de Dieu,
se manifestant par les merveilles de la création.

 « Quid quæri Labiene jubes? An liber in armis

 « Occubuisse velim potiùs quam regna videre ?

 » An sit vita nihil ; sed longa an differat ætas?

 » An noceat vis ulla bono, fortuna que perdat

 » Oppositâ virtute minas? Laudanda que velle

 » Sit satis ; et numquam successu crescat honestum ?

 » Scimus, et hoc nobis non altiùs inseret Ammon.

 » Hæremus cuncti Superis, temploque tacente

 » Nil agimus nisi sponte Dei : non vocibus ullis

 » Numen eget : dixitque semel nascentibus auctor

 » Quidquid scire licet : steriles nec legit arenas

 » Ut caneret paucis, mersitque hoc pulvere verum.

 » Est ne Dei sedes nisi terra, et pontus, et aër ,

 » Et cælum, et virtus? Superos quid quærimus ultrâ?

 » Jupiter est quodcumque vides, quocunque moveris.

 » Sortilegis egeant dubii, semperque futuris

 » Casibus ancipites : me non oracula certum,

 » Sed mors certa facit ; pavido, fortique cadendum est.

 » Hoc satis est dixisse Jovem. Sic ille profatur,

 » Servatâ que fide templi discedit ab aris,

 » Non exploratum populis Ammona relinquens. »

                              (PHARS. L. IX, v. 561 et suiv.)

Cet admirable discours, connu des littérateurs, mérite d'être placé sous les yeux des jeunes gens qui nourrissent peut-être des préventions contre un des plus vigoureux génies de l'antiquité, oubliant que la cruauté de Néron ne lui permit pas de perfectionner une ébauche si remarquable. Lucain, toujours noble et sentencieux, est le plus grave des poëtes latins : sa pensée est forte, son expression vive, son style énergique et concis. Les longueurs qu'un goût sévère lui reproche peuvent être attribuées à l'abondance de la composition, qui ne permet pas toujours de choisir ce qui convient le mieux; c'est un luxe qu'il aurait élagué s'il avait eu le temps de réviser son ouvrage, et peut-être alors il serait au premier rang.

Le passage que j'ai cité exprime en beaux vers les opinions religieuses et morales de tous les Sages de l'antiquité. C'est la croyance enseignée par les mystères; celle qui coûta la vie à Socrate ; celle que saint Paul lui-même, contemporain du poëte, manifestait aux Athéniens, lorsque, appelé dans l'aréopage pour rendre compte de sa doctrine, il leur disait avec une si éloquente fermeté : « En parcourant cette ville, j'ai trouvé un autel » dédié AU DIEU INCONNU. Ce Dieu que vous ne connaissez pas, c'est » celui que je vous annonce. » *Præteriens enim, et videns simulachra vestra, inveni et aram in quâ scriptum erat :* IGNOTO DEO. *Quod ergo ignorantes colitis, hoc ego annuntio vobis* (Act. Apost. cap. XVII, v. 23.) Bientôt, citant un vers d'Aratus, il leur disait : *Quærere Deum, si forté attrectent eum, aut inveniant, quamvis non longé sit abunoquoque nostrûm. In ipso enim vivimus, et movemur, et sumus ; sicut et quidam vestrorum Poetarum dixerunt: ipsius enim et genus sumus.* (Loc. cit. v. 27 et 28.) N'est-ce pas le vers?

« Jupiter est quodcumque vides, quocumque moveris. »

9 Où du fier Andaloux tu prolongeais la chaîne.

Ce nom fut toujours donné aux Espagnols par les Arabes, parce que l'Andalousie fut leur première conquête. J'ai donc pu désigner ainsi l'Espagne toute entière.

¹⁰ **Y trouve ses enfans dans les bras de leur mère.**

Le sac de Poitiers était un épisode nécessaire de ce poème, puisqu'il en
fut un de la guerre que je décris. Tous les historiens le rapportent, mais
sans aucun détail. Frédégaire, auteur contemporain, écrivant par l'ordre
de Childebrand, témoin de ces grands évènemens, en donne à-peine un
informe sommaire : *Per idem tempus*, dit-il, *egressi* (*Sarraceni*) *cum
rege suo Abdirama nomine, Garumnam transeunt, Burdigalensem urbem
pervenerunt, ecclesiis igne concrematis, populis consumptis, usque Pic-
tavis progressi sunt, ubi basilicâ sancti Hilarii igne concrematâ, quod
dici dolor est, ad domum beatissimi Martini evertendam destinant. Contrâ
quos Carlus princeps audacter aciem instruit, superque eos belligerator
irruit, Christo auxiliante, tentoria eorum subvertit : ad prœl em stragem
conterendam occurit : interfecto que rege eorum Abdirama nomine,
prostravit exercitum, proterrens dimicavit atque devicit. Sicque victor
de hostibus triumphavit.*

La Chronique de Saint-Denis, Liv. V, chap. xxv, n'est presque que la
traduction de ce passage de Frédégaire : « Les Sarrasins passèrent la
» Gironde, saccagèrent Bourdeaux; outre passèrent jusques à Poitiers,
» tout mirent à destruction; ardirent l'église Saint-Hilaire, de quoi fut
» grand dolour : de là mûrent pour aller en la cité de Tours, pour
» détruire l'église Saint-Martin, la cité et toute la contrée. Là, li vinrent
» audevant li glorieux prince Charles à quanques il put avoir d'éfforts,
» etc. »

*Cum Ismaelitarum gens Pictaviensem urbem fuerint ingressi, et
prœcelsus Majordomus Carolus, cum cunctis Francorum ad debellandum
eos venisset, et devicto prœlio hostem proterrens, spolia capiens, captivos
revocavit.* (Ann. Ecclesiast. Francorum, ad annum 732.)

¹¹ **Du turban ou des fers ne laisse pas le choix.**

« Si les Infidèles vous demandent quartier, donnez-leur quartier, afin

» qu'ils apprennent la parole de Dieu. Enseignez-leur ses commandemens,
» car ils sont ignorans. Dieu est miséricordieux à ceux qui se conver-
» tissent. . . . . S'ils contreviennent à leurs promesses, et s'ils inquiètent
» ceux de votre religion, tuez leur chef, comme personne sans foi; Dieu
» les châtiera par vos mains. » (KORAN, chapitre *de la Conversion*.)

¹² Que peut-il ajouter à ses nombreux forfaits?

On a vu, dans la note précédente, que la principale circonstance remar-
quée par les historiens contemporains, dans le saccage des villes, était la
destruction des temples: il semble même, à les entendre, que c'était
l'unique but de l'irruption des Sarrasins. Le poëte, fidèle au costume, ne
doit pas négliger cette donnée historique, surtout lorsqu'elle peut fournir
de nouvelles couleurs au tableau désastreux qu'il décrit. Dans l'épisode
de Blanche et Lothaire, j'ai peint le dernier désespoir du courage et les
angoisses de l'amour maternelle, fixant ainsi l'intérêt qu'une peinture plus
générale aurait laissé s'évaporer. Je vais tâcher de le concentrer ici sur
un tableau d'un autre genre, qui puisse compléter la désolation totale de
cette malheureuse ville, et donner une idée du sort réservé alors aux
vaincus.

¹³ Sur ses longs cheveux blancs vingt lustres entassés.

J'ai donné cet âge avancé à l'Évêque de Poitiers, pour augmenter la
majesté, l'intérêt et la pitié de ce tableau. D'après le *Gallia Christiana*,
T. 1, p. 447, il paraît que Maxime ou Maximin était mort, et que ce fut
sous Gaudebert, son successeur, que ces événemens se passèrent. On ne
dit point quelle part cet Évêque put y prendre. J'ai cru pouvoir sans
inconvénient prolonger la vie de Maxime, dont l'âge et le nom me convenaient mieux. *Quæ vero de Pictaviensibus Episcopis dicta sunt, ea
palam ostendunt, Gaubertum ecclesiæ Pictaviensi sedisse, cum Franci
de iisdem Arabibus nobilissimam in agro Pictaviensi victoriam repor-
tárunt.* Les auteurs des Annales Ecclésiastiques, *Annales Ecclesiastici*

Francorum, T. IV, p. 787, *ad annum* 731, ne sont pas d'accord avec le *Gallia Christiana*, et font Gaudebert évêque de Chartres. *Obiit hoc anno* (731) *Sigoaldus, Carnotensis episcopus, cum annos sedisset duodecim. Sepultus fuit in cœnobis sancti Martini. Successit Gaubertus, seu Gaudebertus.* Il nous importe peu de les concilier.

¹⁴ C'est le froment du Ciel.

On connaît l'observation terrible et profonde de Tertullien, que ce grand homme, au milieu de la plus affreuse persécution, adressait aux peuples trompés, pour la confusion éternelle des tyrans : *Sanguis martyrum, semen Christianorum.* Observation dont toutes les persécutions ont prouvé la justesse.

FIN DES NOTES DU CHANT CINQUIÈME.

CHARLES-MARTEL.

CHARLES-MARTEL.

—

CHANT SIXIÈME.

—

Sur l'aile du Zéphyr l'Aurore matinale
S'apprêtait à quitter sa couche virginale;
L'Aube qui la précède ouvrait déjà les cieux :
Sa tête parfumée et son front radieux,
Soulevant de la Nuit l'humide et sombre voile,
Du brillant Lucifer faisaient pâlir l'étoile,

Et le chantre du jour annonçait le réveil.
Rainfroi commence alors à céder au sommeil.
Agité sur son lit durant la nuit entière,
Le repos avait fui sa pesante paupière;
De cent projets divers son esprit occupé,
De doutes, de soupçons toujours enveloppé,
Flottait dans une obscure et vaste incertitude.
Aux approches du jour, tombant de lassitude,
Il sommeillait enfin. Vision de terreur,
Un songe épouvantable entretient son erreur.

Aux lieux où du soleil expire la lumière,
De la nuit et du jour incertaine barrière,
Sous un froid crépuscule, est une région
Empire du Mensonge et de l'Illusion:
Espace désolé, vers les confins du monde,
De leurs nombreux enfans la foule vagabonde
Ne saurait le remplir : ce sont les songes vains
Qui viennent ici-bas se jouer des humains.
Comme dans le chaos, mille et mille fantômes,
Ramas incohérent de mobiles atômes,
Entraînés par les flots de tourbillons divers,
Là, de tous les objets qui forment l'Univers
Semblent être à-la-fois une image confuse :
Tout fascine les sens, les trompe, les abuse.

Réunis au hasard, l'aspect, le mouvement,
Les traits et les couleurs changent à tout moment :
Des Gorgonnes, des Sphynx, fabuleuses chimères,
On voit réaliser les types éphémères;
Et soit qu'il réjouisse ou qu'il blesse les yeux,
Sur la terre il n'est rien qu'on ne trouve en ces lieux.
Flattant des passions le funeste délire,
Là, chacun aperçoit ce que son cœur désire :
Le guerrier dans les camps retrouve son verger;
Le pasteur devient roi, le roi devient berger;
L'amant est aux genoux d'une belle attendrie;
Le proscrit exilé revient dans sa patrie;
L'ambitieux déçu prend un nouvel essor;
Le joueur et l'avare y comptent leur trésor.
C'est là que remontait, troupe informe et légère,
Des songes de la nuit la foule mensongère :
L'Ambition les voit se dérober au jour,
Et de l'aube naissante éviter le retour.
Elle appelle celui qui sait du misérable
Feindre l'accent plaintif et l'état déplorable,
Et l'entraîne avec elle aux tentes de Rainfroi.
Le spectre obéissant la suit avec effroi.

Du dernier Chilpéric empruntant le visage,
Il a ses traits, sa voix, sa démarche, son âge :

Tour-à-tour moine et roi, parmi ses vêtemens
Du cloître et de la cour mêlant les ornemens,
Pour la seconde fois sorti du sanctuaire,
Sous la pourpre royale il porte encor la haire.
Flétri par les chagrins, son front d'ennuis chargé,
De cheveux renaissans est à peine ombragé;
Naguère il avait vu, par un indigne outrage,
Un fer déshonorant insulter son courage,
Tailler sa chevelure, et de fatals ciseaux
Le rabaisser au rang de ses derniers vassaux [1].
En vain il l'a couvert d'un riche diadème;
De son ressentiment l'aigreur paraît extrême :
Ses pas sont inégaux, lents et silencieux;
Son œil triste et pensif, ses regards soucieux;
Il soupire. Rainfroi croyant le reconnaître,
Tend les bras, veut courir au devant de son maître.
Quelques sons de sa bouche échappent à demi.
Le spectre lui répond : « Toi qui fus mon ami,
» Toi que j'environnai d'une faveur insigne,
» Des bontés de ton Roi tu n'étais donc pas digne!
» Hélas! qui l'eût pensé, lorsque dans les combats
» Des braves Neustriens tu dirigeais les pas!
» En cette cour, dis-moi quelle chaîne t'arrête?
» Sous un joug oppresseur as-tu courbé la tête?
» De tes maux et des miens l'odieux artisan
» Te voit-il, près de lui servile courtisan,

» Avili, confondu dans une foule obscure,

» Étouffer de l'honneur l'impatient murmure?

» Rainfroi m'oublie ; il dort..... Rival audacieux,

» Préparant hautement son triomphe à tes yeux,

» Carloman de tes bras vient enlever ma fille;

» Il s'arroge tes droits et ceux de ma famille,

» Et ma couronne ainsi va passer sur son front.

» Mon sang recevra-t-il un si cruel affront !...

» Seul rejeton des Rois, de cette infortunée

» Quand je te confiai la triste destinée,

» Ta bouche, qui pour elle est muette aujourd'hui,

» Jura de la défendre et d'être son appui;

» Tu promis de combattre et de mourir pour elle.

» Je crus à tes sermens : d'une main paternelle

» Je formai les liens qui devaient vous unir.

» Que ne pouvais-je alors lire dans l'avenir!

» Tu l'abandonnes, traître ! et Carloman l'épouse !....

» Mais je serai vengé. Dans ton âme jalouse

» Ma main va du remords épancher le poison;

» En égarant tes sens, en troublant ta raison,

» Je te suivrai partout, et mon bras implacable,

» Sans cesse appesanti sur ta tête coupable,

» Armé d'un fouet sanglant, frappera sans pitié

» L'ingrat qui de son prince a trahi l'amitié. »

En achevant ces mots, l'œil menaçant et sombre,

Le fantôme s'efface et disparaît dans l'ombre.

Agité, pantelant, le malheureux Rainfroi
Fait un nouvel effort pour rappeler son Roi;
Il sent d'un trouble affreux sa poitrine oppressée;
Le sommeil lie encor sa langue embarrassée;
Le cri qu'il pousse enfin le réveille à l'instant.
Un geste irréfléchi de son bras palpitant,
Qui, d'une juste horreur n'est que la violence,
Écarte ses rideaux : le calme, le silence,
Le repos et la nuit règnent de toutes parts.
Par un faible rayon, à peine à ses regards
De son écu d'argent la riche ciselure
Lui fait, près de son lit, distinguer son armure,
Et le vent du matin, sur son casque d'acier,
Balance mollement les crins du fier cimier.
De son illusion découvrant le mensonge,
Le Guerrier reconnaît que, jouet d'un vain songe,
D'une erreur décevante il était abusé.
Mais pour son vieil ami son cœur n'est point usé;
En traits de feu son nom est gravé dans son âme :
Quand la reconnaissance en ranime la flamme,
L'altière Ambition y mêle son ardeur;
Ses reproches secrets l'accusaient de froideur;
Il tend les bras au Ciel, il soupire, il s'écrie :
« Mânes de Chilpéric! ombre sainte et chérie,
» Je vous entends : Rainfroi saura vous apaiser.
» Mais quel bruit dans la tombe a pu vous abuser?

» Qui! moi! j'encenserais le tyran qui m'opprime!
» Je verrais d'un œil sec votre mort et son crime!
» J'oublirais mes sermens! Non : par un nœud sacré
» Tout mon être à vous seul doit être consacré;
» Et si Clotilde en moi voit l'ami de son père,
» A des titres plus doux elle doit m'être chère.
» Vous l'ordonnez : bientôt, rassemblant mes amis,
» J'invoquerai les droits que vous m'avez transmis;
» Alors, du haut des cieux, achevant votre ouvrage,
» Veillez sur votre fille et guidez mon courage. »
Il dit, et méditant ses plans audacieux,
Il fuit le jour naissant qui se montre à ses yeux.

De Poitiers cependant un malheureux transfuge,
Dans le camp des Français vient chercher un refuge.
Son front hâve et troublé, ses regards effarés,
Ses vêtemens sanglans, ses membres déchirés,
Attirent sur ses pas la foule curieuse.
On l'interroge; il dit quelle main furieuse
Souillait les bords du Clain de crimes inouis :
» Quel homme généreux survit à son pays!
» S'écriait-il; Français, le Ciel que j'en atteste,
» Sait comment de mon sang je lui vouai le reste.
» Il m'arrache au trépas : de mes concitoyens
» Seul échappé, peut-être, à d'infâmes liens,

» Ma vie est un miracle, et par la Providence,
» Je fus conduit ici pour demander vengeance. »
Adalbert qui l'entend aborde l'inconnu :
« En ces lieux, lui dit-il, soyez le bienvenu ;
» Vos dangers sont passés : ce récit déplorable
» De Charles doit trouver l'oreille favorable
» Lorsque dans le conseil, où je vais près de lui,
» Vous aurez de son bras sollicité l'appui.
» Suivez-moi. » L'Aquitain reconnaît le miracle
Qui doit devant ses pas aplanir tout obstacle,
Et marche vers la tente où, discutant les loix,
Des plus sages Guerriers un honorable choix
Mûrit les grands projets ignorés du vulgaire.
Là Gontrand, Éginhard, le savant Frédégaire
Le prudent Adhémar et le fier Mérové
S'expriment sans contrainte ; et souvent captivé
Par cet art entraînant que Sigebert cultive,
Charles prête à sa voix une oreille attentive.
Là, tandis qu'Adalbert médite à son côté,
L'Aquitain en silence est long-temps écouté.

Éberald, c'est son nom, dans la force de l'âge,
A d'innocentes mœurs joignait un grand courage.
Adonné, dès l'enfance, au soin de ses troupeaux,
Pasteur, il les suivait sur les riants côteaux

Qui séparent le Clain des rives de la Loire :
Son cœur simple et sans fard eût ignoré la gloire,
Si l'honneur indigné l'appelant aux combats,
Il n'avait de Lothaire accompagné les pas.
Auprès de ce héros il combattait encore,
Lorsqu'aux murs de Poitiers livrés aux feux du Maure,
Une flèche mortelle ayant percé son flanc,
Il reçut des liens qu'il arrosait de sang.
Mourant, chargé de fers, victime de l'outrage,
Accablé de douleurs qui lassent son courage,
Ses regards résignés se portaient vers les cieux,
Quand la Religion se dévoile à ses yeux.
Elle tient une Croix qu'en ses bras elle presse;
Les pleurs qu'elle a versés témoignent sa tristesse;
De célestes rayons brillent dans ses cheveux :
« Ami, dit-elle, ô toi dont j'exauce les vœux,
» A mes saintes leçons tu fus toujours fidèle,
» Écoute, obéis, pars, et prouve-moi ton zèle.
» De Charles, vers ces bords, tu hâteras les pas.
» Va ; des obstacles vains ne t'arrêteront pas;
» Je veillerai sur toi. Que ton récit le touche;
» Je mettrai devant lui ma sagesse en ta bouche. »
Elle dit : du guerrier le lien est brisé.
Il marche, par la nuit long-temps favorisé;
Le jour vient; de ces bois il connaît les retraites,
Les sentiers peu frayés et les routes secrètes.

22*

Un fruit sauvage et dur suffit à ses repas.
La Loire ne saurait même arrêter ses pas;
Un esquif préparé le porte à l'autre rive.
Avec l'aurore, au camp, haletant, il arrive;
Et, de sa mission présageant le succès,
Il a près du Héros le plus facile accès.
Il raconte en pleurant les maux de sa patrie:
« Telle est des Sarrasins l'infernale furie,
» Dit-il; je crois entendre, et j'en frémis encor,
» Les cris blasphémateurs des soldats d'Alahor.
» Tours en est menacé ². Dans leur main sanguinaire
» J'ai vu fumer au loin la torche incendiaire;
» Dans ses champs ravagés, auprès de ses remparts,
» J'ai vu leurs escadrons errer de toutes parts;
» J'ai vu leur orgueilleuse et brutale arrogance,
» D'une insolente audace insulter à la France,
» Et se flatter enfin d'effacer en tout lieu
» Le culte de la Croix et le nom du vrai Dieu. »
Le Héros indigné : « Quoi! ce peuple barbare
» Ainsi par des forfaits aux forfaits se prépare!
» Français, vous l'entendez: hâtons-nous d'arrêter
» Ce torrent destructeur prêt à tout dévaster.
» Indomptable et chargé des dépouilles du monde,
» La victoire en son cours jusqu'ici le seconde;
» Abdérame partout renverse les autels;
» Il veut d'un culte saint détourner les mortels,

» Et déjà son audace insulte à nos frontières;
» Marchons, et qu'il apprenne enfin quelles barrières
» Nos valeureux soldats peuvent lui présenter.
» Braves amis! ô vous qui devez le dompter,
» Et du monde, à jamais, mériter les louanges,
» Allez pour le combat disposer vos phalanges. »
Il dit; et la trompette, en sonnant le départ,
De chaque bataillon appelle l'étendard
Qui bientôt prend sa place autour de l'Oriflamme.
Prodigues des secours que le malheur réclame,
Jaloux de mettre un terme à de vils attentats,
Par des chants de victoire annonçant les combats,
Tous marchent fièrement. L'astre de la lumière
Avait déjà trois fois parcouru sa carrière :
Aux feux de l'Orient rallumant son flambeau,
Précédé des zéphyrs, et plus pur et plus beau
Il éclatait déjà sur les pas de l'Aurore;
On attend le signal : quand le clairon sonore
Apprend que le Héros veut laisser ses soldats
Se disposer un jour à celui des combats.

Ils occupaient Vendôme et sa fertile plaine.
La ville, réservée au quartier de la Reine,
Voyait dans ses remparts affluer tour-à-tour,
Et les Chefs de l'armée et les Grands de la cour.

Mais au-delà du Loir, auprès d'une onde pure
Qui d'un bocage épais nourrissait la verdure,
A l'abri de la foule et des froids aquilons,
Du peuple d'Aquitaine étaient les pavillons.
Le Duc, se dérobant aux regards de l'armée,
Y cachait les soucis de son âme alarmée ;
Un faux bruit jusque là s'est répandu soudain :
« Hunalde avait péri les armes à la main ; »
La pitié le répète et la pitié l'écoute ;
La douleur générale exclut même le doute.
Le front morne et flétri de ce bruit accablant,
Eude en son désespoir l'interroge en tremblant.
Éberald, par son ordre appelé dans sa tente,
Ne saurait dissiper l'erreur qui le tourmente :
Laissé par le combat dans les bras de la mort,
De ce généreux Prince il ignore le sort.
Son père, dont ce coup a rouvert la blessure,
Laisse alors de son âme exhaler le murmure :
« C'en est fait, ô mon fils, en toi j'ai tout perdu.
» Ah ! le trône à ton père en vain serait rendu ;
» Seul, isolé, vaincu, je n'ai plus de famille.
» A mes vastes desseins quand j'immolais ma fille,
» Qui m'eût prédit qu'un jour j'entendrais retentir
» Jusqu'au fond de mon cœur le cri du repentir !
» De ma grandeur, fondée avec tant d'artifice,
» Un instant vit crouler le fragile édifice ;

» Et lorsqu'enfin je touche au comble de mes vœux,

» Le sort me précipite en cet abîme affreux,

» Où je ne puis cacher ma détresse et mes larmes

» A ce fier ennemi dont j'implore les armes.

» Moi, moi qui refusais d'être son allié,

» Il faut qu'à ses genoux je rampe humilié!

» Cruelle destinée!.... » A cette voix plaintive,

L'Ambition prêtait une oreille attentive.

« Qu'entends-je, lui dit-elle, et pourquoi te plains-tu?

» Ton bras est-il sans force ou ton cœur sans vertu?

» Soutiens mieux tes revers. Il sont grands, je l'avoue :

» Oui, de toi, sans pitié, la fortune se joue ;

» Mais c'est en opposant la constance aux douleurs

» Que tu peux de l'État réparer les malheurs.

» Relevant à-la-fois ton trône et ta famille,

» Fonde un nouvel espoir sur l'hymen de ta fille :

» Que sa foi, dans Bordeaux, soit le prix d'un vengeur. »

Ces mots sur le front d'Eude amènent la rougeur :

Il reconnaît la voix décevante et perfide

Dont les conseils jadis avaient été son guide [3],

Et qui l'avaient conduit à l'abîme profond

Dont, sans espoir encore, il mesure le fond,

Il veut les repousser : mais son inquiétude

Cède aux charmes trompeurs d'une longue habitude.

Comme au lit de douleurs le malade endormi,

Dans un rêve effrayant se réveille à demi,

Et sans ouvrir les yeux, se retourne et se plonge
Où d'un nouveau sommeil l'attend le nouveau songe.

Sous le nom séducteur d'une autre passion,
Aux chevaliers Français bientôt l'Ambition,
Déguisant ses projets, présente l'espérance
D'obtenir à-la-fois un trône et Numerance.
« La Beauté malheureuse, ici près, voit couler
» Des jours que le plaisir ne vient plus consoler;
» De tant de Chevaliers amoureux de ses charmes
» N'en serait-il aucun pour essuyer ses larmes?
» Sont-ils dégénérés? réservent-ils leur bras
» Pour un plus noble usage ou de plus grands appas? »
Comme on voit, en nos champs, l'imprudente alouette,
Quand du miroir mobile où le ciel se reflète
Le rayon l'éblouit d'un éclat enjoleur,
Tomber dans les filets du perfide oiseleur;
Ainsi des Chevaliers la troupe généreuse
Se laisse captiver à cette voix trompeuse,
Qui du nom de l'amour, de celui de l'honneur,
Prestige irrésistible! a su frapper leur cœur.
Chacun d'eux se promet que son brillant courage
Doit seul des Aquitains enlever le suffrage,
Et croyant maîtriser un avenir douteux,
Voit l'hymen couronner ses exploits et ses feux;

Mais chacun, en secret, aux pieds de la Princesse,
Ainsi que sa valeur veut porter sa tendresse,
Et, soit qu'il obéisse à l'amour, à l'honneur,
Déjà la jalousie en trouble le bonheur.

Un pont donnait accès aux tentes d'Aquitaine.
Enguerand, sur ses pas, au travers de la plaine,
Sur de légers coursiers voit des rivaux nombreux,
De cent chemins divers fouler le sol poudreux.
Il presse vers ce pont sa marche accélérée;
Ému de jalousie, il se poste à l'entrée,
La visière abaissée et la lance en arrêt.
Au premier qui s'approche : « Arrêtez, indiscret!
» Dans cette solitude une beauté repose,
» Et si de l'y troubler un guerrier se propose,
» Avant d'exécuter cet insolent dessein,
» Sa lance téméraire aura percé mon sein. »
Ézelin lui répond : « Chevalier dont l'audace
» Me fait impunément entendre une menace,
» J'excuse ton erreur; mais saches que mes droits
» Sont, je t'en fais l'aveu, plus grands que tu ne crois :
» Je viens pour consacrer ma valeur et mes armes
» A venger Numerance et calmer ses alarmes. »
— « Pour lui faire agréer ton hommage et ta foi,
» Abandonne l'espoir de passer avant moi;

» J'ai de la primauté le titre incontestable. »
— « Ce droit, dit Ézelin, n'est pas très-redoutable;
» Je n'y saurais souscrire, et je ne prétends pas,
» Quels que soient tes projets, borner ici mes pas. »
Il avance à ces mots : Enguerand de sa lance
Le menace à grands cris et contre lui s'élance;
L'ourse, moins furieuse, attaque le chasseur,
Lorsque, de ses petits odieux ravisseur,
Il cherche à pénétrer dans sa caverne obscure.
En guerrier toujours prêt à repousser l'injure,
Plein d'un noble courroux, Ézelin à l'instant
Accepte la bataille; et, ferme combattant,
Animant son coursier, abaissant sa visière,
Et fournissant à peine une courte carrière,
Soutient de son rival le choc impétueux;
Enguerand, mécontent d'un coup infructueux,
Redouble avec furie; Ézelin dans son âme
Sent brûler de l'orgueil la pétulante flamme;
La terre se dérobe et tremble sous leurs pas;
Leur écu retentit : les lances en éclats
Vont retomber loin d'eux. Soudain le cimeterre
Arme leur main terrible et sert mieux leur colère.
Chacun d'eux à-la-fois attaque et se défend;
Le fer trouve partout l'autre fer qui l'attend;
Brillant comme l'éclair et cent fois plus rapide,
Il cherche dans l'armure un passage perfide;

Par l'airain, par l'acier, vainement émoussé,
Partout il est à craindre et partout repoussé.
Mais Enguerand brandit une pesante masse,
Frappe; et de son rival a faussé la cuirasse;
Ézelin, qui pâlit d'une vive douleur,
Prend son glaive, et bientôt retrouvant sa valeur,
Du casque d'Enguerand a brisé la visière.
Cependant, au milieu d'une longue poussière,
Les nombreux Chevaliers venus de tous côtés,
Au passage du pont se trouvaient arrêtés :
Du combat en silence ils attendaient l'issue.
Mais de leur cœur jaloux l'espérance déçue
Dans chaque survenant montrait à chacun d'eux,
Nuisible à ses projets un concurrent fâcheux;
Ils semblaient s'éviter et ne pas se connaître.
Soudain, par un transport dont il n'est pas le maître,
Rollon, de son ami mesurant le danger,
N'écoute que son cœur et court le dégager :
Le jeune Torismond, suivi par Amalaire,
A ses soins généreux se déclare contraire;
Il rappelle Rollon aux règles du tournoi.
Caribert accourant : « Ce n'est pas avec toi
» Que ces guerriers, dit-il, ont commencé la joûte;
» Laisse-les donc combattre, et quoi qu'il leur en coûte,
» Jeune homme, apprends de moi qu'un brave Chevalier
» N'a de loi que l'honneur en combat singulier. »

Torismond offensé répond avec colère;
Ils s'attaquent soudain. L'impétueux Clotaire
Ne peut souffrir long-temps qu'un obstacle étranger
De ses premiers desseins vienne le déranger;
Il presse son coursier : la foule mécontente
Avance à son exemple et marche impatiente.
Les combattans alors s'opposent à ses pas :
Ils font trève un moment à leurs sanglans débats,
Et de concert, du pont défendent le passage.
Cachée à tous les yeux, contemplant son ouvrage,
L'Ambition sourit; ses vœux sont accomplis.
Mais parmi la rumeur dont ces lieux sont remplis,
Ricimer, peu jaloux d'en apprendre la cause,
A défendre le pont voyant qu'on se dispose,
Traverse la rivière et passe à l'autre bord;
Par ce chemin nouveau pénétrant sans effort,
Déjà plusieurs guerriers s'élançaient sur la rive.
D'Enguerand, d'Ézelin la colère est plus vive :
« Chevaliers, criaient-ils en courant sur leurs pas,
» Vous fuyez vainement la chance des combats ;
» Si vous êtes vaillans, retournez en arrière;
» Du pont que vous laissez nous tenons la barrière;
» Ici, sans notre aveu, nul ne saurait venir. »
— « Téméraires Guerriers que mon bras va punir,
» Dit Ricimer, qu'importe en quels lieux on se batte.
» En vain de m'arrêter votre courroux se flatte;

» L'un et l'autre à l'instant vous aurez un vainqueur :
» Qui de vous le premier s'expose à ma fureur? »
Il dit, et sans attendre une réponse vaine,
Il repouse Ézelin d'une attaque soudaine ;
Enguerand aussitôt, transporté de courroux,
De son glaive vengeur lui fait sentir les coups,
Et le combat entre eux s'engage avec outrance.

Cependant jusqu'aux lieux où languit Numerance,
Comme un torrent fougueux dans les champs répandu,
Des autres Chevaliers l'escadron s'est rendu.
Enguerand, qui les voit parvenus sans obstacle,
Ne peut en soutenir le douloureux spectacle :
Il se défend à peine ; il est troublé, distrait :
« Désormais la victoire est pour moi sans attrait,
» Dit-il ; à ce combat quel motif nous engage
» Ne nous disputons plus le frivole avantage
» Que d'autres, sans périls, viennent nous enlever.
» Comme eux, à notre but, hâtons-nous d'arriver. »
Ricimer y consent ; et d'une course agile,
Ils se mêlent bientôt à la foule indocile,
Que le Duc étonné voyait autour de lui,
Présenter de son bras l'impatient appui.
Mais Eude, au fond des cœurs accoutumé de lire,
De leur rivalité découvrant le délire :

« La France vous réclame, et ses grands intérêts,
» Leur dit-il, en ce jour vous touchent de plus près :
» Volez à sa défense et combattez pour elle,
» Vainqueurs, je vous attends; conservez-moi ce zèle,
» Ce sentiment d'honneur, qui peut dans les combats
» Rendre aux Rois leur couronne et sauver les États.
» Si je vous dois les miens, que pourrez-vous prétendre
» Où mon cœur généreux ne puisse condescendre!
» Mais pour faire oublier le fils que j'ai perdu,
» Ce fils, unique espoir de mon peuple éperdu,
» Pour relever enfin mon trône et ma famille,
» Guerriers! reposez-vous sur le choix de ma fille. »
Ses yeux, à ce discours, laissent couler des pleurs,
Et rentré dans sa tente il cache ses douleurs.
Des Chevaliers déçus, qu'un fol espoir égare,
Par des chemins divers la foule se sépare :
Chacun d'eux, occupé de ses pensers nouveaux,
D'un regard ennemi mesure ses rivaux,
Et se flatte en secret de la vaine espérance
D'obtenir une juste et noble préférence.
Long-temps l'Ambition, nourrissant cette erreur,
Saura les éblouir de son éclat trompeur.
Ainsi le papillon qu'attire un vain prestige,
A l'entour de la flamme imprudemment voltige,
Heureux si dans les feux du perfide flambeau,
Il ne brûle son aile et ne trouve un tombeau.

Mais bientôt des Français les premiers escadrons
Et d'Amboise et de Tours couvrent les environs;
Leurs drapeaux protecteurs rassurent la campagne :
Cette sécurité que la paix accompagne
Ramène le bonheur; et sur cet heureux bord
Le cri cher à la France éclate avec transport.
Des soldats ennemis, maîtres de l'autre rive,
Une foule innombrable, aguerrie, attentive,
Sous des Cheiks vigilans, du sommet des coteaux,
De la Loire et du Cher semblent garder les eaux.
Souvent les deux partis, pleins d'une égale audace,
De l'un à l'autre bord échangent la menace;
Leur haine se défie, et sur l'aile du vent
Leurs traits lancés au loin vont se perdre souvent.
Ainsi que deux joûteurs qui reprennent haleine
Tandis que sous leurs yeux on dispose l'arène,
Et qui de s'éprouver également jaloux
Par des propos amers attisent leur courroux,
Tendent leurs bras nerveux, et d'un terrible geste
Annoncent du combat l'événement funeste.
Des Lys et du Croissant les nombreux étendards
Au sein des bataillons flottent de toutes parts :
La Loire, aux Sarrasins opposant son murmure,
Pour ses libérateurs est plus lente et plus pure,
Et le peuple aux soldats vient prodiguer les dons
Des trésors de la vigne et de ceux des moissons.

C'est le bonheur de tous; c'est la reconnaissance
Qui, joyeuse, en leurs mains, apporte l'abondance :
Tous les cœurs sont émus, tous les fronts triomphans :
La mère à ses sauveurs amène ses enfans;
Le père leur confie et sa femme et sa fille,
Et la ville et le camp ne sont qu'une famille [4].
Le bruit de leurs tambours, leurs bruyantes clameurs
Du camp des Sarrasins annoncent les rumeurs.
Tandis que les Français inspirés par la gloire
Sous leur drapeau sans tache appellent la victoire,
Cent Bardes, dont la harpe accompagne la voix,
De leurs braves aïeux retracent les exploits :
Dissipant du passé les jalouses ténèbres,
Ils chantent Pharamond, ses compagnons célèbres [5],
Le brave Clodion, héros des anciens jours [6],
Du premier Childéric les heureuses amours [7],
Et Clovis qui, du Rhin au pied des Pyrénées,
De la France étendit les nobles destinées.

En ce moment suprême, Abdérame indécis,
Rêvait, sur ses coussins nonchalamment assis :
Charles et ses soldats ne sont pas ces Nomades
Dont l'aride désert voit errer les peuplades;
Ni ces enfans du Gange, esclaves énervés,
A des maîtres nouveaux sans cesse réservés [8];

Ni ces fils amollis de l'opulente Asie,
Ivres de voluptés et nourris d'ambroisie,
Qui, préférant des fers rivés par les plaisirs,
A la liberté même exempte de loisirs,
Devinrent du Koran les sectateurs faciles [9];
Ni ces Grecs insoumis, disputeurs indociles,
Malheureux par la guerre autant que par la paix,
Et qu'un même intérêt ne réunit jamais.
Un jour, (dans l'avenir il est bien loin peut-être!)
Ces Grecs, exaspérés par un barbare maître,
S'efforçant de briser de trop indignes fers,
Sauront par leur courage étonner l'Univers;
Mais l'Univers, témoin de cette horrible lutte,
D'un œil insouciant contemplera leur chute;
O honte! et les Chrétiens, à leur tour divisés,
Laisseront au Croissant des triomphes aisés [10].
Le peuple qu'il affronte est grand et magnanime :
Repoussant l'ennemi par un élan sublime,
Jaloux de son honneur et de sa liberté,
Plus fier en ses revers qu'en sa prospérité,
Il ne supporte pas d'odieuses entraves :
Ses Rois ont des sujets et non pas des esclaves.
Maintenant, sur les pas du plus grand des héros,
Sur la seule victoire il fonde son repos,
Et sa noble valeur la promet à ses armes.
Ismaël, de l'Enfer évoqué pas ses charmes,

Vainement à l'Émir assura le secours;
A son courage seul il doit avoir recours :
Quoique des Musulmans vainqueurs de l'Aquitaine,
La bravoure à ses yeux ne soit pas incertaine,
Soldats sans discipline, il semble redouter
Les hasards d'un combat qu'il ne peut éviter.

Ainsi de la raison le superbe Abdérame
Entend la voix sévère en rentrant dans son âme,
Mais son flambeau trop tard lui découvre l'écueil
Où viendra se briser son despotique orgueil.
Charles, qu'il provoqua, des vengeurs de la France
Laissera-t-il languir la brûlante espérance?
Dès le jour précédent au conseil appelé,
Henri, de ses devoirs observateur zélé,
Avait déjà reçu d'une oreille discrète,
L'ordre d'une entreprise importante et secrète.
Il part : trois cents soldats légèrement armés,
Le suivant loin du camp, avancent animés
Par son exemple autant que par sa voix pressante,
Et leur bras est chargé d'une hache pesante.
Sur des monts qui, jadis, de leurs flancs caverneux,
Vomirent, ébranlés, des laves et des feux,
La Loire, encor modeste, échappe de sa source,
En des vallons étroits précipite sa course,

Et porte à l'Océan le tribut de ses eaux.
Là, parmi les forêts où règnent ses créneaux,
Henri, s'accoutumant aux périls de la chasse,
Jeune encore, exerçait sa force et son audace.
De l'impie Alahor les farouches soldats
S'égarèrent un jour en ces rudes climats;
Ils remplirent de sang un fameux monastère,
Où des saints, réunis sous une règle austère,
Des plus hautes vertus édifiaient ces lieux.
Henri vengea la mort de ces hommes pieux,
Et jusques aujourd'hui, les rives de la Loire,
D'une action si belle ont gardé la mémoire [1].
Il conduit ses guerriers en d'épaisses forêts,
Que jamais le soleil ne perça de ses traits :
Les chênes orgueilleux, les gigantesques ormes,
Entrelaçant leurs bras et leurs têtes énormes,
Par de communs efforts défendaient ce séjour
Des feux de la saison et des rayons du jour.
Rassemblés autrefois sous ces voûtes humides,
Par de graves discours, les plus savans Druides
Inspiraient aux Gaulois dont ils armaient le bras,
Le mépris du danger et l'amour du trépas.
« Le temps ne change rien à l'essence des choses,
» Disaient-ils; rien ne meurt; tout est métamorphoses :
» L'âme est impérissable; et l'homme valeureux,
» Pour prix de sa vertu renaîtra plus heureux.

» Gloire au brave guerrier mourant pour sa patrie!

» Que sa mémoire vive et soit toujours chérie! »

Imbu de ces leçons, soldat audacieux,

Le Gaulois ne craignait que la chute des cieux,

Qu'il soutiendrait encor sur le fer de ses piques [12].

Là, toute la jeunesse, aux annales publiques,

Ajoutait la science exprimée en beaux vers,

Des Dieux, des lois, des mœurs et du vaste Univers [13];

Par une longue étude elle ornait sa mémoire

Des sublimes récits de son antique histoire,

Fastes qui, du vulgaire à jamais ignorés,

Passaient de bouche en bouche avec des chants sacrés;

Les Grands, d'après les rits transmis par les ancêtres,

Là venaient recueillir, sur les pas de ces Prêtres,

Dès que l'astre des nuits remontait dans les cieux,

Avec la serpe d'or le gui mystérieux [14];

Là, presqu'enseveli sous l'ombre qui le cache,

Était l'infâme étang si redoutable au lâche [15];

Enfin, là résidaient ces femmes dont la voix

A ce peuple indomptable osait dicter les lois;

Pleines du Dieu puissant dont elles sont l'organe,

De ces lieux consacrés éloignant tout profane,

Ces Prêtresses, dit-on, prédisant l'avenir [16],

Des temps les plus obscurs gardaient le souvenir.

De Blois cette forêt borne le territoire,

Et se plonge au Midi dans les eaux de la Loire.

Formidable séjour de leurs Divinités,
Ces bois, par les Français si long-temps respectés,
Par de vieux préjugés étaient gardés encore.
Le vulgaire effrayé sous leur voûte sonore,
Croyait ouïr souvent les plaintes de ces Dieux;
Souvent, son œil crédule et superstitieux
Croyait les entrevoir durant la nuit profonde,
A la lueur des feux qui rodent à la ronde,
Et sous un ciel troublé, son oreille souvent
Confondait leur tonnerre avec le bruit du vent[1].
Henri, par ses soldats, d'une voix indignée,
Au sein de ces forêts fait porter la cognée.
Des arbres les plus beaux il indique le choix :
Le fer les outrageait pour la première fois;
Ils roulent mutilés, informes, sans feuillage;
D'impitoyables bras les traînent au rivage,
Et bientôt dans les flots, l'un sur l'autre lancés,
Par un lien flexible ils sont entrelacés.
L'industrieux Henri sait d'une main habile,
Tourner le gouvernail de leur masse mobile,
La confie au courant, avec art la conduit,
Et sur des bords connus arrive avec la nuit.

Elle régnait encor calme et silencieuse :
A peine du Zéphyr l'aile capricieuse

Balançait les rameaux; Charles à Valentin
Déjà de l'avant-garde a commis le destin;
C'est lui qui doit guider la première entreprise;
Et près de ce guerrier la Politique assise,
Sous les traits d'Adalbert, le conseille en ces mots :
« En cotoyant la Loire et remontant ses flots,
» Après de courts instans, les eaux forment une île
» Où, dans un paturage en arbrisseaux fertile ,
» Le taureau vient souvent ruminer entouré
» Des génisses qu'il mène en ce lieu retiré :
» Aux bords que nous foulons il repasse à la nage;
» Mais des champs opposés s'il cherche le rivage,
» Le fleuve moins profond mouille à peine ses flancs.
» C'est là qu'il faut conduire et reformer vos rangs;
» Et lorsque du soleil la naissante lumière
» Vous aura vu franchir cette étroite barrière,
» Sur l'ennemi surpris avancez à grand pas,
» Et semez devant vous la fuite et le trépas;
» Allez et profitez d'une ombre tutélaire,
» Jusqu'au moment propice où le jour vous éclaire,
» Un brillant météore éclatant à vos yeux,
» Vous tracera la route et luira dans les cieux. »
Elle dit : Valentin, rempli de sa prudence,
Avec ses compagnons vers le fleuve s'avance,
Et déjà sur le bord est arrivé sans bruit.
Un astre, détaché du voile de la nuit,

Tombe du haut des airs, exhalaison légère,
Trace d'un long sillon sa course passagère,
Et s'arrêtant sur l'île, étincelant signal,
Semble les appeler et leur sert de fanal.
On s'embarque avec joie ; on vole à la victoire :
Le mobile aviron fend le sein de la Loire :
Trois fois mille guerriers, portés sur vingt radeaux,
Abandonnent la rive et traversent ses eaux.

   L'Aurore cependant jetait sur la verdure,
De sa coupe céleste, une onde fraîche et pure ;
Déjà ses premiers feux avant-coureurs du jour,
Doraient au loin le fleuve et les champs d'alentour,
Et le hibou rentrait dans son obscur repaire.
Moulouk, ainsi que lui sauvage et sanguinaire,
Brigand nocturne aussi, de rapines chargé,
Emmenant les troupeaux du colon égorgé,
Revenait dans son camp. Tout-à-coup sur la rive
Il voit que de Français un bataillon arrive ;
Sa troupe fuit : lui seul, comme un loup ravisseur,
Lorsqu'auprès de son fort il découvre un chasseur,
Il s'arrête étonné : « Quelle est donc votre audace,
» Téméraires Français! dit-il avec menace :
» A nos fers le Destin ne peut vous arracher ;
» Quand nous vous les portons, venez-vous les chercher? »

Il prend dans son carquois une flèche allongée,
Dont la pointe fragile avait été plongée
Dans ces fleuves sans nom, qui, nés dans les déserts,
N'épanchent par leurs eaux dans l'abîme des mers [18] :
L'arc résonne; elle part; et de sang altérée,
Siffle en portant au loin une mort assurée.
Venance en est atteint. Ce valeureux guerrier
En exhortant les siens avançait le premier.
Élevé sous les murs de l'antique Valence [19],
Il coulait d'heureux jours au sein de l'opulence;
Les eaux de l'Épervière entouraient son château.
Entre les bords du Rhône et ce profond ruisseau,
D'une herbe succulente abondamment nourries,
Cent cavales paissaient en d'immenses prairies,
Où le jeune étalon hennit en bondissant
S'il entend de l'airain l'appel retentissant.
Frayant à ses soldats une immortelle gloire,
Venance entrait déjà dans les flots de la Loire,
Et son bras agitait un glaive menaçant :
La flèche l'a frappé de son acier perçant;
Elle brise le fer sans en être émoussée,
Et le sang rejaillit de l'épaule blessée.
Le héros frémissant à ce coup douloureux :
« Amis, dit-il, suivez votre élan généreux;
» Mon sang est le premier qu'accepte la patrie;
» Mais sa source aujourd'hui dût-elle être tarie,

» Versons-le tout pour elle, et que le seul trépas,
» Au chemin de l'honneur puisse arrêter nos pas. »
Il dit, et négligeant sa blessure profonde,
Il arrache la flèche et s'élance dans l'onde.
Refoulés sous les pas de ses fiers bataillons,
Les flots, à l'autre bord, courent à gros bouillons;
Et déjà Valentin, maître de ce rivage,
Du cri de « vive France » a salué la plage.

Dans le camp sarrasin, aux tentes d'Alahor,
Les soldats de Moulouk, par leur rapide essor,
Au seul nom des Français avaient jeté l'alarme :
Tout était en rumeur; on fuit, on crie, on s'arme;
Les uns marchent courbés sous le poids du butin;
Les autres, égarés par un trouble intestin,
Cherchent à se cacher. Alahor peut à peine
Calmer par son exemple une terreur soudaine;
Moulouk lance sur eux des regards indignés :
« Sachez du sang français que mes traits sont baignés,
» Dit-il; où fuyez-vous? Pensez-vous, misérables,
» Qu'à ceux que vous lancez ils soient invulnérables?
» Ces captifs à vos fers ne peuvent échapper;
» Peu nombreux, il suffit de les envelopper;
» Suivez-moi. » Par ces mots ranimant leur audace,
La plupart en ses rangs ont déjà pris leur place;

Lui-même les commande : Adafer, Bagoas,
Le noir Gazan, Darah, Moslem suivent ses pas.
Du fond de l'horizon, comme d'épais nuages,
Dont les humides flancs gonflés par les orages,
Par des vents ennemis rapidement poussés,
Dans les cieux obscurcis s'avancent courroucés,
Ils se heurtent bientôt, se mêlent, se confondent,
L'éclair jaillit cent fois et les tonnerres grondent;
La grêle s'en échappe, et de ses tourbillons,
Dévaste la campagne et couvre les sillons :
De ces fiers ennemis ainsi les deux armées
D'une égale fureur s'élancent animées.
L'une, troupe barbare, où sans ordre, sans art,
Vingt peuples différens rassemblés au hasard,
Entourant les Français de leurs bandes légères,
Brandissent, en hurlant, leurs armes étrangères;
L'autre, imposante et fière, avec moins de chaleur,
Sait à la discipline enchaîner sa valeur :
Au centre, une colonne inflexible et serrée,
Joignant ses boucliers, et de fer entourée,
Marchant d'un pas égal, offre de toutes parts
Un front impénétrable, une forêt de dards.
Deux autres bataillons demeurés en arrière,
Forment des deux côtés une longue barrière :
Accompagnant sa marche et déployant leurs rangs,
Ils ont la lance haute et protègent ses flancs.

Eux-mêmes, d'un côté, sont couverts par la rive ;
De Chevaliers, de l'autre, une phalange active
Chasse loin devant elle ou donne le trépas
Aux plus audacieux qui retardent ses pas.
Moulouk s'oppose en vain aux progrès de nos braves :
Il les voit s'avancer comme un torrent de laves,
Des sommets de l'Etna roulant au sein des mers :
L'onde en vain en mugit ; en vain les flots amers
Soulèvent, irrités, leur masse turbulente ;
Sans être détourné de sa course brûlante,
Le volcan la repousse, et bientôt au nocher
Présente un vaste écueil, un noir et long rocher.

Vingt illustres Barons fiers de combattre ensemble,
Qu'auprès de Valentin, sa renommée assemble,
Lui confiant le choix de leurs nombreux vassaux,
D'une élite superbe entourent ses drapeaux.
C'est Rollon, qui long-temps des malheurs de la guerre
Sauva par sa valeur les bouches de l'Isère :
A repousser le Maure il est accoutumé.
Par son ancienne gloire en ce jour animé,
C'est le brave Marcoul, dont le noble courage
Du Rhône aux Sarrasins arracha le rivage ;
Le généreux Clément, le fidèle Marcel,
Vincent, fier suzerain des bois de Léoncel,

Où ses fils bâtiront un vaste monastère
Aux hermites nombreux dont Bernard est le père;
C'est Raoul, c'est Morlon, tous les deux descendus
Des Alains vers le Rhône autrefois répandus[20];
Et celui que Venance aimait comme un élève,
Valentin comme un fils, le jeune et tendre Estève.
Plus loin, à l'aile gauche, est le noble étendard
Des guerriers accourus à la voix de Bérard;
Les uns nés sur les monts, les autres dans la plaine,
Suivent également le même capitaine.
Bérard était issu du sang carthaginois.
Lorsque, se reposant au milieu des Gaulois,
Annibal d'un regard jetait l'effroi dans Rome,
Ses camps étaient assis sur les bords de la Drome[21];
Les Rois de ces cantons, sur le trône affermis,
Réunis par ses soins, devinrent ses amis.
Dans un fort escarpé qu'il nomma Barcelonne
Laissant de vétérans une brave colonne,
Marchant sur l'Italie, il voulut aux Romains
Des Alpes sur ses pas fermer tous les chemins :
Ce fort subsiste encore, éternel témoignage
De l'amour d'Annibal pour l'ingrate Carthage[22].
Leur chef fut Béroë : ce nom, à ses enfans,
Consacré d'âge en âge et tronqué par les ans,
Autant que sur son front une teinte légère
Décèle de Bérard l'origine étrangère.

Mais, comme Valentin, ami de son pays,
Il délivra ses champs par le Maure envahis.
Près de lui, Philibert et le vaillant Nazaire,
Des sources de la Bourne aux rives de l'Isère,
Des vallons du Royans riches dominateurs;
Julien qui du Vercors réunit les pasteurs;
Et Vallier qui sauva des ravages du Maure
La fertile contrée où serpente Galaure,
Rapprochaient sur ses pas leurs étendards rivaux.
Marchant à l'aile droite, et sur le bord des eaux,
Des soldats irrités du malheureux Venance,
Conduit par Fortunat, le bataillon s'avance :
Agilbert et Leutrade étaient au premier rang;
Tous deux jeunes et fiers, formés du même sang,
Déjà le même sort en ce jour les menace;
Adélard sent bouillir sa pétulente audace;
Gervais, dont les créneaux, affrontant l'aquilon,
Des puissans Adhémar dominent le vallon,
Se montre leur égal; mais aucun ne précède
L'élan impétueux du brave Récarède,
Depuis que deux guerriers qui marchaient avant lui
Ont remplacé Venance ou lui servent d'appui.
L'un est ce Fortunat que d'une voix commune
Tous les chefs ont choisi pour guider leur fortune;
L'autre est le bon Félix, dont le cœur excellent
Joignait tant de courage à son heureux talent;

Tous deux enfans chéris du noble Apollinaire :
Félix faisait surtout son étude ordinaire
Des secrètes vertus que dans les végétaux
La nature infusa pour dissiper nos maux;
Sans cesse aux malheureux sa main compatissante
Prêtait une assistance empressée et puissante,
Et dans cet instant même un utile secours
De Venance peut-être allait sauver les jours.

Comme au travers des bois la feuille desséchée,
Dès les premiers frimas, par les vents arrachée,
Est emportée au loin : les Maures culbutés
Ainsi, de toutes parts, courent épouvantés.
Le désordre et l'effroi précipitent leur fuite :
Les Français, à grands pas, ardens à la poursuite,
Chargent avec furie, et les rangs confondus
Des Maures enfoncés se mêlent éperdus.
La plaine et ses guérets, le fleuve et son rivage,
Sont ruisselans de sang et souillés de carnage.
Mille cris différens épouvantent les cieux;
Et Valentin, prudent autant qu'audacieux,
Ouvrant à ses guerriers le chemin de la gloire,
Modère leur essor, assure la victoire.
Déjà des Sarrasins les traits, les javelots,
Les pierres, le plomb même, assaillent ces héros;

Leurs boucliers d'airain, élevés sur leur tête,
N'en peuvent détourner l'effroyable tempête;
Mais, conservant toujours leur intrépidité,
Ils marchent à leur but avec rapidité.
Tel est le voyageur, quand d'un subit orage
Au milieu de sa route il éprouve la rage;
Aux éclats de la foudre, aux lueurs des éclairs
La grêle, à flots bruyans tombant du haut des airs,
De son rapide char frappe le toit mobile :
A l'abri de ses coups, prudent, calme et tranquille,
L'œil fixé devant lui, les rênes à la main,
D'un pas toujours égal il poursuit son chemin.
Moulouk et ses soldats, qu'étonne leur courage,
Cèdent en frémissant et bouillonnant de rage;
Quelques-uns, plus hardis, osent braver nos dards,
S'arrêtent, et bientôt tombent de toutes parts;
Gazoul, fils du tyran qui commande à Biserte;
Le noir Hatem; Idris, dont la plage déserte,
Refuge des forbans qui désolent ces mers,
Offrait à leurs vaisseaux des ports toujours ouverts;
Sidy, qui poursuivait dans ces plaines de sable,
Sous un soleil brûlant, l'autruche infatigable;
Sasson, cheik du Zârah; le barbare Tarik,
Qui d'esclaves faisait un infâme trafic,
Sont frappés à l'instant et mordent la poussière.
Le farouche Alahor, autour de sa bannière,

Pourra-t-il retenir les cruels Africains ?
Ils n'obéissent plus et ses efforts sont vains.
La crainte en traits hideux se peint sur leur visage;
De leurs armes les uns abandonnent l'usage,
Et, poussant, effrayés, des hurlemens affreux,
Comme un poids importun les rejettent loin d'eux;
D'autres, plus éloignés, ralentissent leur course,
Et vidant leur carquois, inutile ressource,
Lancent leurs derniers traits. Mais partout Valentin
Décide la victoire et fixe le destin.
Il n'a plus sur ses pas d'ennemis à combattre;
La terreur les dissipe et semble les abattre;
Le Maure, devant lui, se disperse tremblant,
Comme à l'aspect du loup fuit le troupeau bêlant.

D'Alahor, de Moulouk, quelle n'est pas la rage!
De la défaite ainsi subiront-ils l'outrage?
Oseront-ils paraître et vanter leurs exploits?
Le Fanatisme alors fait retentir ces bois;
Ses cris des Sarrasins rappellent les phalanges :
« Traîtres ! leur disait-il, quelles terreurs étranges
» Pourraient à votre gré changer l'arrêt du sort?
» Vous croyez par la honte échapper à la mort!
» Ne frappe-t-elle pas le vaillant et le lâche?
» Si ses jours sont comptés vainement il se cache [3].

» Mais elle est glorieuse à qui l'ose affronter;
» Et c'est la gloire ici qu'il vous faut mériter. »
Agitant à ces mots, sur la foule tremblante,
Du fanatique Omar la bannière sanglante,
Il arrête sa fuite, écarte ses terreurs,
Dans ses rangs dispersés rallume ses fureurs,
Et contre les Français, avançant dans la plaine,
Ivre de son délire aussitôt la ramène.
Soudain, comme l'essaim qui, de ses rayons d'or,
Dans le creux d'un vieux chêne a caché le trésor,
Entoure en bourdonnant le berger téméraire
Dont la main a troublé son réduit solitaire;
Ainsi les Sarrasins, du fond de ces forêts,
Accourent aux Français, les accablent de traits,
Et trois fois repoussés, d'un frénétique zèle
Recommencent trois fois une attaque nouvelle.
Adélard, dans le flanc, d'une flèche blessé,
Sous les coups de Nazer est tombé renversé;
Poignardé par Oglou, Leutrade perd la vie;
Et de la mort d'Eufroi celle d'Edme est suivie.
Moussa frappe Agilbert; du glaive de Timour
Estève, tendre objet d'un innocent amour,
Tombe et périt frappé; comme une fleur naissante
Dont le soc a coupé la tige languissante.
Son casque roule au loin; son front décoloré
Des pâleurs de la mort est soudain entouré,

Et le sang qui jaillit couvre de sa souillure,
Comme un bandeau pourpré, sa blonde chevelure.

Estève! que ta mort fera couler de pleurs!
Long-temps, le sein navré de mortelles douleurs,
Valence dans ses murs verra la jeune Aline
T'appeler vainement au pied de la colline
Où s'offrant à tes yeux pour la première fois,
Entre mille beautés l'amour fixa ton choix.
Là, près d'un orme antique, une source limpide
Sourd au milieu des fleurs; de son onde rapide
Elle va la première enrichir les ruisseaux
Dont l'Éparvière entraîne et réunit les eaux;
Aline, sur ses bords, dès la première aurore
Chaque jour vient attendre un guerrier qu'elle adore;
Son espoir renaissant est trompé chaque jour,
Et jamais sa raison n'éclaire son amour :
« Ah! sans doute demain je serai plus heureuse, »
Dit-elle en soupirant, et sa main amoureuse
Cueille une fleur champêtre et l'offre à son amant.
Enfin elle succombe; et de son monument
Ses compagnes en pleurs décorent la fontaine
Témoin de son bonheur et de sa longue peine;
Et ce nom, par l'écho si souvent répété,
Transmis de siècle en siècle à ces lieux est resté[4].

Mais tels que les torrens descendus des montagnes
De leurs flots écumeux dévastent les campagnes,
Enflés et mugissans, leurs cours impétueux
S'ouvrent dans les guérets cent chemins tortueux,
Renversent les moissons, les couvrent de leurs ondes,
Et les champs, déchirés de blessures profondes,
De mille affreux débris sont au loin attristés :
Tels nos braves guerriers s'élançant irrités,
Ne peuvent contenir l'ardeur qui les enflamme.
A sa noble bravoure abandonnant son âme,
L'imprudent Valentin permet à ses soldats
De chercher loin de lui de périlleux combats :
Cent pelotons divers que la victoire entraîne
Sur les pas des vaincus s'égarent dans la plaine,
Et portant dans les bois la vengeance et la mort,
Couvrent d'un voile épais leur généreux transport :
Lui-même de ce jour frustra sa renommée,
Et déroba sa gloire aux regards de l'armée.
Des exploits cependant dignes de souvenir
Furent par le passé légués à l'avenir,
Et par d'anciens récits la vénérable histoire
En a jusqu'à nos jours conservé la mémoire.

Nazer est le premier que Raoul en courroux
Pour venger Adélard fait tomber sous ses coups.

24*

Le lâche ! il se vantait d'une infâme victoire :
« Aux enfers, dit Raoul, va parler de ta gloire ;
» C'est là qu'on applaudit au féroce assassin. »
Il dit, et de son glaive il lui perce le sein.
Compagnon de Nazer, un barbare mulâtre
En maudissant Raoul accourt pour le combattre ;
Abdoul, qui n'avait pu prévenir le danger,
Où périt son ami, veut au-moins le venger :
De sa noire tribu rassemblant la cohorte,
De vingt Maures épars il se fait une escorte ;
D'autres sont accourus du fond de ces forêts.
L'intrépide Raoul, en butte à tous leurs traits,
Recule en menaçant ; leurs cris épouvantables
Attirent des Français les bandes redoutables :
Vainqueurs en cent combats, cent guerriers irrités
Au secours de Raoul viennent de tous côtés ;
Un carnage récent fume encor sur leurs armes ;
Les Maures entourés poussent des cris d'alarmes ;
A la mort qui les presse ils veulent échapper ;
Partout un fer terrible est prêt à les frapper :
La flèche les atteint, la pique les terrasse ;
Ils redoutent de près la francisque ou la masse ;
Dans la fuite, les dards, le plomb, les javelots,
De leur sang en tous lieux font ruisseler les flots,
Et parmi les hasards dont elle est poursuivie,
Heureux qui les évite et conserve sa vie.

Emportant d'Alahor l'étendard déployé,
Nizam court dans les bois et s'enfuit effrayé.
Les cris, déjà lointains, rassurent son oreille ;
Mais d'un nouveau combat la trace encor vermeille,
Des turbans déchirés, des dolimans épars,
Mille débris sanglans offensent ses regards.
Tout-à-coup deux guerriers lui ferment le passage.
Récarède et Marcoul, fatigués de carnage,
Ayant arrêté là leurs pas victorieux,
Dans une source pure, ornement de ces lieux,
Allaient pencher leur front souillé par la poussière :
Tels deux jeunes lions, dont la dent carnassière
Assouvit sa fureur sur de faibles troupeaux,
Vont étancher leur soif dans le courant des eaux.
Récarède, sans casque, appuyé sur sa lance,
Aperçoit l'Africain : aussitôt il s'élance
Et le suit à grands pas ; Marcoul, non moins ardent,
Par un étroit sentier abrège cependant,
Et coupant du fuyard la route sinueuse,
Lui darde à son passage une pique noueuse.
Elle perce le cœur : Nizam tombe expirant,
Et son coursier fougueux l'abandonne en courant.
Mais d'Alahor, Marcoul a connu la bannière :
« Notre gloire, dit-il, ne serait pas entière ;
» De la victoire il faut que ces gages certains
» Soient le juste trophée et brillent dans nos mains. »

Il dit, et du coursier il s'empare avec peine.
Cependant Récarède, autour de la fontaine,
Cherchait en vain son casque aux arbres suspendu;
Sous des halliers épais les vents l'avaient perdu,
Et tandis qu'il se livre à son impatience,
Son joyeux compagnon auprès de lui s'avance :
« Allons à nos amis montrer cet étendard. »
Il pique son coursier, qui s'en indigne et part.
« Attends, dit Récarède; il faut que du Barbare
» L'inutile turban me défende et me pare. »
Il court au Sarrasin, dont le front dépouillé
Dans la boue et le sang doit demeurer souillé;
Du tissu transparent il entoure sa tête,
Y place à la moresque une flexible aigrette,
Et pour mieux imiter les airs d'un Musulman,
Il met sur sa cuirasse un riche doliman,
Où l'or parmi la soie éclate en broderies,
Et le carquois d'ivoire, orné de pierreries,
Par un cordon de pourpre est fixé sur son dos.
Chargés de ce butin, déjà les deux Héros
Sortis de la forêt cheminaient dans la plaine,
Quand, vainqueur d'Agilbert, plein d'orgueil et de haine,
Moussa quitte un ravin où, venu se cacher,
D'un œil accoutumé d'épier le nocher
Brisé sur les écueils après une tempête,
Il connaît de Nizam l'étendard et l'aigrette.

En appelant les siens, « Compagnons, leur dit-il,
» Le sort nous offre ici la gloire sans péril;
» En délivrant Nizam, hâtons-nous de reprendre
» Le drapeau d'Alahor qu'il n'a pas su défendre;
» Prisonnier des Chrétiens, allons le dégager;
» Le butin est à vous, laissez-moi le danger. »
Aussitôt il se montre, ainsi qu'un météore
Qui du sein de la nuit tout-à-coup semble éclore.
« De tes jours, criait-il, c'est ici le dernier,
» Français! rend ce drapeau : l'illustre prisonnier
» Que tu sembles conduire avec tant d'arrogance,
» Au bras de son ami devra sa délivrance. »
Marcoul en souriant : « Tu pouvais éviter
» Tant de pas superflus; je cours te le porter. »
Il dit, et du coursier pressant les pas rapides,
Affrontant de Moussa les compagnons timides,
Son glaive les disperse; et volant jusqu'à lui,
Tandis que dans sa horde il cherche un vain appui,
Marcoul, en brandissant sa hache redoutable,
Porte au Cheik sarrasin un coup inévitable :
Telle que l'avalanche, enfant des aquilons,
Du sommet du Mezin roule dans les vallons;
Telle de l'Africain la tête séparée
Tombe avec le turban dont elle est entourée.

Sous son déguisement, Récarède inconnu,
Auprès des Sarrasins est bientôt parvenu.
Obéïd lui tendait une main amicale :
« Sors, lui dit le guerrier, de cette erreur fatale,
» Et puissent, par ta mort, tes soldats détrompés
» Périr ainsi que toi par ce glaive frappés. »
Il lui plonge à ces mots le fer dans la poitrine,
Comme l'ours irrité d'une longue famine,
Qui, dégoutant du sang du dogue terrassé,
Poursuit avec ardeur le troupeau dispersé ;
Tel, après cet exploit, le vaillant Récarède
Presse à coups redoublés la foule qui lui cède :
De sa lourde francisque il frappe les fuyards,
Et les fait à ses pieds tomber de toutes parts ;
Le sang autour de lui coule et rougit la terre.
Alazis se retourne à la voix de son frère ;
Le jeune et beau Saëd l'appelle à son secours :
La terrible francisque allait trancher ses jours,
Et menaçait son front que l'effroi décolore :
« Français ! dit Alazis, ton bras se déshonore ;
» Le trépas d'un enfant est-il digne de toi ?
» Arrête : que tes coups, en s'adressant à moi,
» Te permettent du-moins d'avouer ta victoire. »
La zagaye à ces mots vole et trahit sa gloire.
« Je ne frappai jamais l'ennemi désarmé,
» Dit Récarède, et toi, dont le bras alarmé

» Par ce coup imprudent provoque ma colère,
» Tu recevras la mort destinée à ton frère. »
Il va pour le combattre : échappant au trépas,
Vers Alazis Saëd se rapproche à grands pas;
L'arc frémit en sa main; lancée avec adresse,
Deux fois se teint de sang la flèche vengeresse;
Blessé d'un nouveau trait, le guerrier rugissant
Court au jeune ennemi, dont le front pâlissant
Reçoit de la francisque une atteinte mortelle :
Son sang à gros bouillons sur ses armes ruisselle;
L'arc tombe à ses côtés; sa tête sans couleur,
Gracieuse et mourante, est semblable à la fleur
De sa tige flexible au matin séparée,
Et dont le soir encor la bergère est parée.

La douleur d'Alazis égale son courroux;
Furieux, il s'écrie : « Ah! pourquoi sous tes coups
» L'espoir de ma défense amena-t-il mon frère?
» Oui, le destin te doit à ma juste colère:
» Puisse ce trait rapide, ardent à le venger,
» Dans ton barbare cœur à l'instant se plonger. »
Il dit, le trait fend l'air, le bouclier l'arrête;
Dans la main du guerrier la mort est toute prête;
Ses pas sont suspendus; une vive douleur
Fait pâlir son visage et défaillir son cœur:

Il se soutient à peine. Alazis, plein de rage,
Des Maures rassurés relève le courage;
De leurs traits Récarède est bientôt accablé.
Marcoul vient secourir son compagnon troublé;
De Moussa dans sa main est la tête sanglante;
Il l'offre en accourant à la foule tremblante
Qui fuit à cet aspect, et dans le fond des bois
Va cacher sa frayeur une dernière fois.
Marcoul à son ami, que ranime un breuvage,
Prête un bras secourable et le porte au rivage.
Dans un jour de détresse, heureux qui, comme lui,
D'un véritable ami peut espérer l'appui!

NOTES

DU CHANT SIXIÈME.

NOTES DU CHANT SIXIÈME.

---

¹ Le rabaisser au rang de ses derniers vassaux.

D'après Grégoire de Tours, nous avons dit, Chant III, note 17, que la longue chevelure était la marque distinctive des chefs des Germains : on conçoit dès-lors comment les cheveux courts furent une marque de dégradation. Nos chroniques sont pleines de faits conformes à ces préjugés, et Chilpéric en fut deux fois victime. Tacite nous apprend que parmi les Suèves, qui comprenaient presque toute la Germanie, *majorem enim Germaniæ partem obtinent*, une longue chevelure était la distinction des hommes libres. *Insigne gentis obliquare crinem, nodoque substringere ; sic Suevi à cæteris Germanis, sic Suevorum ingenui à servis separantur... Apud Suevos usquè ad canitiem horrentem capillum retrò sequuntur ; ac sæpè in ipso solo vertice religant. Principes et ornatiorem habent ; ea cura formæ.* L'auteur d'un Extrait de Grégoire de Tours, attribué à Frédégaire, sous le titre de *Gesta Francorum Epitomata*, rapporte cet usage, cap. IX, sans en indiquer la source, en parlant de l'élection de Théodomir, père de Clodion, dont il fait remonter l'origine fabuleuse au siége de Troie. *Franci electum à se regem, sicut prius fuerat, crinitum inquirentes diligenter ex genere Priami, Frigi et Francionis, super se creant, nomine Theædemerem filium Richemeris, qui in hoc prælio, quod supra memini, à Romanis interfectus est.*

On voit, par ce passage, que ce peuple mettait beaucoup d'importance à choisir ses Rois dans les familles distinguées par d'anciennes illustrations, dont la longue chevelure était l'insigne. Par la raison contraire, des cheveux courts étaient une marque d'infériorité. Le même auteur, pour exprimer le renoncement au trône de Clodoald, petit-fils de Clovis, dit qu'il fut tondu dans un monastère : *Clodoaldus ad clericatum tondetur;* et Grégoire de Tours, Liv. II, ch. XLI, rapporte que Clovis ayant fait prisonniers Cararic et son fils, qui ne l'avaient point assisté contre Syagrius, leur fit couper les cheveux et prendre les ordres ecclésiastiques : *Ob hanc causam, contrà eum indignans Clodoveus abiit; quem circumventum dolis cepit cum filio, vinctosque totondit; et Chararicum quidem præsbyterum, filium verò ejus diaconum ordinari jubet.* Qu'il me soit permis d'ajouter ici l'anecdote curieuse, rapportée à ce sujet par Grégoire de Tours, et qui confirme l'idée attachée alors à la longue chevelure, Cararic versait des larmes sur son malheur : « Ce sont des branches coupées sur » un arbre vert, lui dit son fils avec énergie; elles reverdiront encore; et » puisse ma vengeance être aussi prompte. » Paroles qui, rapportées à Clovis, furent l'arrêt de mort de ces deux Princes.

[2] Tours en est menacé.

L'autorité de Frédegaire ne permet pas de croire, comme quelques modernes l'ont avancé, que les Sarrasins aient été battus dans les environs de Poitiers. Après le sac de cette ville, ils s'approchèrent de Tours, dont ils voulaient aussi piller les églises; le texte est formel : *Ad domum beatissimi Martini evertendam destinant; contra quos Carlus princeps,* etc. Les Annales Ecclésiastiques établissent le même fait sur l'autorité de Frédegaire. *Civitatem Turonensem occupatam negat anonymus qui francorum historiam jussu Childebrandi comitis scripsit.* Cet éclaircissement m'a paru nécessaire, parce que j'ai déterminé le champ de bataille près de Tours, sur des conjectures qui me paraissent très-plausibles, et que j'exposerai en leur lieu.

[3] Dont les conseils jadis avaient été son guide.

Frédegaire ne laisse aucun doute sur les projets ambitieux du Duc d'Aquitaine, qui n'avait pas craint d'appeler les Sarrasins pour les opposer à Charles-Martel son vainqueur. Ce fait important a été nié par Bayle : ce

fameux critique emploie toutes les ressources de sa dialectique pour en
démontrer la fausseté, et en rejette l'odieux sur ce qu'il appelle la *cabale de
Charles-Martel.* J'ignore si Bayle a puisé dans d'autres sources que nos
chroniques; contre son ordinaire, il ne fait aucune citation dans ce passage. Il nous sera donc permis de lui opposer ce que les contemporains
nous en ont appris. *Per idem tempus, Eudone Duce à jure fœderis
recedente, eoque comperto per internuncios, Carolus princeps, commoto
exercitu, Ligeram fluvium transiens, ipso Duce Eudone fugato, prædâ
multâ sublatâ, bis eo anno ab his hostibus populata iterum remeatur
ad propria. Eudo namque Dux cernens se superatum atque derisum,
gentem perfidam Sarracenorum ad auxilium contrâ Carolum principem
et gentem Francorum excitavit.* (Chron. Fred., cap. cviii.)

⁴ Et la ville et le camp ne sont qu'une famille.

Je dois peut-être prévenir ici les malignes interprétations de notre siècle
sur des mœurs si différentes des nôtres. Lorsque les peuples prenaient les
armes en masse, et que tous les hommes étaient guerriers, la famille
était transportée dans les camps; et les femmes, forcées d'y fixer leur
domicile, devaient y trouver autant de sûreté qu'elles en ont aujourd'hui
dans nos villes. L'histoire est pleine de ces émigrations de peuples; elles
étaient surtout fréquentes à l'époque dont nous parlons. Les Francs et tous
les peuples du Nord ne cherchaient, dans leurs irruptions vers le Midi,
que de nouveaux établissemens pour leurs familles, et les Arabes mêmes
étaient suivis de leurs femmes et de leurs enfans. Aussi voyons-nous que
les lois protégeaient ces êtres faibles contre la moindre violence, par des
châtimens très-sévères, et qui nous paraîtraient hors de proportion avec
la faute, si l'on oubliait la nécessité de faire respecter les mœurs. La
corruption suivit les armées, lorsqu'elles cessèrent d'être nationales, et
qu'elles furent composées de prolétaires. Les Routiers, les Écorcheurs et
autres bandits de cette espèce traînaient à leur suite une foule de prosti-
tuées, et la licence devint le caractère du soldat. Jusque là, la chevalerie
même en avait fait le protecteur des femmes, et quand je n'aurais pas

exprimé les mœurs générales, la circonstance où se trouvent les habitans
de Tours suffirait pour motiver leur confiance et justifier leur conduite.
Nos temps modernes en ont offert plusieurs exemples, qui honorent la
générosité de nos soldats.

[5] Ils chantent Pharamond, ses compagnons célèbres.

L'époque de Pharamond est une des plus obscures et des plus incertaines de notre histoire. Nous avons déjà remarqué que Grégoire de
Tours, appelé à si juste titre le *Père de l'histoire de France*, et qui
recueillit toutes les traditions d'un peuple dont le berceau fut si rapproché
de son temps ; Grégoire de Tours, disons-nous, nomme Théodomar, chef
des Francs, comme prédécesseur immédiat de Clodion. Il avoue avec une
honorable franchise son incertitude sur le premier Roi des Francs : *De
Francorum verò regibus quis fuerit primus à multis ignoratur;* et après
avoir rapporté, d'après Sulpice Alexandre, les incursions de Marcomir et
de Sunnon contre les Romains, possesseurs de Cologne, à la tête des Bruc-
taires, des Chamaves, des Cattes, des Ampsivariens et autres peuples de la
Germanie, il ajoute que les Francs élirent un Roi, dont il ne donne pas le
nom : *Iterum hic relictis tam ducibus quam regalibus apertè Francos
regem habere designat, hujusque nomen prætermittit.* Bientôt après, fixant
mieux ses idées, il parle des Rois chevelus élus par les peuplades germaines,
*Ibique juxtà pagos vel civitates Reges crinitos suprà se creavisse de primá
et ut ita dicam nobiliori suorum familiá.* Il nomme ensuite Théodomir, Roi
des Francs; son fils Ricimer, et enfin Clodion, qui leur succède, sans doute
par voie d'élection. Mais dans l'Abrégé qui lui est attribué, après avoir
rapporté l'origine fabuleuse des Français aux fugitifs échappés de Troie
avec Anthénor et Priam, qui viennent, par les Palus-Méotides, jusque sur
les bords du Rhin, il les fait combattre contre l'armée de Valentinien,
conduits par Marcomir et Sunnon, fils de Priam et d'Anthénor. Il est
facile de voir combien tout cela manque d'exactitude et de critique. C'est
alors seulement qu'il parle de Pharamond, comme fils de Marcomir :
Tunc defuncto Sunnone, et accepto consilio in unum primatum eorum

unum habere principem, petierunt consilium Marchomiro ut regem unum haberent sicut et cæteræ gentes. At ille dedit eis consilium et elegerunt Faramundum filium ipsius Marcomiri et levaverunt eum super se regem crinitum. Peu de lignes après, il nomme Clodion comme fils et successeur immédiat de Pharamond : *Mortuo quippe Faramundo, Chlodionem filium ej's crinitum in regnum patris ejus elevaverunt. Tunc temporis, crinitos reges in initium sublimaverunt. Venientes que sagaciter in finibus Thoringorum, ibique recederunt.*

Yves de Chartres établit une autre suite de Rois. Après avoir parlé de Marcomir et de Sunnon, comme chefs des Sicambres, *egressi Franci à Sicambrid pervenêre in extremos fines Rheni fluminis in Germanorum oppida, ibique aliquot annis cum principibus suis Marcomiro et Sunnone resederunt,* il nomme Pharamond comme premier Roi des Francs : *Ubi primum regem Pharamundum sibi statuunt, legibus que se subdunt quas primores eorum Wisogastus, Arbogastus, Salegastus invenerunt. Pharamundus rex primus eorum.* Ce chroniqueur donne *Didio* pour fils et successeur de Pharamond, et ne nomme Clodion que le troisième : *Didio Pharamundi filius rex Francorum secundus. Clodio post Didionem rex Francorum tertius.*

Aimoin, *De Gest. Franc.* Lib. I, cap. III et IV, après avoir parlé de l'origine troyenne, par le plus absurde anachronisme, qui semble avoir été alors l'erreur commune, fait passer les Francs en Germanie, sous Marcomir et Sunnon, du temps de Théodose. Il parle de l'élection de Pharamond, auquel Clodion son fils succède sans intervalle : *Regem verò, cæterarum more nationum, Franci sibi eligentes Faramundum Marchomiri filium solio sublimunt regio ; cui filius successit Clodio crinitus : illo in tempore Francorum reges criniti habebantur.*

On voit combien il est difficile de fixer ses idées, et de découvrir la vérité au milieu de ces versions incohérentes et fabuleuses. Il en résulte seulement que, jusqu'à Pharamond, aucun des chefs des Francs n'avait eu le titre de Roi, ou que le nom de Pharamond, qui, dans la langue teutonique des Lombards, signifie *Chef de race*, (Voy. Ducange, V.º *Fara* ou *Phara*.) a pu être donné à quelque chef électif des hordes de la confédération des Francs. Clodion et les autres Rois chevelus ne furent pas autre chose; et si l'on considère la puissance et les actions de ces prétendus Rois, Clovis est le premier qui mérite en effet ce titre, puisqu'il rendit son trône héréditaire. On place le règne de Pharamond en 420, et Clovis ne parvint au trône que plus de soixante ans après, en 481.

Les soldats de Charles-Martel pouvaient chanter les compagnons, *comites* de Pharamond, comme ceux de Duguesclin chantaient Rolland, Charlemagne et les douze Pairs.

⁶ Le brave Clodion, héros des anciens jours.

Clodion, suivant Grégoire de Tours, fut le premier Chef des Francs qui passa le Rhin. Il habitait auparavant à Duisbourg, dans la Thuringe : *Habitavit itaque Clodio rex in Dispargo castello in finibus Thoringorum, in regione Germaniæ.* Ayant envoyé de là reconnaître le pays jusqu'à Cambrai, et passant le Rhin avec une armée, il battit les Romains, s'empara de Tournai, et s'étendit jusqu'à la Somme : *Clodio autem rex misit exploratores de Dispargo castello Thoringorum usquè ad urbem Cameracum ; ipse posteà cum grandi exercitu Rhenum transiens, multo populo Romanorum prostrato fugavit : Carbonariam silvam ingressus, Tornacensem urbem obtinuit. Exindè usquè Cameracum urbem properavit : ibique pauco tempore residens, Romanos quos ibi invenit interfecit ; et exindè usquè Summam fluvium occupavit (Gesta Franc. Epitomata,* cap. v.) D'autres lisent cette dernière phrase : *usquè ad Sequanam,* et portent ainsi les conquêtes de Clodion jusqu'à la Seine. Il paraît en effet que, maître de Cambrai, il ne devait pas se borner à la Somme. Grégoire de Tours dit ailleurs, Liv. II, cap. xxvii, que Syagrius, *Roi des Romains,* gouvernait Soissons. Tout cela est fort obscur, et ne vaut pas la peine d'être éclairci.

⁷ Du premier Childéric les heureuses amours.

Les amours de Childéric et de la reine Basine, femme de Basin, Roi de Thuringe, qui lui avait donné asile, tiennent plus de place dans Grégoire de Tours, que des évènemens plus importans. Clovis leur dut le jour, et c'est ce qu'il y a de plus remarquable dans les débauches d'un prince qu'elles avaient chassé de ses États. M. de Sismondi (*Histoire des Français*, T. I. p. 182) prétend à ce sujet « que les écrivains qui copièrent » saint Grégoire, se plurent à orner ses récits en y ajoutant une foule de » circonstances. » Ce jugement est peut-être hasardé. Grégoire de Tours a recueilli les traditions de son temps; et celle-là est bien dans les mœurs des siècles barbares.

Je crois être fidèle au costume en rappelant, par les Bardes, aux Français de Charles-Martel, les aventures de la mère de Clovis.

[8] A des maîtres nouveaux sans cesse réservés.

L'immense pays situé entre l'Indus et le Gange, celui qui, comprenant toute la presqu'île, touche à l'occident la Perse, au nord la Tartarie, à l'orient les contrées qui confinent la Chine, connu sous le nom général de Grandes-Indes, fut renommé dans tous les temps par la richesse de ses productions, autant que par le caractère pacifique de ses habitans. Ces motifs étaient plus que suffisans pour attirer les peuples du Nord, dont la férocité, ou si l'on veut, le courage excité par les besoins, vint souvent dépouiller des hommes doux, peu disposés à se défendre. Le souvenir et les traces de ces anciennes irruptions se retrouvent encore dans les régions les plus élevées du grand plateau de la Tartarie, d'où les Barbares se sont toujours précipités sur le Midi. Plusieurs de ces peuples se fixèrent aux lieux qu'ils avaient conquis, comme naguère ils ont fait à la Chine; les dominateurs du Mogol sont de race tartare, et l'on distingue encore le peuple indigène de la race étrangère. Nous laissons aux moralistes, et peut-être aux physiologistes, à rechercher les causes de ce caractère indolent des Indiens : leurs opinions religieuses y ont peut-être autant de part que leur hygiène, et sans doute l'une n'est que la conséquence des autres. Quoi qu'il en soit, ce caractère est toujours le même; et ces peuples, toujours esclaves de maîtres étrangers, sont encore les malheureuses victimes du despotisme et de la force.

⁹ Devinrent du Koran les sectateurs faciles,

L'extrême facilité avec laquelle les dogmes du Koran se sont implantés chez les peuples voluptueux et insoucians de l'Asie, prouve quelle habileté Mahomet avait mis à observer les mœurs, et à y conformer ses préceptes. Nous avons parlé des rapides conquêtes de ses sectateurs : il est permis de croire qu'ils eurent bientôt atteint les limites que le climat leur donne, et qu'ils n'eussent jamais pu faire un établissement solide dans les zones froides ou tempérées de l'ancien continent. Les ablutions fréquentes, l'abstinence du vin et la polygamie sont des obstacles que la nature leur eût toujours opposés. S'ils ont succombé en Espagne, quoique favorisés par le climat, c'est que les mœurs générales de l'Occident luttaient sans cesse contre les institutions orientales. La victoire ne se consolide que par la fusion intime des vainqueurs et des vaincus : c'est ce que prouve l'histoire de toutes les nations. Tant que des peuples rivaux peuvent se distinguer, ils sont ennemis, et la lutte ne finit que par la destruction complète de l'un d'eux. C'est ce qui est arrivé en Espagne; c'est ce qui se passe en Grèce; c'est ce qui sauve les peuples dans toutes les invasions.

¹⁰ Laisseront au Croissant des triomphes aisés.

La Grèce entrait nécessairement dans ce tableau, et il était difficile de la nommer parmi les nations rivales des Musulmans, sans rappeler les tristes et graves circonstances où elle est aujourd'hui compromise. Sans prétendre devancer le jugement de la postérité, il doit être permis à un ami de l'humanité de gémir sur les malheurs qui l'accablent. Les réflexions qui terminent la note précédente démontrent, si elles sont justes, le vice de cette politique, qui ne fait que retarder une catastrophe inévitable, et réserver ce pays à de nouvelles calamités. Mais que doit-elle à la Grèce, cette politique égoïste, quand, dans sa propre cause, elle abandonna la Vendée ! On sait que, divisés par les disputes les plus frivoles, les Grecs, attaqués par les Musulmans, se battaient pour la prononciation d'une épithète de la Vierge, et cherchaient la gloire du Paradis dans la contemplation de leur nombril.

¹¹ D'une action si belle ont gardé la mémoire.

La Loire, fleuve tout français, a sa source dans les hautes montagnes de l'Ardèche, au pied du pic volcanique du *Gerbier de jonc*, qui semble être lui-même le produit d'une éruption du Mezin, montagne voisine, dont le cratère, élevé, d'après le calcul du bureau des longitudes, de 1774 mètres au-dessus du niveau de la mer, domine au loin toutes les Cévennes. Propriétaire des premières prairies qu'elle arrose, j'ai pu recueillir toutes les traditions qui se rattachent à mon sujet, et j'ai cru pouvoir les lier au nom d'une famille devenue la mienne, et qui n'est pas sans illustration dans l'histoire. Sur ces hauteurs est la petite ville de Monastiers (*Monasterium*), qui doit son existence à la dévotion des peuples pour la mémoire de saint Chafre (*Theofredum*), massacré par les Sarrasins dans le cours de cette irruption. Sa légende, représentée dans les tableaux de l'église, est connue de tous les habitans de ces montagnes, qui célèbrent sa fête le 18 novembre. Voici le récit que j'en trouve dans les historiens de France, Tome III, ad ann. 731. *Interim, dum his debachatur partibus, divulgatâ famâ, adhuc piorum sanguine cruentatus, didicit, quod laudans Dominum, Calmiliacensi degat tugurio, sancti numerosa gregis multitudo..... Nec mora; subitò ferocissima Ismaëlitarum venit turba, sperans innoxium fundere sanguinem, et multa subripere spolia. Postquam tot ædificia videt hospite vacare, fremit, bachatur, nequit stare loco. Tum circumquaque prosiliens, invenit beatum virum Theofredum, orationi deditum: irruentes ergo viri nequissimi, acribus contudére eum vulneribus.*

¹² Qu'il soutiendrait encor sur le fer de ses piques.

Strabon rapporte cette réponse d'un Gaulois à Alexandre, qui lui demandait ce qu'il redoutait le plus au monde : « Rien, dit-il, que la » chute du ciel, et nous le soutiendrions sur le fer de nos lances. »

¹³ Des Dieux, des lois, des mœurs et du vaste Univers.

Ce résumé des dogmes enseignés par les Druides nous est donné par

César, Lib. VI, cap. IV : *In primis, hoc volunt persuadere; non interire animas, sed ab aliis post mortem transire ad alios. Atque hos maximè ad virtutem excitari putant, metu mortis neglecto..... Multa prætereà de sideribus atque eorum motu, de mundi ac terrarum magnitudine, de rerum naturâ, de Deorum immortalium vi ac potestate disputant, et juventuti tradunt.*

¹⁴ Avec la serpe d'or le gui mystérieux.

Qu'on nous permette de rapporter sur cette cérémonie peu connue les détails que nous donne Pline, Lib. XVI, cap. XLIV : *Nihil habent Druidæ, ità suos appellant Magos, visco et arbore in quâ gignatur, simodò sit robur, sacratius. Jam per se roborum eligunt lucos, nec ulla sacra sine eâ fronde conficiunt; ut indè appellari quoque, interpretatione grecâ, possint Druidæ videri. Enim verò quidquid adnascatur illis è cœlo missum putant, signumque electæ ab ipso Deo arboris. Est autem id rarum admodùm inventu, et repertum, magnâ religione petitur. Et antè omnia, sexta lunæ, quæ principia mensium, annorumque his facit, et sæculi post tricesimum annum; quiâ virium jam abondè habebat, nec sit suî dimidia; omnia sanantem appellantes suo vocabulo. Sacrificiis, epulisque ritè sub arbore præparatis; duos admovent candidi coloris tauros, quorum cornua tunc primum vinciuntur : sacerdos, candidâ veste cultus, arborem scandit, falce aureâ demetit, candido id excipitur sago. Tum deindè victimas immolant, precantes ut suum donum Deus prosperum faciat, his quibus dederit. Fœconditatem eo poto dari cuicumque animali sterili arbitrantur. Contraque venena omnia esse remedio. Tanta gentium in rebus frivolis plerumque religio est.*

¹⁵ Était l'infâme étang si redoutable au lâche.

Le lâche était noyé dans la boue; et le choix de cet étrange supplice exprimait bien l'indignation d'un peuple valeureux : *Distinctio pœnarum ex delicto*, dit Tacite; *Proditores et transfugas arboribus suspendunt; ignavos, et imbelles, et corpore infames, cœno et palude, injectâ insuper crate, mergunt.*

¹⁶ Ces Prêtresses, dit-on, prédisant l'avenir.

On conçoit facilement que les femmes des Druides participaient à la considération de leurs époux; et, sans doute, par une propension naturelle à leur sexe, elles ajoutèrent beaucoup à la superstition, suite ordinaire de l'ignorance et de la faiblesse. On les trouve dans l'histoire, sous le nom de *Druis* ou *Druias*; et Lampride fait prédire la mort à Alexandre-Sévère, par une Druidesse : *Vadas*, dit-elle, *nec victoriam speres, nec militi tuo credas.* C'est se faire une réputation à bon marché.

Chez les Gaulois, le père de famille avait droit de vie et de mort sur sa femme et ses enfans : *Viri, in uxores sicut in liberos, vitæ necisque habent potestatem.* Souvent ces peuples l'exerçaient d'une manière barbare, si la mort d'un chef ne paraissait pas naturelle aux parens : *et cum pater familias illustriore loco natus decessit, ejus propinqui conveniunt, et de morte, si res in suspicionem venit, de uxoribus in servilem modum quæstionem habent; et si compertum est, igne atque omnibus tormentis excruciatas interficiunt.* Les mœurs des Romains n'étaient guères différentes, et les lois leur attribuaient les mêmes droits. Chez les Germains, au contraire, la femme était un être sacré, et presque divin; et la meilleure manière de s'assurer de leur foi, était de prendre des femmes en ôtages : *Adeò ut efficacius obligentur animi civitatum, quibus inter obsides puellæ quoque nobiles imperantur. Inesse, quin etiam, sanctum aliquid et providum putant; nec aut consilia earum aspernantur, aut responsa negligunt.* (TACITE, de Mor. Germ.)

¹⁷ Confondait leur tonnerre avec le bruit du vent.

Ces effets naturels, que la physique explique aujourd'hui, étaient propres à frapper de terreur des esprits faibles et superstitieux :

« Numina sic metuunt : tantum terroribus addit
» Quos timeant non nosse Deos. »

LUCAIN, *Phars.*

18 N'épanchent pas leurs eaux dans l'abîme des mers.

Je ne ferais pas ici de note, si quelques personnes, croyant que dans le reste du monde tout se passe comme *chez nous*, n'avaient pris pour une erreur ce que je dis de ces fleuves inconnus qui ne portent point leur tribut à la mer. Les oasis n'ont pas d'autre origine que l'irrigation de ces eaux courantes qui, répandant la fertilité autour d'elles, naissent et meurent dans le sable des déserts. L'Afrique a de très-grands fleuves de ce genre, le Niger, le Tombouctou, etc.; le grand plateau de la Tartarie en offre beaucoup d'exemples; et il en est de très-remarquables sous nos yeux, qui n'ont pas été observés. Notre département de la Drome, arrosé par de si belles eaux, et dont les campagnes ne ressemblent point à celles de l'Afrique ou de la Tartarie, présente cependant cette singularité. Je pourrais y compter plus de vingt oasis formés, comme ceux de l'Afrique, par de belles eaux, qui sortent de la terre et y rentrent après un cours plus ou moins long. J'emprunte à mon estimable compatriote, M. Delacroix, la description qu'il donne des deux plus considérables dans son excellente *Statistique du Département de la Drome*, page 136. « La » rivière de *Veuse*, qui passe à Moras, prend sa source au village de » Menthe. On voit ses eaux surgir d'un terrain assez uni, qui paraît sec » et caillouteux; à quelques pas de là, elle a déjà plus de vingt mètres » de largeur, sur un mètre cinq à six décimètres de profondeur. Elle se » divise aussitôt en deux branches principales, qui ont leur direction au » couchant, vers le lit du Rhône, font mouvoir plusieurs moulins et » arrosent les belles prairies de Moras. Rien n'égale la limpidité et la » beauté de ces eaux. Leur température est presque toujours la même, » entre neuf et dix degrés du thermomètre de Réaumur. Elles ne gèlent » jamais. La Veuse disparaît entièrement au domaine de *Patille*, sur le » territoire de Mantaille, à un myriamètre environ de sa source. » — « L'*Aurou* prend la sienne au village de Saint-Barthélemy, à trois quarts » de lieue au-dessus de Beaurepaire, département de l'Isère; après avoir » arrosé les prairies de ces deux communes, il vient se joindre à une » autre source au nord de la Veuse, sur le territoire de Lenslestang. Il

» est à-peu-près aussi considérable que la Veuse, a la même direction,
» se divise, comme elle, en plusieurs canaux pratiqués pour l'arrosage,
» et, comme elle encore, disparaît à *Lachal* sur les confins de Moras et
» de Mantaille, vis-à-vis l'endroit où se perd la Veuse. »

Ce phénomène se reproduit près de Valence, à quatre cents pas de la
porte Saint-Félix.

¹⁹ Élevé sous les murs de l'antique Valence.

Pourquoi ne rendrais-je pas à mon pays l'hommage que je lui dois ! Le
tableau des belles prairies qu'arrose l'Éparvière, que le Rhône encadre de
ses flots majestueux, et que termine le rocher escarpé de Soyons, couronné de sa vieille tour, est digne du pinceau de Claude Lorrain. J'espère
qu'on me pardonnera ces descriptions locales qui m'intéressent, et que la
muse sévère de l'épopée m'interdit de décrire plus longuement.

²⁰ Des Alains vers le Rhône autrefois répandus.

Donnons rapidement ici quelques éclaircissemens historiques. Durant
les malheureuses vicissitudes qui accompagnèrent la chute de l'empire
Romain, la Gaule, envahie par les Barbares, fut réduite à l'état le plus
déplorable. Les Goths, nation scandinave, en formant des établissemens
entre la Loire et la Garonne, y avaient effacé la domination romaine ;
Honorius s'efforça de la maintenir sur les bords du Rhône, devenus frontière de l'Empire. Plus tard, Aëtius, trouvant la population presque
anéantie par les ravages de ces irruptions continuelles, en confia la défense
à d'autres Barbares non moins dangereux que les Goths. « Les Alains,
» nation scythe, dit M. de Sismondi (*Hist. des Francs, tome* I.er,
» *page* 123.), partis du pied du Mont-Caucase, entre la Mer-Caspienne
» et la Mer-Noire, n'avaient aucune sorte de rapports avec les peuples
» germaniques qu'ils accompagnèrent dans les Gaules. Ils n'avaient point
» intention d'y faire des conquêtes. La terre qu'ils traversaient était pour
» eux toujours étrangère ; mais ils s'enorgueillissaient de leurs ravages ;
» ils songeaient moins à signaler leur bravoure dans la guerre, qu'à effacer

» les traces de la civilisation, contre laquelle ils semblaient animés d'une
» sorte de fureur. S'ils étaient parvenus en plus grand nombre dans les
» Gaules, ou s'ils y avaient séjourné plus long-temps, ils ne se seraient
» point reposés qu'ils ne les eussent rendues semblables aux steppes de la
» Tartarie d'où ils étaient sortis, où aucune clôture, aucun défrichement,
» aucune trace du travail de l'homme ne retardait les pas de leurs che-
» vaux, ou les chars de leurs femmes. » Il paraît cependant que les Alains
établis à Valence et dans les environs perdirent peu-à-peu l'aspérité de ces
mœurs tartares, et s'attachèrent au pays qu'ils défendaient d'abord, et
qu'ils finirent par cultiver. Leur longue rivalité avec les Goths, possesseurs de l'autre rive du Rhône, a laissé des traces qui subsistent encore :
les conducteurs des barques qui naviguent sur ce fleuve, nomment la rive
gauche *l'Empire* et la rive droite *le Royaume.*

Quelques auteurs modernes assurent que la province Narbonnaise, comprise entre le Rhône, la Garonne et les Pyrénées-Orientales, avait été cédée
aux Goths qui régnaient en Espagne par Valentinien; cette erreur, quoique
peu importante, doit pourtant être rectifiée.

Paul Diacre, Lib. XIV, historien presque contemporain, rapporte que
la cession de cette province fut faite à Wallia, Roi des Goths, par Constans,
père de Valentinien. *Honorius, Gallam Placidiam germanam suam Con-
stantio suo comiti, fide integerrimo, et ingenti viro jamdudùm promissam,
magno cunctorum gaudio, sociavit : ex quâ Valentinianum filium Constantius genuit, qui posteà reipublicæ imperium gessit. Hoc in tempore,
fœdus Constantius pepigit firmissimum cum rege Gothorum Walliâ, tri-
buens ei ad habitandum, Aquitaniam Galliæ provinciam, ejusdemque
provinciæ quasdam civitates vicinas.* Après la défaite de Roderic, dernier
Roi des Goths, les Maures se trouvèrent maîtres de cette province, où
leur autorité fut reconnue sans obstacle en 721. Narbonne devint alors
une ville mahométane, et les Sarrasins faisaient de là de nombreuses
incursions dans les provinces voisines, et surtout dans la Viennoise, comprenant la Provence et le Dauphiné, qui était alors sous la dépendance
des Bourguignons. En ces temps malheureux, les Maures ravagèrent souvent les bords du Rhône; mais toujours repoussés par le courage des
habitans, ils ne purent jamais y faire d'établissement solide.

Léoncel, *Leonis cella*, était une abbaye de l'ordre de Citeaux, à cinq lieues de Valence, au pied des montagnes du Vercors. Elle a subsisté jusqu'à la révolution. Le pays est très-pittoresque, et couvert de bois.

La politique astucieuse d'Ætius, qui, souvent vainqueur des Barbares, les ménageait toujours pour s'en faire un appui contre les intrigues de la cour du faible Valentinien, se servait habilement de leurs secours, pour les détruire les uns par les autres, et affermir son pouvoir : c'est ainsi que, pour vaincre Attila, dans les plaines de Châlons, il fit alliance avec les Francs, les Alains, les Bourguignons et autres Barbares, que Paul Diacre énumère en cet ordre, Lib. XV : *Fuére interea Romanis auxilio Burgundiones, Alani cum Sangibano rege suo, Franci, Saxones, Riparioli, Labrones, Sarmatæ, Armoriciani, Lititiani, ac penè totius populi occidentis, quos omnes Ætius, ne impar Attilæ occureret, ad belli adsciverat societatem.* Ce fut après la défaite d'Attila qu'Ætius, pour récompenser les Alains, leur donna les terres de la rive gauche du Rhône, où ils vinrent s'établir, en dépouillant et chassant les peuples de ces contrées: *Deserta Valentinæ urbis rura Alanis partienda traduntur.* (Histoire de France, Tom. I, p. 639.) Tel était le droit public de ces temps, où la force faisait loi, et ne respectait rien.

²¹ Ses camps étaient assis sur les bords de la Drome.

Je n'ai jamais pu découvrir le premier qui a dénaturé le nom de la Drome, en l'écrivant avec un accent circonflèxe (Drôme). Cette orthographe vicieuse est adoptée, même dans le pays, malgré l'autorité de la prononciation qui repousse cette malheureuse innovation. J'aime mieux rimer avec *Rome* qu'avec *Guillaume*, et je ne suis pas fâché de l'occasion qui se présente ici de publier ma réclamation. Le lecteur peut compter sur l'exactitude de ma rime, et je l'invite à corriger, dans l'occasion, cette faute, qui décèle un singulier oubli des premiers principes de la grammaire.

²² De l'amour d'Annibal pour l'ingrate Carthage.

Annibal, le seul Carthaginois qui ait attaché un véritable intérêt au souvenir de cette puissante ville, eut la destinée trop souvent réservée aux grands hommes. Poursuivi par la haine implacable de Rome, et plus encore par celle de la médiocrité qui ne lui pardonnait pas son génie, il fut obligé de quitter Carthage, en prononçant sur elle cet anathême terrible qui l'a déshérité de toute sa gloire : « Ingrate patrie, tu n'auras pas mes » os. » Il s'empoisonna pour éviter un crime au lâche Prusias, et ne pas se livrer à la cruelle vengeance des Romains.

Le passage dans le midi de la France de l'armée qu'Annibal conduisit en Italie, pour frapper Rome au centre de sa puissance, est le fait le plus étonnant et le plus avéré de l'histoire ancienne. Il suffirait seul à prouver le génie de ce grand homme, bien supérieur à tous ceux que l'histoire présente à notre admiration. Cette marche audacieuse a laissé, dans les pays qui en furent témoins, des traces que vingt siècles n'ont point effacées, et les érudits se sont attachés à les reconnaître et à les signaler. Mais, comme il arrive presque toujours en ces sortes de recherches, la diversité des opinions a plutôt embrouillé qu'éclairci ces matières, et la préoccupation, le préjugé, peut-être même l'amour-propre, ont dicté à chacun une explication différente, que je ne veux ici ni rapporter, ni réfuter. J'exposerai seulement ce qui me paraît démontré par la force même des choses, sur un fait si remarquable de nos antiquités.

Polybe, cet ami des Scipions vainqueurs d'Annibal et de Carthage, voulut visiter les lieux qu'il avait à décrire ; et Tite-Live, qui l'a copié, donne, Liv. XXI, an de Rome 532, des détails, dont l'exactitude prouve celle de son modèle. Il nous représente l'armée africaine, après le passage des Pyrénées, évitant tout engagement avec les Romains, qui la suivaient pour retarder ou interrompre sa marche, se hâtant de traverser le Rhône, un peu au-dessus d'Avignon, pour prendre quelque repos dans l'intérieur des Gaules, pendant que P. Cornélius, arrivé par mer à l'embouchure du Rhône, se doutait à-peine qu'elle eût passé les monts. *P. Cornelius..... sexaginta longis navibus..... pervenit Massiliam, et ad proximum ostium Rhodani..... castra locat, vix dum satis credens Hannibalem superasse Pyrenœos montes.* Je ne parlerai point des obstacles que lui opposèrent les Volsques, *jam in Volcarum pervenerat agrum* ; ni de son adresse à les surmonter. Ces peuples étaient ceux du Comtat, et habitaient

les deux rives du fleuve. Le lendemain il part, en remontant la rive
gauche du Rhône : *Postero die profectus, adversâ ripâ Rhodani, medi-*
terranea Galliæ petit; non pas, dit l'historien, pour gagner les Alpes
par le plus court chemin, mais pour éviter la rencontre des Romains, qu'il
ne voulait combattre qu'en Italie, *non quia rectior ad Alpes via esset;*
sed quantum à mari recessisset, minus obviam fore Romanum credens,
cum quo, priùsquam in Italiam ventum foret, non erat in animo manus
conserere. Le quatrième jour il arrive au confluent du Rhône et de l'Isère,
près du canton des Allobroges. *Quartis castris ad insulam pervenit : ibi*
Isara Rhodanusque amnis, diversis ex Alpibus decurrentes, agri ali-
quantulum amplexi confluunt in unum, mediis campis insulæ nomen
inditum : accedunt propè Allobroges.

Nous remarquerons ici, 1.º que le confluent du Rhône et de l'Isère est
précisément à quatre étapes ou journées de troupes d'Avignon, ou du
lieu voisin où Annibal avait passé le Rhône ; 2.º que le terrain compris
entre l'Isère, le Rhône et la Drome, étant enclos par ces rivières, pouvait
être nommé l'*île*, comme les prairies qui, sous les murs de Valence, sont
entre le Rhône et l'Éparvière ; comme les environs de Paris sont appelés
l'île de France, quoique la Marne et la Seine ne les entourent pas ; comme
nous pourrions trouver encore une île dans la comparaison du lit nouveau
et du lit ancien de l'Isère, si cette circonstance futile ne tenait surtout à
l'oubli du nom topique perdu avec la langue celte. Ce lieu s'appelle aujour-
d'hui Coufoulins, dont l'origine romaine est *confluens;* 3.º que c'était dans
le voisinage des Allobroges, qui n'en sont séparés que par l'Isère, rivière
qu'Annibal ne traversa pas. Il laissa reposer ses troupes près du territoire
de ces peuples, et s'en fit d'utiles alliés, après avoir réglé le différend de
deux frères qui se disputaient le pouvoir, et s'être prononcé en faveur de
l'aîné, *Brancus*, du consentement du sénat.

On m'objectera que je corrige Tite-Live, dont le texte désigne la
Saône, *Arar*, et non pas l'Isère, *Isara*, C'est évidemment une erreur de
copiste, déjà reconnue par les meilleurs critiques et les plus habiles géo-
graphes : Samson, Danville, De Vallois, et le savant Rollin, qui s'exprime
ainsi, *Hist. anc.*, Tom. I, p. 400 : « Le texte de Polybe, que nous
» l'avons, et celui de Tite-Live, mettent cette île au confluent du Rhône

» et de la Saône; *c'est une faute visible.* Il faut lire *Isara Rhodanusque* » *amnis*, et non pas *Arar Rhodanusque.* » C'est ainsi en effet qu'il faut lire dans Tite-Live, où l'on trouve cette faute, car le texte de Polybe désigne un fleuve descendant des Alpes, qu'il appelle Σκίρας. Chorier remarque, dans son *Histoire du Dauphiné*, Liv. I, ch. II, que ce nom, dont la racine est évidemment Σκώρ, qui signifie *ordure*, convenait très-bien à l'Isère, dont les eaux sont extrêmement bourbeuses, et non point à la Saône. D'ailleurs, pour arriver à la Saône, l'armée aurait mis plus de quatre jours à partir du pays des Volsques, près d'Avignon; elle aurait traversé celui des Allobroges, dont elle ne fait que s'approcher; et l'on conçoit combien il est facile à un copiste ignorant de confondre, même par mégarde, des noms aussi ressemblans; et ce qui rend enfin la faute plus palpable, c'est que l'Isère et le Rhône prennent également leur source dans les Alpes, suivant la remarque de Tite-Live, et que la Saône n'en vient pas.

Mais Annibal, en général habile, avait calculé tout l'avantage de cette position. Il savait que, pour attaquer l'Italie, la ligne du Rhône et de l'Isère est une base d'opérations de la plus haute importance; que ces fleuves offraient à ses ennemis une barrière insurmontable; que ces contrées pouvaient lui fournir des vivres et des secours, et que, dans tous les cas, il pouvait y trouver une retraite. Il n'avait donc garde de négliger de si grands avantages, et sa marche jusque là est une preuve de sa grande habileté. Plus loin, il eût perdu son temps et fatigué ses troupes : la ligne de la Saône ne lui était d'aucune utilité.

On a cependant écrit des volumes pour embrouiller un fait qui me paraît si simple et si clair. On s'est donné beaucoup de peine pour trouver dans Tite-Live ce qui n'y est pas, et lui faire dire le contraire de ce qu'il dit. Cet auteur, qui a mis une grande importance aux moindres détails de cette fameuse opération militaire, a nommé avec un soin minutieux tous les peuples dont Annibal traverse ou longe le territoire. Pour aller jusqu'à Vienne, jusqu'à Lyon, où plusieurs de nos modernes le conduisent, il aurait traversé tout le pays des Allobroges compris entre le Rhône et l'Isère; et non-seulement Tite-Live ne le dit pas, mais il dit positivement le contraire. Il s'arrête dans l'île voisine des Allobroges, *accedunt propè Allobroges*, couvert par l'Isère, qui le sépare de ces peuples, et laisse reposer ses troupes. Voit-on qu'il passe cette rivière qui, aussi rapide que le Rhône, lui eût présenté plus d'obstacles que la Durance, dont le passage est bientôt décrit avec soin? Devait-il s'exposer à fatiguer de sa présence la nation puissante des Allobroges? *gens jam indè nullâ Gallicâ gente, opibus aut famâ inferior :* il la ménage en habile politique; et loin de s'en faire une ennemie redoutable, il pacifie ses dissentions intestines, et s'assure la re~ naissance de Brancus et des principaux du pays.

Mais, dit-on, il fait un détour à gauche. Oui; mais pour s'approcher des Tricastins, qui bornent au midi les Ségulauniens, dont Valence était la capitale, et dont il avait occupé le terrain *ad lævam in Tricastinos flexit.* Il est donc évident qu'au-lieu de remonter au nord, vers Vienne et Lyon, il prend au midi la route directe d'Italie, en obliquant à gauche, par l'embranchement qui, partant de Valence, passe par Die, Luc, Gap, en longeant le territoire des Voconces et des Tricoriens jusqu'à Embrun, où il passe la Durance, *indè per extremam oram Vocontiorum agri, tetendit in Tricorios, haud usquam impeditâ viâ priusquam ad Druentiam flumen pervenit.* Il marche droit au mont Viso, où elle prend sa source, ou au mont Genèvre qui est plus praticable, par le chemin que Tacite fait suivre à Valens deux siècles après; celui tracé par l'Itinéraire d'Antonin et par celui de Bordeaux à Jérusalem; celui que je vois indiqué dans une carte des Gaules, par Robert; celui qui le menait directement à son but, et qui de la Durance le conduisait dans les plaines de Turin.

Cependant, dans un écrit récent, un militaire veut encore égarer Annibal jusqu'à Vienne, et sans parler de la Durance et des contrées si clairement nommées par Tite-Live, il va chercher un passage inconnu *à l'embouchure du Guyer.* Il n'a pas réfléchi que cette promenade inutile l'éloignait de la Durance et des Alpes qu'il était pressé de franchir, puisque trois jours après son départ des bords du Rhône, Scipion y arriva dans l'intention de le combattre : *P. Cornelius, triduo ferè postquam Hannibal ab ripâ Rhodani movit, quadrato agmine ad Castra hostium venerat, nullam dimicandi moram facturus.* Annibal n'ignorait pas le danger et n'avait pas de temps à perdre. Couvert sur ses derrières et son flanc droit par l'Isère et le Rhône, il campait sans doute militairement, faisant face au midi par où l'ennemi pouvait l'attaquer encore : menacé par Scipion, il occupait en ordre de bataille la vaste plaine traversée alors par la route d'Italie, entre le Rhône et les montagnes, celle où Fabius défit Bituitus et ses Auvergnats, où Marius anéantit les Cimbres, où le moyen âge vit livrer tant de combats, où l'on montre encore *le Champ des Batailles*, parsemé des éminences qui couvrent les héroïques dépouilles de tant de guerriers; et lorsque ses colonnes s'ébranlèrent, il marcha, *la gauche en tête*, vers les Voconces et les Tricastins.

Je pourrais de plus invoquer la tradition, qui a conservé le nom de *Camp d'Annibal* à une vaste plaine auprès de Loriol, au troisième campement, sur un terrain en pente douce, inclinant au midi, dominant le cours du Rhône, parfaitement choisi pour repousser l'ennemi dont il craignait la poursuite. Il me suffit d'avoir justifié son séjour dans les plaines de Valence : j'ai pu dès-lors supposer sans invraisemblance, qu'il avait laissé dans ce pays ami quelques vieux soldats qui n'auraient pu le suivre, et qui lui étaient plus utiles en gardant l'entrée des montagnes.

C'est la position de la tour de Barcelonne, près de Chabeuil. Du haut d'un rocher elle domine au loin toute la plaine et la route qui la traversait au couchant et au midi. Cette origine est justifiée par le nom même, qui est tout carthaginois. On sait que le mot *Barcé* signifiait dans cette langue une forteresse, comme celle qu'ils bâtirent sous le même nom, sur les côtes d'Espagne. Combien de faits historiques regardés comme incontestables, n'ont pas de plus solides fondemens. Je ne tiens point à l'opinion que j'énonce; je la donne comme extrêmement probable, et pour éclaircir un fait que les critiques semblent s'être obstinés à ne point voir, quoiqu'il me semble évident.

[23] Si ses jours sont comptés vainement il se cache.

Le Koran, au chapitre des *Gens de guerre*, dit : « O vous! qui croyez » en Dieu, souvenez-vous de la grâce qu'il vous a faite lorsque vous » avez été chargés par les troupes ennemies. Il a envoyé contre elles un

» vent impétueux et des troupes invisibles pour les combattre. Ces troupes
» sont venues du levant et du couchant lorsque votre vue était troublée,
» et que le cœur vous manquait à cause du grand nombre de vos enne-
» mis..... Souviens-toi comme plusieurs d'entre eux ont demandé congé,
» disant que leurs maisons étaient abandonnées : leurs maisons n'étaient
» point abandonnées; mais ils avaient envie de fuir. Dis-leur : la fuite
» vous sera inutile, si vous fuyez la mort. Qui peut vous protéger contre
» Dieu, lorsqu'il veut vous exterminer. N'ayez d'autre protecteur que
» lui : il connaît les vaillans et les lâches..... Dieu exterminera les infi-
» dèles, et protège les vrais Croyans dans les combats; il est fort et tout-
» puissant. »

²⁴ Transmis de siècle en siècle à ces lieux est resté.

La fontaine Saint-Estève est une des plus abondantes et des plus limpides de Valence. Elle donne son nom à tout un quartier de la basse ville,
où le beau ruisseau de l'Éparvière se forme de la réunion des sources
nombreuses qui arrosent les vastes jardins qu'on y cultive. Ces lieux ont
changé de face : le bassin de la fontaine a été rétréci; j'ai vu tomber
l'orme antique qui l'ombrageait, et qui abritait chaque soir les rondes des
jeunes filles qui venaient y puiser. Ces souvenirs de mon enfance me sont
toujours présens.

FIN DES NOTES DU CHANT SIXIÈME.

ERRATA

DU PREMIER VOLUME.

Page 34, v. 26 : » en *blesse* la racine; lisez : *blessa.*

Page 50, vers 9 : » Dans les jeux *d'un tournois*; lisez : *des tournois.*

Page 167, vers 15 : » Pour *justifier* le choix; lisez : *mériter.*

Page 178, v. 21 : » Par des *champs* de victoire ; lisez : *chants.*

Page 274, vers 20 et 21 :

   » L'Oriflamme paraît; Childebrand *la* déploie; lisez : *le* déploie.

   » L'élite des guerriers *la* précède et *la* suit; lisez : *le* précède et *le* suit.

Page 293, vers 14 : » Est le *dernier* asile ; lisez : *l'ordinaire.*

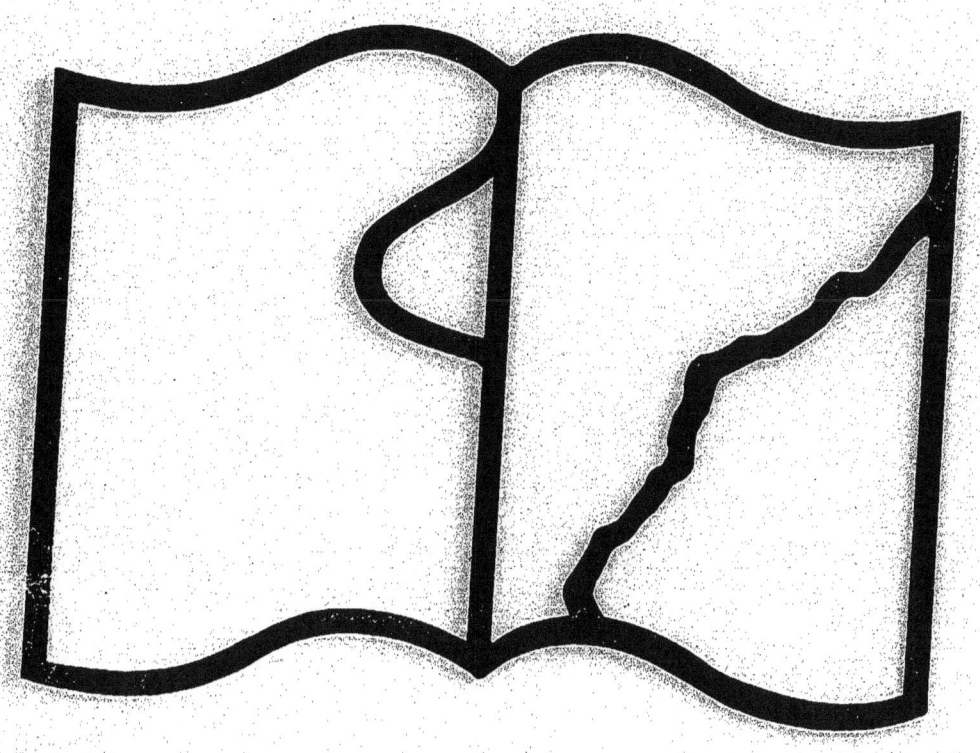

Texte détérioré — reliure défectueuse

NF Z 43-120-11

www.ingramcontent.com/pod-product-compliance
Lightning Source LLC
Chambersburg PA
CBHW050750030726
47505CB00002B/480